دولہا دلہن

(کہانیاں)

رابندر ناتھ ٹیگور

اردو ترجمہ:

ابوالحیات بردوانی

Dulha Dulhan *(Short Stories)*
by: Rabindranath Tagore
Edition: November '2024
Publisher :
Taemeer Publications LLC (Michigan, USA / Hyderabad, India)

ISBN 978-93-5872-349-6

9 789358 723496

کتاب	:	**دولہا دلہن** (کہانیاں)
مصنف	:	**رابندرناتھ ٹیگور**
صنف	:	فکشن
ناشر	:	تعمیر پبلی کیشنز (حیدرآباد، انڈیا)
سالِ اشاعت	:	۲۰۲۴ء
صفحات	:	۱۵۲
سرورق ڈیزائن	:	تعمیر ویب ڈیزائن

فہرست

تمہید

رابندر ناتھ ٹیگور کی کہانیوں نے اُن کو بقائے دوام کے دربار میں جگہ دی ہے اور اُن کو دُنیا کے ممتاز افسانہ نویسوں کی صف میں شامل کر دیا ہے۔ اگر ہم جاننا چاہیں کہ کونسی ادبی تصنیف نے رابندر ناتھ کو کہانیاں لکھنے کی ترغیب دلائی تو ہماری یہ کوشش بے سود ہوگی کیونکہ ٹیگور کی کہانیاں دوسری کہانیوں سے مختلف ہیں۔ اس میدان میں رابندر ناتھ یکہ و تنہا ہیں۔ اس فن میں نہ بنگال میں ان کا کوئی پیش رو تھا اور نہ وہ کسی غیر ملکی مصنّف کے رہینِ منّت تھے۔ البتہ تخلیقی جوہر کا اظہار جیسا ان کی شاعری میں ہوا ہے وہ افسانوں میں نہیں ہوا۔

گہری حقیقت پسندی، دلکش قومی تخیل، اصلی اور ضروری باتوں پر نظر، اور ان کو اپنے کام میں لگانے کی قابلیت، جذبات اور مبالغہ سے نفرت، انسانیت کا وسیع تصوّر، ناانصافی اور ظلم سے بیزاری اور پھر بے مثل تعمیری صلاحیت۔ یہ باتیں ان کی کہانیوں کا تار و پود ہیں۔ لیکن اُنکے اشعار کی آب داری تمام تر ان ہی خصوصیات پر منحصر ہے۔ اس کے علاوہ ان کہانیوں میں دلچسپی کی بات یہ ہے کہ ان میں ٹیگور کے گرد و پیش کے حالات اور ماحول کا عکس پایا جاتا ہے۔ اُن پر جو تصورات اور احساسات غالب تھے ان کا پتہ چلتا ہے۔ اور یہ بھی معلوم ہوتا ہے کہ وہ کون سے مسائل تھے جو زندگی میں ان کو اکثر پریشان کیا کرتے تھے۔

ان کہانیوں کے اکثر اشخاص ایسے نیچے طبقہ کے لوگ ہیں جن سے ٹیگور کو اپنے دیہات کے قیام کے زمانے میں ملنے کا موقع ملا تھا۔ اور جن واقعات کو انھوں نے اپنی کہانیوں میں قلمبند کیا ہے وہ اسی قسم کے واقعات ہیں جو غریبوں کی زندگی میں آئے دن پیش آیا کرتے ہیں۔ انھوں نے غریبوں کی زندگی کے حالات کا انتہائی ہمدردی اور توجہ کے ساتھ مشاہدہ کیا تھا۔ اور اُن ہی حالات کو بغیر مبالغہ کے اس طرح واضح کیا تھا کہ ہم ان کو پڑھ کر کبھی تاسّف کا اظہار کرتے ہیں، کبھی ہم کو غصہ آتا ہے۔ کبھی ہم ہنس دیتے ہیں اور کبھی آنسو بہاتے ہیں۔

ٹیگور کی کہانیوں کا ایک اور وصف ہے۔ اُن سے پہلے عام لوگوں کو۔ چاہے مرد ہوں یا عورت خاص کر غربا اور نیچے طبقے کے لوگوں کو ہماری تصانیف میں جگہ نہیں ملتی تھی۔ رابندر ناتھ کی کہانیوں میں پہلی دفعہ اُن کو مناسب مقام دیا گیا ہے۔ یہ بات بھی قابلِ غور ہے کہ صرف پہلے ہی نہیں بلکہ آجکل بھی جب کبھی ہم اس طبقے کے لوگوں کو اپنے ادب میں جگہ دیتے ہیں تو اُن کے ساتھ نہ اس طرح ہمدردی کا اظہار کرتے ہیں اور نہ اُن کے بارے میں پوری واقفیت حاصل کرنے کے بعد لکھتے ہیں جیسا کہ ٹیگور نے کیا تھا۔ کبھی کبھی رابندر ناتھ پر یہ الزام لگایا جاتا ہے کہ ان کی نگارشات یہ ظاہر کرتی ہیں کہ اُن کو صرف اوپر کے طبقہ کے لوگوں کا ہی خیال تھا اور عوام سے اُن کو کوئی سروکار نہ تھا۔ اگر ہم صرف اُن کی کہانیوں کا مطالعہ کریں تو ہم کو معلوم ہو جائے گا کہ یہ الزام بالکل غلط ہے۔ اُن کی کہانیوں میں بدرداؤں کے مدتیخ خاندان کی شہزادی اور گیری بالا اور مرنمئی بنگال کی دیہاتی لڑکیاں گویا ایک دوسرے کے شانہ بہ شانہ کھڑی ہیں۔ انھیں کہانیوں میں ہم ایک طرف مینجوڑ اور شاہ نیاٹڑی کے شاندار خاندانوں کے صاحب زادوں کو اور دوسری طرف نیچے طبقے کے غریب اُن گھرانے کے لوگوں کو دیکھتے ہیں۔ پھر ہماری ملاقات اس کابلی سے ہوتی ہے جو افغانستان سے آکر کلکتہ کے راستوں پر انگور اور خشک میوہ جات بیچتا پھرتا ہے۔ ہم ادرچ میں روئی کے محصول کے تحصیل دار سے ملتے ہیں۔ اسی طرح مختلف طبقے اور درجے کے بیسیوں اشخاص کو ان کہانیوں میں جگہ دی گئی ہے جو اس بات کا ثبوت ہے کہ رابندر ناتھ کو ہر قسم کے لوگوں سے دلچسپی تھی اور انسان سے متعلق کسی بات سے بھی وہ غیر آشنا نہیں تھے۔ اس بات کے دُہرانے میں مضائقہ نہیں کہ جس طرح ان کہانیوں میں غیر ممتاز اور غریب لوگوں کی پذیرائی کی گئی ہے اس کی دوسری مثال ہمارے ادب میں نہیں۔

* * *

دُولہا دُلہن

اِس سے پہلے شادی کا قاصد بن کر تتلی میرے ماتھے پر کبھی نہ بیٹھی تھی (بنگال میں تتلی کو شادی کا قاصد کہتے ہیں ——— مترجم) البتّہ ایک مرتبہ وہ میرے دل کے کنول پر آ بیٹھی تھی۔ اُس وقت میں نے زندگی کی صرف سولہ بہاریں دیکھی تھیں۔ جب تو میری حالت بجنسہٖ اُس شخص کی سی ہو گئی جیسے آنکھ لگتے ہی جگا دینے پر پھر نیند نہیں آتی۔ میرے دوستوں میں بعضوں نے شادی کے معاملے میں ایسی ترقی کی کہ پہلی دوسری بلکہ تیسری تک پہونچ گئے اور میں نے بن بیاہوں کی جماعت کے اخیر بینچ پر بیٹھے بیٹھے سونے گھر بار کی کڑیاں گن گن کر ہی اپنے دن گزار دیئے۔

میں نے چودہ برس کے سِن میں انٹرنس پاس کیا تھا۔ اُن دنوں شادی کرنے اور انٹرنس پاس کرنے کے لئے کسی عمر کی قید نہیں تھی۔ میں اپنے پڑھنے کی کتابوں کو نِگلا نہیں کرتا تھا۔ یہی وجہ تھی کہ مجھے نہ تو جسمانی بدہضمی کی شکایت ہوئی نہ دماغی۔ چوہے کو جب کبھی کوئی ایسی چیز مل جاتی ہے جس پر وہ اپنے دانت لگا سکتا ہے تو وہ اُسے کاٹ کر ٹکڑے ٹکڑے کر ڈالتا ہے، چاہے وہ کوئی کھانے کی چیز ہو چاہے نہ ہو۔ اُسی طرح میری بھی بچپن ہی سے یہ عادت تھی کہ کوئی بھی چھپی ہوئی کتاب ہاتھ لگ جاتی تو میں اُسے پڑھ ڈالتا۔ دُنیا میں درسی کتابوں سے غیر درسی کتابوں ہی کی تعداد زیادہ ہے۔ اس لئے میرے کتابوں کے نظامِ شمسی میں، اسکول میں پڑھائی جانے والی کتابوں کی دُنیا سے اسکول میں نہ پڑھائی جانے والی کتابوں کا آفتاب چودہ لاکھ گنا بڑا تھا۔ پھر بھی اپنے سنسکرت کے پنڈت جی کی شدید پیشین گوئی کے باوجود میں امتحان پاس کر گیا۔

میرے والد ڈپٹی مجسٹریٹ تھے۔ ہم لوگ اس وقت سات کھیرا یا جہاں آباد اُسی طرح کے کسی اور مقام پر رہتے تھے۔ پہلے ہی یہ کہہ دینا مناسب سمجھتا ہوں کہ میری اِس کہانی میں جہاں کہیں کسی

خاص شہر یا زمانہ یا موضوع کا ذکر ہو اس کو بالکل جھوٹ سمجھ لینا چاہیئے جن لوگوں میں ظرافت کے مادّے کے بجائے تجسّس کا زیادہ شوق ہو اُن کو ضرور مغالطہ ہوگا۔ میرے والد دُور سے یہ گئے ہوئے تھے میری والدہ کو کوئی منّت چڑھانی تھی۔ دان پُن اور بھوجن کے لیئے برہمن کی ضرورت تھی۔ اس قسم کے رُوحانی معاملات میں ہمارے پنڈت جی میری والدہ کے بڑے معاون تھے۔ اس لیئے والدہ اُن کی بہت ممنون رہا کرتیں۔ گو میرے والد کا خیال اُس کے برعکس تھا۔

اُس دن برہمن بھوج کے بعد جو چیزیں دان پُن میں دی جانے والی تھیں اُن کی فہرست میں میں بھی داخل تھا۔ اس سلسلے میں جو بات چیت ہوئی تھی اس کا خلاصہ نیچے درج ہے۔ چونکہ اب مجھے کلکتے جاکر کالج میں داخل ہونا پڑے گا۔ کوئی ایسی تدبیر نکالنی چاہیئے کہ میری والدہ کو لڑکے کی جدائی کا صدمہ محسوس نہ ہو۔ اگر لڑکے کی ایک ننھی سی دُلہن اُن کے پاس رہے تو اُس کی پرورش اور تربیت اُن کے دل کے بہلانے کے لیئے اچھا مشغلہ ہوسکتا ہے۔ ہمارے پنڈت جی کی لڑکی کا سُشمری اس کام کے لیئے بہت موزوں سمجھی گئی۔ کیونکہ وہ ابھی بچّی بھی تھی اور نیک بخت بھی۔ اور میرے اور اس کے گوت میں بھی میل تھا۔ علاوہ اُس کے ایک برہمن کو اپنی لڑکی کے بارے سبکدوش کرنے میں بڑا ثواب ہے اور اس ثواب کا حاصل کرنا قابلِ رشک بات ہے۔

میری والدہ کا دل بے قرار ہوگیا۔ لڑکی کو ایک دفعہ دیکھنے کی خواہش ظاہر کرتے ہی پنڈت جی کی اہلیہ رات میں لڑکی کو ساتھ لیئے ہمارے یہاں آموجود ہوئیں۔ میری والدہ کو لڑکی پسند کرتے دیر نہ لگی کیونکہ پسند کے ساتھ ثواب کی اُمید کی آمیزش ہونے سے اُس کا وزن بہت بڑھ گیا تھا۔ لڑکی اتنی حسین نہ تھی۔ پھر بھی میری والدہ کی تشفی کے لیئے ثواب کی اُمید کافی تھی۔

بات رفتہ رفتہ میرے کانوں تک پہونچ گئی۔ جس پنڈت جی کے قواعد صرف ونحو سے میں برابر خائف رہا کرتا۔ اُن ہی کی لڑکی سے میری شادی! اس بات کی نامعقولیت سے پہلے تو میرے دل میں دھکا سا لگا لیکن پھر ایسا معلوم ہوا کہ صرف ونحو نے اپنی پیچیدگیوں کو یکایک جھٹک کر پھینک دیا اور پریوں کی کہانی کی شہزادی کا رُوپ اختیار کرلیا۔

ایک دن تیسرے پہر میری والدہ نے مجھے بُلا کر کہا "سو تو پنڈت جی کے یہاں سے مٹھائی اور آم آئے ہیں کھا کر دیکھو۔"

میری والدہ جانتی تھیں کہ اگر مجھے پچیس آم کھانے کو دئیے جائیں تو پھر اور پچیس آم لئے بغیر میرے شوق کے دونوں مصرعے برابر نہیں ہوتے۔ اسی لئے انھوں نے میری زبان کے چٹخارے کے ذریعہ میرے دل تک پہنچنا چاہا۔ کاسشتری اُن کی گود میں بیٹھی تھی۔ گرچہ میری یادداشت دُھندلی سی ہو گئی ہے۔ پھر بھی اتنا یاد ہے کہ اس کی چوٹی سنہرے گوٹے سے گندھی ہوئی تھی۔ کلکتہ کے کسی دکان سے خریدی ہوئی ایک جیکٹ وہ پہنے تھی۔ اس میں لال اور نیلے رنگ کے فیتے اور لیس کچھ اس طور پر ٹکے ہوئے تھے کہ بالکل بے جوڑ معلوم ہوتے تھے۔ اس کا رنگ سانولا تھا اور بھویں جوڑی ہوئی تھیں۔ اس کی دونوں آنکھیں پالتو جانور کی طرح بغیر کسی جھجک کے ٹکٹکی باندھے تھیں۔ چہرے کا باقی حصّہ کچھ یاد نہیں آرہا ہے۔ شاید خالق کے کارخانے میں اُس وقت تک اُس کی تخلیق مکمل نہ ہوئی ہو۔ گویا اس پر ابھی دستکاری باقی تھی۔ بہرحال اُس کی صورت نہایت بھولی بھالی تھی۔

میرا دل مشتاق ہو گیا۔ میں نے سوچا کہ وہ جیکٹ پہنے ہوئے گوٹے سے بندھی چوٹی والی چیز پوری سولہ آنے میری ہی ہے۔ میں اس کا مالک ہوں۔ اس کا دیوتا ہوں۔ دنیا میں جتنی کمیاب چیزیں ہیں اُن کے حاصل کرنے کے لئے انسان کو جدّوجہد کرنی پڑتی ہے صرف اسی ایک چیز کے لئے کچھ کرنا دھرنا نہیں پڑ رہا ہے۔ میری اُنگلی کے اشارے پر منحصر ہے۔ اللہ میاں مجھے یہ شریکِ زندگی دینے پر تُلے ہوئے ہیں۔ اپنی والدہ کو میں برابر دیکھتا آرہا تھا۔ اُن کی زندگی میری آنکھوں کے سامنے تھی۔ انھیں دیکھ کر مجھے معلوم ہو گیا تھا کہ بی بی کیا شے ہے۔ میرے والد ہر طرح کی مذہبی ریت رسم اور تقریبات کو ناپسند کیا کرتے لیکن ساوتری دیوی جنھوں نے شوہر کی خاطر اپنی جان جوکھوں میں ڈال دی تھی۔ اُن کی رسم کو جب میری والدہ برتتی تھیں تو میرے والد زبان سے جو کچھ بھی کہتے ہوں مگر دل میں خوش ہوا کرتے میری والدہ اُن سے محبت کرتی تھیں یہ مجھے معلوم ہے۔ لیکن کوئی بات میرے والد کی مرضی کے خلاف نہ ہو جائے۔ کوئی چیز اُن کے غصّہ کا سبب نہ بن جائے میری والدہ کو ہمیشہ اس کا ڈر لگا رہتا۔

والد اپنی شان کو قائم رکھتے ہوئے والدہ کی اس تشویش سے لُطف اٹھایا کرتے۔ شاید دیوتاؤں کو اپنی پُوجا کی طرف کوئی توجہ نہیں ہوا کرتی کیونکہ مذہبی قانون کے مطابق اُن کو یہ حق حاصل ہے لیکن انسان کی پرستش گویا اس قانون کے خلاف ہے۔ یہی وجہ ہے کہ انسان اپنی پرستش کئے جانے کے اشتیاق میں آپے سے باہر ہو جایا کرتا ہے۔ اُس دن کاشِشری کے حسن اور صفت کی کوئی کشش میں نے محسوس نہ کی۔ لیکن اس خیال نے میرے مردانہ خون میں جوش پیدا کر دیا تھا۔ چودہ برس کے سن ہی میں، میں بھی پرستش کئے جانے کے لائق ہوں۔ اس دن بڑے فخر کے ساتھ میں نے آم کھائے اور اپنی شان دکھلانے کے لئے تین آم چھوڑ بھی دیئے۔ میں نے اپنی زندگی میں کبھی ایسا نہیں کیا تھا۔ اور اس کی وجہ سے میرا سارا تیسرا پہر پچھتاتے گزرا۔

اُس وقت کاشِشری نہیں جانتی تھی کہ میرا اُس کا تعلق کس پایہ کا تھا۔ شاید اپنے گھر جا کر اُسے معلوم ہو گیا ہو، کیونکہ اُس کے بعد سے جب کبھی وہ مجھے دیکھ پاتی تو گھبرا کر چھُپنے کی جگہ تلاش کیا کرتی۔ مجھے دیکھ کر اس کا اس طرح گھبرا جانا مجھ کو بہت اچھا لگتا۔ اس خیال سے کہ دنیا کے کسی گوشہ میں اور کسی شکل میں میری موجودگی کسی کو مرعوب کر سکتی ہے۔ میرے پندار کو تسکین ہوتی۔ علم نفسیات کی یہ توجیہہ مجھے بہت پسند آئی۔ مجھے دیکھ کر کوئی ڈرے یا شرمائے یا اسی طرح کی کوئی اور حرکت کرے اُس سے مجھ کو بڑا لطف حاصل ہوتا۔ کاشِشری جب مجھے دیکھ کر بھاگ جایا کرتی تو گویا یہی جتاتی کہ وہ مخصوص اور پُراسرار طریقے پر بالکل میری ہی ہے۔ میرے جیسے ناچیز شخص کے لئے یکایک اتنے بڑے رتبہ پر پہنچ جانے کی وجہ سے کچھ دنوں تک میرا دماغ آسمان پر چڑھ گیا میری والدہ اگر اپنے فرض کے انجام دینے میں یا کھانا پکانے میں، یا کسی اور خانگی کام میں کچھ غلطی کر بیٹھتیں تو جس طرح والد اُن کو ہر وقت لعن طعن کیا کرتے میں بھی دل ہی دل میں اُن کے نقشِ پا پر چلنے کا منصوبہ باندھ رہا تھا۔ میری والدہ کو اگر کوئی ایسی بات کرنی پڑتی جو والد کو ناپسند ہوتی تو اُسے وہ بڑی ہوشیاری کے ساتھ والد کے دل کو خوش کرتے ہوئے کیا کرتیں۔ میں اپنے تصور میں کاشِشری کو بھی ویسا ہی کرتے ہوئے دیکھنے لگا۔ اُس عالم تصور میں کبھی کبھی میں

بینک کے نوٹ بلکہ ہیرے کے زیورات تک بھی بے دھڑک اُسے دے ڈالتا۔ اور یہ بھی دیکھتا کہ کسی کسی دن کھانے پر بیٹھ کر بھی کاشستری کو کھانا نصیب نہ ہوتا اور وہ ایک گوشہ میں دریچے کے پاس بیٹھ کر آنچل سے اپنے آنسو پونچھنے لگتی۔ اور میں یہ نہیں کہہ سکتا کہ اُس کی ایسی حالت دیکھ کر مجھے افسوس ہوتا۔ چھوٹے لڑکوں کے اندر خود اعتمادی پیدا ہو اس کا میرے والد کو بڑا خیال رہتا۔ اپنے کمرے کو سنوارنا، اپنے کپڑوں کو ترتیب سے رکھنا یہ سب مجھے اپنے ہاتھ سے کرنا پڑتا لیکن میرے دل میں گھریلو زندگی کا جو نقشہ صاف طور پر کھنچ جایا کرتا اُس کی ایک جھلک ذیل میں دے رہا ہوں۔ یہ کہنے کی ضرورت نہیں کہ میرے والد کی زندگی میں بھی ایسا ہی واقعہ ایک دن پیش آیا تھا لہٰذا اس میں میری کوئی جدت نہیں ہے۔ واقعہ یوں ہے۔ اتوار کے دن دوپہر کا کھانا کھا کر میں اپنے پلنگ پر تکیہ لگائے اور پیر پھیلائے دراز ہو کر اخبار پڑھ رہا تھا۔ میرے ہاتھ میں حقہ کا نیچہ تھا۔ ذرا سی غنودگی آنے پر نیچہ ہاتھ سے گر گیا۔ برآمدے میں کاشستری دھوبی کو کپڑے دے رہی تھی۔ میں نے اُسے آواز دی۔ اُس نے جھٹ پٹ آ کر نیچہ اٹھا کر میرے ہاتھ میں دے دیا۔ میں نے اس سے کہا۔ "دیکھو میری نشست گاہ میں بائیں طرف کی الماری کے تیسرے خانہ میں ایک نیلے رنگ کی موٹی انگریزی کتاب ہے۔ اُسے ذرا لے آنا۔" کاشی ایک نیلے رنگ کی کتاب لے آئی۔ میں نے کہا "ارے یہ نہیں۔ وہ اس سے موٹی ہے اور اس کی پشت پر سنہرے حرفوں میں نام لکھا ہوا ہے۔" اس دفعہ وہ ایک سبز رنگ کی کتاب لے آئی۔ اُسے میں زور سے زمین پر پٹخ کر اُٹھ کھڑا ہوا۔ کاشستری کا چہرہ اُتر گیا اور اُس کی آنکھیں ڈبڈبا آئیں۔ میں نے خود جا کر دیکھا تو وہ کتاب تیسرے خانہ میں نہ تھی۔ پانچویں خانہ میں تھی۔ کتاب لا کر میں خاموشی کے ساتھ بستر پر لیٹ گیا۔ لیکن اپنی غلطی کے بارے میں کاشستری سے کچھ بھی نہ کہا۔ وہ مغموم ہو کر سر نیچا کئے دھوبی کو کپڑے دینے لگی اور اپنی حماقت کی وجہ سے شوہر کے آرام میں مزاحمت پیدا کرنے کی خطا کو کبھی بھی بھول نہ سکی۔

میرے والد ایک ڈکیتی کی تحقیقات میں مصروف تھے اور میرے دن یوں ہی گزر رہے تھے لمحہ بھر میں مجھ سے پنڈت جی کی بات چیت کا ڈھنگ ہی بدل گیا۔ اب تو وہ مجھ سے گفتگو کرتے وقت

فعل معروف کی جگہ فعل مجہول کا استعمال کیا کرتے۔ اور بڑی شفقت کے ساتھ پیش آتے۔

اتنے میں ڈکیتی کی تحقیقات ختم کر کے میرے والد لوٹ آئے۔ مجھے معلوم تھا کہ اُن کے گھر لوٹنے پر میری والدہ اُن کی خاص پسند کی ترکاریاں پکا کر اور آہستہ آہستہ موقعہ نکال کر اِدھر اُدھر کی باتوں میں میری شادی کا ذکر چھیڑنے کے لئے تیار تھیں۔ میرے والد پنڈت جی کو بندۂ زر سمجھ کر انہیں نفرت کی نگاہ سے دیکھا کرتے۔ میری والدہ ضرور پنڈت جی کی تھوڑی سی شکایت سے گفتگو کی ابتدا کرتیں اور اُن کی بی بی اور لڑکی کی خوب تعریف کرتیں۔ لیکن بد قسمتی سے پنڈت جی کے خوشی میں آپے سے باہر ہو جانے کی وجہ سے بات چاروں طرف پھیل گئی تھی۔ شادی کی بات بالکل "پکی" ہو چکی ہے اور اس کے لئے دن تاریخ ٹھیک کی جا رہی ہے۔ انھوں نے کسی سے بھی اس کا ذکر کرنا باقی نہ چھوڑا تھا۔ یہاں تک کہ شادی کے واسطے سر رشتہ دار بابو کے پختہ مکان کی ان کو کچھ دنوں کے لئے ضرورت ہوگی اس بارے میں بھی ذمہ دار لوگوں سے انھوں نے کہہ رکھا تھا۔

اس مبارک تقریب میں سبھوں نے اُن کا ہاتھ بٹانے کی خواہش ظاہر کی تھی۔ میرے والد کے اجلاس کے وکلا سب مل کر پنڈت جی کی طرف سے شادی کا خرچ اُٹھانے پر بھی تیار ہو گئے تھے مقامی انٹرنس اسکول کے سکریٹری پرمیشور بابو کا تیسرا لڑکا اُسی اسکول کے تیسرے درجہ میں پڑھتا تھا اُس نے اس شادی کے بارے میں ایک نظم لکھی تھی جس میں استعارۃً چاند اور کنول کا ذکر کیا تھا گھر پر یا سرِ راہ جہاں بھی کوئی مل جاتا سکریٹری بابو اُسے وہ نظم سُنا دیتے۔ دیہات کے لوگوں نے اُس نظم کو سُن کر رائے ظاہر کی کہ سیکریٹری بابو کا لڑکا ہونہار ہے۔ چنانچہ گھر لوٹتے ہی میرے والد کو باہر ہی یہ خوش خبری مل گئی۔ پھر تو میری والدہ کے رونے پیٹنے اور کھانا ترک کر دینے کی نوبت آئی۔ گھر کے تمام لوگ ڈر کے مارے سہم گئے۔ بلا وجہ نوکروں پر جرمانہ ہونے لگا۔ اجلاس میں جا کر میرے والد تیزی کے ساتھ مقدمات خارج کرنے لگے اور بڑی بڑی سزائیں دینے لگے۔ پنڈت جی کو نوکری سے برطرف کر دیا گیا اور گوٹے سے گندھی چوٹی سمیت کاشِشری کو لے کر وہ وہاں سے فرار ہو گئے۔ پھر تعطیل ختم ہونے سے پہلے ہی والدہ سے جُدا کر کے مجھے کلکتہ جلا وطن

کر دیا گیا۔ میرا دل پھٹے ہوئے فٹ بال کی طرح پچک گیا اور اُس کا ہوا میں اُچھلنا بند ہو گیا۔

(۲)

میری شادی کی ابتدا ہی میں یوں رکاوٹ پیدا ہو گئی۔ اُس کے بعد کئی دفعہ تتلی نے نے میری طرف التفات کیا لیکن اس سے خاطر خواہ کوئی نتیجہ نہ نکلا۔ اس بارے میں تفصیل کے ساتھ لکھنے کو جی نہیں چاہتا۔ اپنی ناکامیابی کے واقعات کے سلسلے میں دو ایک نوٹ لکھ کر رکھ جاؤں گا۔ سن کے بیس برس ہونے سے پہلے ہی میں ایم' اے پاس کر کے آنکھوں میں عینک لگا کر اور اپنی تنی نکلتی ہوئی موچھوں کو انگلیوں سے تاؤ دینے کے لائق بنا کر گھر سے باہر نکلا۔ میرے والد اس وقت رام پور، ہاٹ یا نواکھالی یا بار است یا کسی اور جگہ پر تھے۔ اتنے دنوں میں الفاظ کے سمندر کو عبور کر کے میں ڈگری کے ساحل پر پہونچ گیا۔ اب دولت کے سمندر میں ہاتھ پاؤں مارنے کی باری آئی۔ میرے والد نے جو غور کیا تو معلوم ہوا کہ اُن کے سب سے بڑے مُربی فوت ہو گئے تھے۔ اُن سے جو کسی قدر کم درجے تھے وہ پنشن لے کر ولایت جا چکے تھے۔ جو اُن سے بھی کمزور تھے۔ وہ پنجاب میں تبدیل ہو گئے تھے۔ اور جو بنگال میں رہ گئے تھے وہ شروع میں ہر عرض گزار کو اُمید دلایا کرتے مگر اخیر میں اپنی بات پر قائم نہ رہ سکتے۔ میرے دادا جب ڈپٹی کلکٹر تھے تو اُس زمانہ میں مُربیوں کی اتنی قلت نہ تھی۔ وہ زمانہ ایسا تھا کہ نوکری سے پنشن اور پھر پنشن سے نوکری اس طرح ملازمت ایک ہی خاندان میں ہیر پھیر کیا کرتی تھی۔ زمانہ بدل گیا ہے۔ میرے والد متفکر ہو کر سوچ رہے تھے کہ اپنے خاندان کے چراغ کو گورنمنٹ کے شاندار قندیل میں بند نہ کر کے اُس سے نیچے درجے کی چیز یعنی سوداگری کے زمرہ میں داخل کر دینا کیسا ہوگا۔ اتنے میں ایک دولت مند برہمن کی اکلوتی لڑکی پر اُن کی نظر پڑی۔ برہمن ایک ٹھیکہ دار (کنٹریکٹر) تھا۔ اُس کی دولت زیادہ تر جس راستے سے فراہم ہوا کرتی تھی وہ لوگوں کی نظر سے اُوجھل تھا۔ کنٹریکٹر بابو نارنگیاں اور اُسی قسم کی اور بھی چیزیں لے کر حکام اور دوسرے معزز لوگوں کے گھر پر بڑے دن کا تحفہ پہنچانے میں مصروف تھے۔ عین اسی وقت اُن کے یہاں

میرا ظہور ہوا۔ میرے والد کی کوٹھی اُن کے مکان کے مُتصل تھی یہ کہنے کی ضرورت نہیں کہ جس کے سر پر بِن بیاہی لڑکی کا بار ہو اُسے ڈپٹی کلکٹر کا ایم، اے پاس کیا ہوا لڑکا نہایت ہی محبُوب ہوتا ہے۔ کنٹریکٹر بابو مجھ سے بڑے تپاک سے ملے۔ پہلے ہی کہہ چکا ہوں کہ وہ بڑے دولت مند تھے۔ اُن کی دولت کی کشِش نے ڈپٹی بابو کے دل پر بھی اثر کیا۔ لیکن میرا دل اُس سے زیادہ بلندی پر تھا۔

وجہ اس کی یہ تھی کہ میرا سن اس وقت بیس کے لگ بھگ تھا۔ مجھے بی بی کے ذاتی اوصاف کے سوا سیم وزر کی طمع نہ تھی۔ یہی نہیں بلکہ اُس وقت میں خیالی دُنیا میں چکر لگا رہا تھا یعنی بی بی کا جو مفہوم میرے ذہن میں تھا وہ عام طور پر لوگوں میں رائج نہ تھا۔ ہمارے دیس میں آج کل گھریلو زندگی ہر طرف سے سمٹی ہوئی نظر آتی ہے۔ دل کے بہلانے کے لئے اپنے تخیّل کو عقل و فہم کے بڑے پیمانے پر رکھنا لیکن عمل کے وقت اُس تخیّل کو توڑ مروڑ کر بہت ہی تنگ دائرے میں لے آنا یہ میرا دل برداشت نہ کر سکتا تھا۔ جس بی بی کو اپنے معیار کے مُطابق شریکِ زندگی بنانا چاہتا ہوں اس کو گھر بار کے قید خانہ میں ڈال کر اپنے پاؤں کی بیڑی بنا رکھوں جس کی جھنکار قدم قدم پر رکاوٹ پیدا کرے ایسی مہمل بات میں ماننے کو تیّار نہ تھا۔ خلاصہ یہ کہ آج کل لوگ نئی روشنی والے کہہ کر جن کا مذاق اُڑاتے ہیں، میں بھی کالج سے تازہ نکلا ہوا اُسی قسم کا ایک خالص نئی روشنی والا نوجوان بن گیا تھا۔ ہمارے زمانے میں نئی روشنی والوں کی جماعت آج کل سے بہت بڑی تھی تعجب کی بات یہ ہے کہ اُن لوگوں کو یقین کامل تھا کہ موجُودہ طرزِ معاشت کی پابندی سماج کی تباہی لا رہی ہے اور اُسے نظر انداز کر کے آگے بڑھنے میں ہی بھلائی ہے۔

چنانچہ میں یعنی نئی روشنی والا نوجوان سنت کمار، ایک ایسے متموّل شخص کے رُوپوں کی کھُلی ہوئی ہتھیلی کے سامنے جُھک پڑا جسے اپنی بن بیاہی لڑکی کے بار سے سبکدوش ہونا تھا۔ میرے والد نے کہا نیک کام جس قدر جلد ہو جائے بہتر ہے۔ میں خاموش رہا۔ دل میں سوچا کہ ذرا دیکھ بھال لوں۔ اپنی آنکھوں اور کانوں کو کھُلا رکھا۔ کچھ تو دیکھا اور بہت کچھ سُنا۔ لڑکی گڑیا کی سی چھوٹی اور خوبصورت تھی۔ اُسے دیکھ کر معلوم ہوتا تھا کہ گویا اُس کے بالوں کو سنوار کر اس کی بھوؤں کو بنا کر

کسی صانع نے اپنے ہاتھ سے تیار کیا ہے۔ یوں ہی قدرتاً وہ ویسی نہیں ہوئی ہے۔ وہ گنگا مائی کے بھجن سنسکرت زبان میں پڑھ سکتی تھی۔ اس کی ماں پتھر کے کوئلوں کو بھی گنگا جل سے دھو کر کھانا پکاتی۔ دُنیا میں چونکہ مختلف قوم اور ذات کے لوگ بستے ہیں اس لئے اِس دُنیا سے اپنا لگاؤ رہنے کی وجہ سے اُسے ہر وقت تشویش رہا کرتی۔ اپنا کام وہ زیادہ تر پانی سے ہی لیا کرتی کیونکہ پانی میں رہنے والی مچھلیوں کا مسلمانوں کے ساتھ کوئی خاندانی تعلق نہیں ہے اور پانی میں پیاز نہیں اُگتی۔ اُن کا سب سے مقدم کام تھا اپنے جسم کو اپنے گھر کو اپنے پلنگ اور چارپائی کو اپنی ہانڈی اور برتن کو مانجھنا اور پاک کرنا۔ اس کے سارے کام کے انجام دینے میں دن کے ڈھائی بج جاتے اپنی لڑکی کو انھوں نے اس طرح اپنے ہاتھ سے تیار کیا تھا اور پاکی اور صفائی کی ایسی تعلیم دی تھی کہ کسی بات کے بارے میں اُس کی اپنی کوئی رائے باقی نہیں رہ گئی تھی۔ گھر کا جیسا بھی کٹھن کام ہو وہ آسانی کے ساتھ اُسے کر سکتی بشرطیکہ اس کام کے کرنے کی وجہ اُسے بتائی نہ جائے کھانا کھاتے وقت وہ اچھا کپڑا نہیں پہنتی تھی کیونکہ کھانے کے چھو جانے سے اُس کے نجس ہو جانے کا اندیشہ رہتا۔ نیچ ذات کے سائے سے پرہیز کرنا بھی اُس نے سیکھ لیا تھا۔ جس طرح وہ پالکی کے اندر بیٹھ کر گنگا اشنان کیا کرتی اُسی طرح اٹھارہ پُرانوں سے اپنے کو گھیرے ہوئے وہ گھر کے اندر چلتی پھرتی۔ مذہبی ریت رسم پر میری والدہ کا عقیدہ تھا اور میرا بھی لیکن ان سے زیادہ کوئی ریت رسم کی پابندی کرے اور اس پر فخر کرے یہ میری والدہ برداشت نہ کر سکتی تھیں۔ یہی وجہ تھی کہ جب میں نے اُن سے کہا "ماں اس لڑکی کے لائق دولھا میں نہیں ہوں" تو انھوں نے ہنس کر جواب دیا "نہیں۔ اس زمانہ میں ویسا دولھا ملنا مشکل ہے۔"

میں نے کہا "تو پھر مجھے رہائی مل جائے۔" والدہ نے کہا "کیوں سُو تجھے لڑکی پسند نہیں آئی؟ دیکھنے میں تو اچھی ہے۔"

میں نے کہا "ماں۔ بی بی تو صرف آنکھوں سے دیکھنے کی چیز نہیں ہے۔ اس میں عقل بھی تو ہونا چاہیئے۔"

انھوں نے کہا "ذرا سنو اس کی بات۔ اتنے ہی عرصہ میں کونسی کم عقلی کی بات تو نے اس میں دیکھی۔"

میں نے کہا "اگر اس میں عقل ہوتی تو کیا وہ دن رات اس طرح بیکار باتوں میں پھنسی رہ سکتی گھٹ گھٹ کے

مر نہ جاتی۔"

میری والدہ کا مُنھ سوکھ گیا۔ اُن کو معلوم تھا کہ اس شادی کے بارے میں میرے والد نے بات پکی کرلی تھی۔ انھیں یہ بھی معلوم تھا کہ میرے والد اکثر یہ بھول جایا کرتے ہیں کہ کسی اور کی بھی کوئی خواہش اور رائے ہوسکتی ہے۔ فی الحقیقت اگر میرے والد اس قدر خفا نہ ہوجاتے اور اتنی زبردستی نہ کر بیٹھتے تو بہت ممکن تھا کہ کچھ دنوں بعد اسی مقدس گڑیا سے شادی کرکے میں بھی بڑے جوش اور انہماک کے ساتھ اشنان اور پُوجا پاٹ کرتا ہوا گنگا کنارے جاں بحق ہوجاتا یعنی اگر میری والدہ پر میری شادی کی ذمہ داری ہوتی تو وہ کچھ دن ٹھہر کر وقت نکال کر آہستہ آہستہ مجھے سمجھا بجھا کر اور کبھی کبھی آنسو بہا کر اسی لڑکی سے میری شادی کردیتیں۔ لیکن جب میرے والد نے طیش میں آکر طوفان برپا کردیا تو میں نے اپنی جان پر کھیل کر کہہ ڈالا "بچپن سے آپ نے مجھے یہی سکھایا ہے کہ کھاتے پیتے، اُٹھتے بیٹھتے چلتے پھرتے۔ یعنی ہر حالت میں اپنے اُوپر بھروسہ کرنا چاہیے۔ کیا صرف شادی کے بارے میں اپنے اوپر بھروسہ نہیں کیا جاسکتا؟" کالج کا امتحان پاس کرنے کے سوا منطق کے زور سے کبھی کسی کو بازی جیت لیتے میں نے نہیں دیکھا۔ معقول دلیل کبھی کج بحثی کی آگ میں پانی کا کام نہیں کرتی، بلکہ تیل کا کام کرتی ہے۔ میرے والد کا خیال تھا کہ جب انھوں نے بات پکی کردی ہے تو میری اس شادی کی معقولیت کے بارے میں اس سے زیادہ ثبوت اور کیا ہوسکتا ہے لیکن اگر میں انھیں یاد دلاتا کہ ایک دن میری والدہ نے بھی پنڈت جی کو زبان دے دی تھی اور اس کی وجہ سے صرف یہی نہ ہوا کہ میری شادی نہ ہوئی بلکہ بیچارے پنڈت جی کے ذریعہ معاش کا بھی خاتمہ ہوگیا۔ تو گھر میں کُہرام مچ جاتا۔ آج کل میرے والد مجھے سُنا سُنا کر وقت بے وقت یہ بحث چھیڑ دیا کرتے کہ انسان کے لئے اپنی عقل و فہم اور سمجھ کے مطابق کام کرنے سے کہیں بہتر ہے راسخ الاعتقاد ہونا۔ مالا جپنا اور کریا کرم برتنا۔ وہ فرمایا کرتے کہ اُن چیزوں کی شعریت اور جاذبیت کس قدر عمیق اور مستحسن ہے۔ وہ کہتے کہ سمبالزم اور آئیڈیالزم ایک ہی بات ہے۔ پھر تقویٰ کے بارے میں بھی تاکید کیا کرتے۔ میں نے اپنی زبان کو روک رکھا تھا لیکن دل کو تو روک نہیں سکتا۔ جو بات میری زبان کی نوک پر آکر لوٹ جاتی وہ یہ تھی "آپ اگر اس قدر تقویٰ کی پابندی کے قائل ہیں تو مرغی کیوں پالتے ہیں" اور بھی ایک بات میرے دل میں آتی۔ اس سے پہلے

کئی دفعہ اپنے والد کو میں نے ڈپٹ کر کہتے سُنا ہے کہ کسی دن یا تاریخ کو مبارک یا غیر مبارک جاننا یہ سب محض ڈھکوسلا ہے۔ جب کبھی اس قسم کی مذہبی رسم کو گھر میں برتنے کی وجہ سے اُن کے آرام میں خلل پڑتا تو میرے والد اپنی اس رائے کا دوروں سے اعلان کیا کرتے۔ میری والدہ اپنا سر نیچا کئے خاموشی کے ساتھ تسلیم کر لیتیں کہ عورتیں فطرتاً ناقص العقل ہوا کرتی ہیں۔ پھر والد کی ناراضگی کم ہو جانے پر برہمن بھوجن کے انتظام میں لگ جاتیں لیکن کارسازِ عالم نے کالبُدِ انسان کو منطق کے سانچے میں ڈھال کر تو تیار نہیں کیا ہے۔ لہٰذا اگر کسی شخص سے کہا جائے کہ تمھاری بات میں فلاں غلطی ہے تو اُس سے اُسے اپنا ہم خیال بنایا نہیں جا سکتا بلکہ اُسے غصہ دلایا جا سکتا ہے۔ منطق کا حوالہ دینے سے کج بحثی اور بڑھ جاتی ہے سیاسی اور سماجی ایجی ٹیشن کرنے والوں کو اس بات کو اچھی طرح سمجھ رکھنا چاہیے۔ گھوڑا جب سمجھتا ہے کہ جس گاڑی میں وہ جُتا ہوا ہے وہ بُری چیز ہے اور ناحق اس کے پیچھے لگی ہوئی ہے تو وہ دولتی چلاتا ہے۔ مگر نتیجہ کیا ہوتا ہے۔ گاڑی تو اپنی جگہ سے ہلتی ہی نہیں اور گھوڑے کے پاؤں میں چوٹ آجاتی ہے۔ جوانی کی اُمنگ میں تھوڑی سی بحث کرنے پر میری بھی وہی حالت ہوئی۔ اُس توہم پرست لڑکی سے تو مجھے چھٹکارا مل گیا لیکن اپنے والد کے روپوں کی تھیلی سے میں محروم ہو گیا۔ میرے والد نے کہا "جاؤ اپنا سہارا ڈھونڈ لو۔" میں نے اُن کی قدم بوسی کر کے کہا "جیسی آپ کی مرضی" میری والدہ رونے لگیں۔ گرچہ میرے والد نے میری طرف سے منہ پھیر لیا۔ لیکن والدہ کی موجودگی کی وجہ سے کبھی کبھی منی آرڈر کے روپوں سے میری ملاقات ہو جایا کرتی۔ مینہ برسنا بند ہو گیا لیکن رات کی خُنکی میں شبنم پڑ کر مجھے نہلا دیا کرتی۔ اُسی کے بل پر میں نے تجارت شروع کر دی۔ کُل اُناسی روپیہ سے اس کی ابتدا کی تھی۔ یوں تو حاسد لوگ بہت بڑھا چڑھا کر کہتے ہیں پھر بھی آج اُس کاروبار میں جو سرمایہ لگا ہوا ہے اُس کی مقدار بیس لاکھ سے کم نہ ہوگی۔

شادی کی دیوی کا ہرکارہ اکثر میرے یہاں آجایا کرتا ہے۔ پہلے جن لوگوں کا دروازہ میرے لئے بند تھا۔ اب اُن کے یہاں کوئی رکاوٹ نہیں ہے۔ مجھے یاد ہے ایک دن جوانی کی ناقابلِ برداشت دلکشی کی وجہ سے ایک سولہ سالہ لڑکی کے سامنے میں نے اپنے دل کو کھول کر رکھ دیا تھا۔ لیکن مجھے خبر ملی تھی کہ

لڑکی کے ننہال کے لوگوں کی نظر سویلین یا کم سے کم بیرسٹر کے نیچے نہیں اُترتی تھی۔ میں اُن لوگوں کی پسند کی ترازو میں صِفر سے بھی کم تھا۔ لیکن بعد کو اُن کے مکان پر میں نے نہ صرف چائے ہی نہیں پی بلکہ لنچ بھی کھایا اور ڈنر کے بعد رات کو لڑکیوں کے ساتھ تاش بھی کھیلا اور ان کی زبان سے خاص ولایتی لہجہ میں انگریزی بولی بھی سُنی ہے۔ مجھے دِقّت یہ پیش آئی کہ میں نے رلیس ڈزر ٹڈ دیلیج اور ایڈیسن اسٹیل پڑھ کر اپنی انگریزی درست کی ہے۔ انگریزی بولنے میں اُن عورتوں کا ساتھ دینا میرے بس کا روگ نہ تھا۔ O my, O dear, O dear قسم کی باتیں میری زبان سے اُن کے لہجہ میں ادا نہیں ہو سکتیں۔ میری انگریزی کی قابلیت بس اتنی قدر تھی کہ میں بازار جاکر اُس زبان میں خرید اور فروخت کر سکتا تھا۔ بیسویں صدی کی انگریزی زبان میں پریم اور پیار کی باتیں کرنے کا خیال آتے ہی میرا عشق کافور ہو جاتا۔ لیکن اُن میں بنگلہ زبان کا چلن اس قدر کم تھا کہ خالص بنکم بابو کے طرز میں اگر اُن سے باتیں کر کے دل بہلانا چاہتا تو مجھے دھوکہ کھانا پڑتا۔ اور وقت فضول ضائع ہوتا۔ غرض ایک دن ایسا آیا کہ یہی ولایتی قلعی کی ہوئی لڑکیاں آسانی سے مجھے ملنے لگیں۔ لیکن بند دروازے کے شگاف کے اندر سے جو پرستان میں نے دیکھا تھا جب دروازہ کھل گیا تو اس کا پتہ نہ چلا۔ جب تو بار بار مجھے ایسا معلوم ہوتا کہ جیسے وہ دھرم ریت کی اندھی تقلید کرنے والی لڑکی بیکار رسوم کی پابندی میں ہر وقت پھنسی رہ کر بے سمجھے بوجھے تسکین حاصل کرتی ہے۔ اسی طرح یہ لڑکیاں بھی عقل سے کوئی سروکار نہ رکھ کر ولایت کی ذلیل ترین اور گری ہوئی تہذیب اور چال چلن کے گرد چکر لگاتی ہوئی اپنے دن مہینے بلکہ سال تک بے دھڑک اور بے تامل گنوا رہی ہیں۔ وہ لڑکی کسی کو اگر چھوت چھات یا اشنان وغیرہ میں شمہ برابر غلطی کرتے دیکھ پاتی تو اس سے مُتنفِر ہو جاتی۔ اسی طرح یہ لڑکیاں بھی اگر کسی کو غیر صحیح لب ولہجہ میں انگریزی بولتے سُنتیں یا اُسے چمچے کانٹے کا غلط استعمال کرتے دیکھتیں تو انھیں اُس کے انسان ہونے میں بھی شک ہو جاتا۔ وہ ہوئی دیسی گڑیا اور یہ ہوئیں ولایتی گڑیاں۔ اپنی سمجھ کے مطابق نہ وہ چلتی ہے نہ یہ چلتی ہیں۔ چابی دی ہوئی عادت کی مشین ان سبھوں کو چلاتی ہے۔ نتیجہ یہ ہوا کہ عورت ذات سے مجھے نفرت ہو گئی۔ میں نے سمجھا کہ جب اُن میں عقل ہی نہیں ہے تو چھوت چھات اشنان اور اسی قسم کی

مہل دھرم ریت میں پھنسی نہ رہیں گی تو اُن کی زندگی دوبھر ہو جاتے گی۔ کتابوں میں پڑھا ہے کہ ایک قسم کا کیڑا ہوتا ہے جو برابر اپنے ہی چاروں طرف گھومتا رہتا ہے۔ لیکن انسان تو گھومتا نہیں ہے۔ وہ تو چلتا ہے۔ تو کیا اُسی جنس کے بڑے کیڑوں سے پروردگار نے مردوں کی جوڑی بنائی ہے؟

میرا سِن جوں جوں بڑھتا گیا اپنی شادی کے بارے میں تشویش بڑھتی گئی۔ انسان کا ایک سِن ہوتا ہے جب تک وہ بے سوچے سمجھے شادی کر لیتا ہے۔ اُس سِن کے گزر جانے کے بعد شادی کرنے میں کسی قدر جسارت کی ضرورت ہوتی ہے۔ میں اب اس بے پروا جماعت کا آدمی نہ تھا علاوہ اس کے یہ بھی میری سمجھ میں نہیں آتا تھا کہ کوئی سنجیدہ لڑکی بلا وجہ ایک دم مجھ سے کیوں شادی کر لے گی۔ لوگ کہتے ہیں محبت اندھی ہوا کرتی ہے۔ مگر اُس اندھے پر تو کوئی ذمہ داری عائد نہیں ہوتی۔ دنیاوی عقل کی رو سے زیادہ آنکھیں ہوتی ہیں۔ وہ آنکھیں جب بغیر کسی نشے کے میری طرف دیکھتی ہیں نہ معلوم کیا سوچتی ہیں۔ بلاشبہ مجھ میں بہت اوصاف ہیں۔ مگر وہ تو آسانی سے دکھائی نہیں دیتے۔ پہلی نظر میں اُن کی پہچان نہیں ہوتی۔ یہ میں جانتا ہوں کہ میری عقل کی وجہ سے میری بیٹھی ہوئی ناک کا عیب قابلِ تنقید نہیں رہتا۔ لیکن ناک ہی تو نمایاں طور پر سامنے آجاتی ہے اور عقل کو پروردگار عالم نے کوئی قالب عطا نہیں کیا ہے۔ بہرحال جب میں دیکھتا ہوں کہ کوئی سِنِ بلوغ پر پہنچی ہوئی لڑکی میری تھوڑی سی توجہ پر مجھ سے شادی کرنے میں کوئی عذر نہیں کرتی تو عورتوں کی وقعت میری نظر میں اور بھی گھٹ جاتی۔ اگر میں عورت ہوتا تو سری سنت کمل اپنی بیٹھی ہوئی ناک سے لمبی سانس کھینچتے رہتے اور اُن کی اُمیدوں پر پانی پھر جاتا۔

اسی طرح میری شادی کے بوجھ سے خالی ناؤ کبھی کبھی ریت میں پھنس جاتی لیکن ساحل پر نہ پہنچتی کاروبار کی ترقی کے ساتھ بی بی کے سوا میرے گھر میں باقی سامان بڑھتا گیا۔ ہاں ایک بات بھولا جا رہا ہوں میرا سِن بھی بڑھتا گیا۔ ایک واقعہ نے یکایک مجھے یہ بات یاد دلائی۔ ابرق کی کان کی تلاش میں چھوٹا ناگپور کے ایک شہر میں جا کر میں نے دیکھا ہمارے پنڈت جی ایک چھوٹی سی ندی کے کنارے ایک دلکش جھونپڑا بناتے بیٹھے ہیں۔ اُن کا لڑکا وہاں کام کرتا ہے۔ اُسی جنگل کے کنارے میرا

خیمہ ڈالا گیا۔ اُس وقت ہر طرف میری دولت کی شہرت تھی۔ پنڈت جی نے کہا کہ ایک دن میں غیر معمولی شخص ہوں گا یہ انھیں پہلے ہی سے معلوم تھا۔ شاید انھیں معلوم ہوا ہو۔ لیکن حیرت انگیز طریقے پر اس بات کو انھوں نے اتنے دنوں تک چھپا رکھا تھا۔ اُس کے علاوہ نہ معلوم میرے اندر کون سی علامت دیکھ کر وہ اس نتیجے پر پہنچے تھے۔ جو لوگ اپنی زندگی میں ایک غیر معمولی شخصیت حاصل کرتے ہیں شاید ابتدائی تعلیم کے وقت وہ حروف تہجّی بھی اچھی طرح پہچان نہیں سکتے۔ کاشستری سسرال گئی ہوئی تھی اس لئے میں بلا روک ٹوک پنڈت جی کے گھر کا آدمی بن گیا۔ کئی سال ہوئے اُن کی اہلیہ کا انتقال ہو گیا تھا۔ وہ نواسے نواسیوں سے گھرے ہوئے تھے۔ سب اُن کے اپنے نہ تھے۔ دو اُن کے مرحوم بڑے بھائی کے تھے۔ اُن بچّوں نے بڈھے کی ڈھلتی زندگی کو رنگین بنا رکھا تھا۔ امرشتک، آریا سپت، ہنس دوت اور پدنک دوت۔ ان سب شاعروں کی نظمیں قہقہوں کے اندر اس طرح اُن کے چاروں طرف گونج اٹھتی تھیں جیسے کسی پتھریلی ندی کا پانی تہ کے پتھروں کے اِرد گِرد اُبلتا ہوا بہتا ہے۔

میں نے ہنستے ہوئے کہا "پنڈت جی کیا ماجرا ہے؟" بولے "بابا تمھارے انگریزی شاستر میں لکھا ہے سیّارہ زحل چاند کی مالا پہنے رہتا ہے۔ یہ میری وہی چاندوں کی مالا ہے۔"

اُس غریب گھرانے کی تصویر دیکھ کر مجھے محسوس ہوا کہ میں تنہا ہوں۔ مجھے ایسا محسوس ہوا کہ اپنے ہی بوجھ سے میں دبا جا رہا ہوں۔ پنڈت جی کو اپنی عمر کا اندازہ نہ تھا۔ مگر مجھے صاف پتہ چل گیا کہ میرا سن کافی ہو چکا ہے۔ سن ہو چکنے سے میری مُراد یہ ہے کہ میں اپنے اِرد گِرد کے لگاؤ سے آزاد ہوں اور میری چاروں طرف ایک خلا سا ہو گیا ہے۔ اس خلاء کو دولت سے یا شہرت سے پُر نہیں کیا جا سکتا۔ دُنیا سے مجھ کو کوئی لُطف حاصل نہیں ہو رہا ہے۔ صرف سامان جمع کر رہا ہوں۔ ہاں اس طرزِ معاشرت کا عادی ہو جانے کی وجہ سے اُس کے بے سُود ہونے کا خیال کبھی نہیں آتا لیکن جب میں نے پنڈت جی کا گھر بار دیکھا تو ایسا محسوس ہوا کہ میرے دن خشک اور میری راتیں سنسان ہیں۔ پنڈت جی نے ضرور سوچا ہوگا کہ میں اُن سے بہت زیادہ خوش قسمت ہوں۔ اس خیال کے آتے ہی

مجھے ہنسی آئی۔ اس مادّی دنیا کو ایک پُر سرور دنیا گھیرے ہوئے ہے جو انسان کی نظر سے اوجھل ہے اس پُر سرور دنیا سے اگر ہمارا تعلق نہ رہے تو راجہ ترِشنکو کی طرح ہم بھی خلا میں معلّق رہ جائیں گے۔ پنڈت جی کا اس دنیا سے لگاؤ ہے میرا نہیں ہے۔ میرے اور اُن کے درمیان یہی فرق ہے۔ آرام کرسی کے دستوں پر دونوں پاؤں رکھ کر میں سگریٹ پیتے پیتے سوچنے لگا کہ مردوں کی زندگی کی چار منزلوں کے محافظ چار دیوتا ہیں۔ بچپنے میں ماں۔ جوانی میں بی بی۔ ادھیڑ عمر میں لڑکی اور لڑکے کی دُلہن اور بڑھاپے میں نواسی و نواسے کی دلہن۔ اسی طرح عورتوں کی وساطت سے مرد اپنی تکمیل کی منزل تک پہنچتا ہے۔ جنگل کے درختوں کے پتّوں کی آواز کے اندر سے اس حقیقت نے آکر میرے دل کو گھیر لیا۔ میں نے اپنے آنے والے بڑھاپے کے آخری دنوں پر نظر ڈالی اور اس کے بے انتہا بے رونق ہونے کا خیال آتے ہی میرے دل پر سانپ لوٹنے لگا۔ اس ویران راستہ پر منافع کا بوجھ سر پہ لئے نہ معلوم کس جگہ ٹھوکر کھا کے جاں بحق ہو جاؤں گا۔ لہٰذا اور دیر کرنا مناسب نہیں۔ چالیس سال گزر چکے۔ میری جوانی کا جو کچھ بچا کھچا رہ گیا ہے تھیلی جھاڑ کر اُسے نکال لے جانے کے لئے پچاس کے سن راہ کے کنارے بیٹھا ہوا ہے۔ اُس کی ڈوری کا سِرا یہیں سے نظر آ رہا ہے۔ اب جیب کی بات کو ملتوی رکھ کر اپنی زندگی کے بارے میں تھوڑا سا غور کیا جائے۔ لیکن زندگی کا جو حصّہ بیت چکا ہے اُسے واپس لانا تو ممکن نہیں۔ ہاں اُس میں جگہ جگہ جو شگاف پڑ گئے ہیں اُن میں جوڑ پیوند لگانے کا وقت اب بھی کچھ باقی ہے۔

کاروبار کے سلسلے میں مجھے یہاں سے پچّھم کے ایک شہر میں جانا پڑا۔ یہاں بشاپتی بابو ایک دھنی بنگالی مہاجن تھے۔ اُن ہی سے میرا کام تھا۔ آدمی بڑے ہوشیار تھے۔ اس لئے اُن سے کوئی بات پکّی کرنے میں بڑی دیر لگتی۔ ایک دن دق ہو کر جب میں سوچ رہا تھا کہ اس شخص سے میرا کام نہیں بنے گا۔ یہاں تک کہ اپنے نوکر سے سامان ٹھیک کرنے کو بھی میں نے کہہ دیا تھا۔ عین اس وقت بشاپتی بابو نے سرِ شام مجھ سے آکر کہا "آپ سے ضرور ہر قسم کے لوگوں سے ملاقات ہوگی۔ اگر آپ ذرا توجّہ کریں تو ایک غریب بیوہ بچ جائے" قصّہ یہ تھا:-

نندکرشنا نام کے ایک شخص کسی اینگلو بنگالی اسکول کے ہیڈ ماسٹر مقرر ہو کر پہلے بریلی آئے تھے۔ کام بہت اچھا کر رہے تھے۔ سب کو تعجب تھا کہ ایسا قابل آدمی اتنی تھوڑی تنخواہ پر اپنا وطن چھوڑ کر اتنی دور نوکری کرنے کیوں آیا۔ صرف امتحان پاس کرانے میں ہی اُن کو مہارت نہ تھی بلکہ ہر اچھے کام میں وہ لوگوں کا ہاتھ بٹاتے۔ اتنے میں کسی صورت سے لوگوں کو پتہ چل گیا کہ اُن کی بی بی حسین تو تھی مگر اُس کی نسل میں کچھ نقص تھا۔ کسی چھوٹی ذات کی لڑکی تھی۔ اُس کے ہاتھ سے اگر پانی چھو جاتا تو نجس ہو جاتا۔ بلکہ اس کی پاکیزگی کے دوسرے اوصاف بھی ضائع ہو جاتے۔ جب لوگوں نے مجبور کیا تو انھوں نے کہا "ہاں۔ وہ ذات میں تو چھوٹی ہے مگر میری بی بی ہے۔" اس پر سوال چھڑا کہ ایسی شادی جائز کیونکر ہوئی۔ جنھوں نے سوال کیا تھا اُن سے نندکرشنا بابو نے کہا "آپ نے تو سالگ رام کو گواہ بنا کر ایک کے بعد ایک دو بیبیاں کر ڈالی ہیں اور آپ نے اس کا بھی ثبوت دیا ہے کہ دو بیبیوں پر بھی آپ قانع نہیں ہیں۔ سالگ رام کی بات تو میں کہہ نہیں سکتا لیکن عالم الغیب واقف ہے کہ میری شادی آپ کی شادیوں سے زیادہ مطابق قانون ہے۔ ہر صورت سے وہ جائز ہے اور برابر جائز رہے گی۔ اس سے زیادہ میں آپ سے کہنے کو تیار نہیں۔"

نندکرشنا بابو نے جن سے یہ باتیں کی تھیں وہ خوش نہیں ہوئے۔ علاوہ اس کے دوسروں کو نقصان پہنچانے کا مادہ اُن میں غیر معمولی تھا۔ لہٰذا اُس شر و فساد کی وجہ سے نندکرشنا بابو نے بریلی چھوڑ کر اس جگہ آ کر وکالت کرنا شروع کر دی۔ آدمی بڑے محتاط تھے۔ فاقہ کشی کی نوبت آنے پر بھی وہ جھوٹے مقدمے نہ لیتے۔ پہلے پہل اُن کو تکلیف برداشت کرنی پڑی مگر کچھ دنوں بعد اُن کی ترقی ہونے لگی کیونکہ حکام اُن پر اعتبار کرنے لگے۔ اپنا ایک مکان بنا کر اطمینان سے بیٹھے تھے کہ یہاں زوروں کا قحط پڑا۔ ملک اجاڑ ہو گیا۔ مصیبت زدوں میں امداد تقسیم کرنے کی ذمہ داری جن پر تھی اُن میں کے کچھ لوگ بد دیانتی کر رہے تھے۔ نندکرشنا بابو نے اس بات کی اطلاع مجسٹریٹ صاحب کو دی تو انھوں نے کہا "ولی کہاں سے ڈھونڈھ لاؤں۔"

اُنھوں نے کہا "اگر آپ مجھ پر اعتماد کر سکیں تو اس کی ذمہ داری میں لے سکتا ہوں۔" چنانچہ

اُن کو اس کام کی ذمّہ داری دی گئی اور وہ تن دہی سے اُس کام کو انجام دیتے ہوئے ایک دن دوپہر کے وقت میدان میں ایک درخت کے نیچے جاں بحق ہو گئے۔ ڈاکٹر نے کہا یکایک قلب کی حرکت بند ہو جانے کی وجہ سے یہ حادثہ پیش آیا۔

قصّہ کا اتنا حصّہ مجھے پہلے ہی معلوم تھا۔ ایک دن میں نے جوش میں آکر بڑی متانت کے ساتھ اسی واقعہ کا ذکر کرتے ہوئے کلب میں کہا تھا "یہی نند کرشنا بابو جیسے لوگ جنھوں نے دنیا میں ناکام رہ کر خستہ حالی میں اپنی جان دے دی۔ نہ اپنا نام چھوڑ گئے نہ دولت۔ پروردگار عالم کے ساتھ مل کر اس سنسار کو عالم بالا کی طرف ......" میں نے یہاں تک کہا تھا کہ جیسے ہوا میں بادبان لگا کر زوروں سے چلتی ہوئی ناؤ یکایک ریگ میں پھنس جاتی ہے اُسی طرح میری بات بھی بیچ میں رُک گئی۔ وجہ اُس کی یہ ہوئی کہ وہاں کلب میں ایک بڑے امیر و کبیر شخص اخبار پڑھ رہے تھے۔ وہ اپنے چشمہ کے اوپر سے میری طرف دیکھ کر بول اُٹھے "ہیر ہیر"

خیر، خبر ملی کہ نند کرشنا بابو کی بیوہ اپنی ایک لڑکی کے ساتھ اسی محلہ میں رہتی تھیں۔ دیوالی کی رات میں وہ لڑکی پیدا ہوئی تھی اس لئے اُس کے والد نے اُس کا نام دیپالی رکھا تھا۔ یہاں کی سماج میں اس بیوہ کا گزر نہ ہونے کی وجہ سے اس نے الگ تھلگ رہ کر اپنی لڑکی کو لکھنا پڑھنا سکھایا ہے اور اس کی اچھی تربیت کی ہے۔ لڑکی کا سن پچیس سے تجاوز کر گیا ہے۔ اُس کی ماں کی صحت اچھی نہیں رہا کرتی اور اس کا سن بھی کافی ہو چکا ہے۔ اس کی زندگی کا کوئی بھروسہ نہیں۔ کیا اس لڑکی کا کوئی وسیلہ نکل نہیں سکتا؟ بشاپتی بابو نے مجھ سے بڑی منت و سماجت کے ساتھ کہا "اگر اس لڑکی کی شادی کا کوئی سامان آپ کر سکیں تو بڑی نیکی کا کام ہوگا"

بشاپتی بابو کو میں نے ایک خود غرض اور اپنے کام میں ہوشیار آدمی ہی سمجھ رکھا تھا۔ اور اُسی وجہ سے اُن کی باتوں میں مجھے کوئی دلچسپی نہ ہوتی۔ ایک بے سر و سامان بیوہ کی لڑکی کی بھلائی کے لئے اُن کو اس قدر کوشاں دیکھ کر میرا دل پسیج گیا۔ میں نے سوچا کہ عہد ماضی کے مرے ہوئے مُردہ میمتھ کے پیٹ سے غلّہ کا دانہ نکال کر اُسے زمین میں بو کر دیکھا گیا ہے کہ اُس میں کونپل نکل آتی ہے۔ ویسے ہی

آدمی کی اِنسانیت موت کے انبار میں پڑی رہ کر بھی پُوری طرح مرنا نہیں چاہتی۔

میں نے بشاپتی بابو سے کہا "نوشاہ موجود ہے۔ میں اُسے جانتا ہوں۔ اِس بارے میں کوئی دِقّت نہ ہوگی۔ آپ لوگ شادی کی بات چیت اور تاریخ ٹھیک کیجیے۔"

"لڑکی کو بغیر دیکھے تو......."—"بے دیکھے ہی ہوگا"

"لیکن نوشاہ اگر جائداد ڈھونڈے تو مشکل ہوگا۔ کیونکہ جائداد تو کچھ بھی نہیں ہے۔ ہاں اس کی ماں کے مرجانے کے بعد وہ مکان اُسے مل جائے گا۔ شاید اور بھی کچھ تھوڑا بہت ہو۔

"نوشاہ کی اپنی جائداد ہے۔ اس بارے میں کوئی فکر کرنی نہ پڑے گی۔" "اُن کا نام وغیرہ....."

"وہ ابھی نہ بتاؤں گا۔ بات پہلے سے ظاہر ہو جانے پر شادی میں رکاوٹ پیدا ہو سکتی ہے"

"لڑکی کی ماں کو تو کچھ بتانا پڑے گا"

"کہہ دیجئے گا۔ عام طور پر جیسے لوگوں میں عیب و ہنر دونوں ہوا کرتے ہیں اس میں بھی ہیں۔ عیب اس قدر زیادہ نہیں کہ گھبرانا پڑے اور ہنر بھی اتنا زیادہ نہیں کہ اس کے لئے دل للچائے۔ مجھے جہاں تک علم ہے لڑکیوں کے والدین اُسے بہت پسند کرتے ہیں۔ لڑکیوں کے دل کی خبر مجھے ٹھیک معلوم نہیں۔"

مجھ سے یہ باتیں سُن کر جب بشاپتی بابو بے حد ممنون ہوئے تو میری نظر میں اُن کی عزّت بڑھ گئی۔ جو سودا اُن سے پٹ نہیں رہا تھا تھوڑا سا نقصان اُٹھا کر بھی اُسے طے کر کے رجسٹری کر دینے پر مستعد ہو گیا۔ چلتے چلتے اُنھوں نے کہا "اُس ہونے والے نوشاہ سے کہہ دیجئے گا کہ اور کچھ ہو یا نہ ہو ایسی شائستہ لڑکی کہیں نہ ملے گی۔"

جس لڑکی کی سماج میں کوئی وقعت نہیں اور نہ اُس کو وہاں کسی طرح کی امان مِل رہی ہو اُسے اگر دل میں جگہ دی جائے تو کیا وہ لڑکی اپنے تئیں نچھاور کر دینے میں ذرا بھی دریغ نہ کرے گی۔ جس لڑکی کے دل میں بہت سی خواہشیں ہوں اُس کا ارمان مٹانا مشکل ہوتا ہے۔ لیکن دیپالی (چراغاں — مترجم) جس جزیرہ پر روشن ہے وہ تو مٹی کا ہے۔ اس لئے میرے مٹی کے مکان کے ایک گوشے میں اُس کی

لڑکی کوئی ہتک نہ ہوگی۔

شام کے بعد روشنی جلا کر ولایت کے اخبار پڑھ رہا تھا۔ ملازم نے خبر دی کہ ایک لڑکی مجھ سے ملنے آئی ہے۔ گھر میں کوئی عورت نہ تھی۔ اس لئے میں کسی قدر مترددّ ہوا۔ میں سوچ ہی رہا تھا کہ کیا کروں۔ اتنے میں اس لڑکی نے کمرے کے اندر آکر مجھے سلام کیا۔ یوں تو مجھے دیکھ کر معلوم نہیں ہوتا مگر یہ واقعہ ہے کہ میں بہت شرمیلا آدمی ہوں۔ نہ میں نے اس کی طرف دیکھا نہ اس سے کوئی بات کی۔

اس نے کہا "میرا نام دیپالی ہے۔"

آواز بہت میٹھی تھی۔ میں نے جرأت کے ساتھ اس کے چہرے کی طرف دیکھا۔ اس چہرے میں عقل اور حسن کی آمیزش تھی۔ مگر گھونگھٹ نکالے نہ تھی۔ آج کل سا سیدھا سادا لباس پہنے تھی۔ میں سوچ رہا تھا کہ کیا بات کروں اتنے میں وہ خود بول اٹھی "میری شادی کے بارے میں آپ کوئی کوشش نہ کیجئے"

مجھے اس کا گمان بھی نہ تھا کہ دیپالی اس طرح اعتراض کر بیٹھے گی۔ میرا خیال تھا کہ شادی کی بات سنتے ہی اس کا سر شکر گزاری سے جھک جائے گا۔

میں نے دریافت کیا "جانے پہچانے یا انجان کسی شخص سے بھی تم شادی نہ کروگی۔"

اس نے کہا "نہیں۔ کسی سے بھی نہیں"

گرچہ مجھ کو نفسیات سے زیادہ مادیت کا علم ہے۔ خاص کر عورتوں کی فطرت کا سمجھنا میرے لئے ایسا ہی کٹھن ہے جیسے بنگالی الفاظ کا ہجا کرنا۔ پھر بھی اس کی باتوں کا ظاہرا مطلب مجھ کو اصل مفہوم معلوم نہ ہوا۔ میں نے کہا "جس نوشاہ کو میں نے تمہارے لئے چنا ہے وہ ایسا نہیں ہے کہ اس سے منہ پھیر لیا جائے۔" میں ان سے منہ نہیں پھیرتی ہوں مگر میں شادی نہ کروں گی۔"

میں نے کہا "اس شخص کے دل میں بھی تمہاری بڑی توقیر ہے۔"

"نہیں نہیں۔ مجھ سے شادی کرنے کو نہ کہئے۔"

"اچھا اب میں نہ کہوں گا۔ لیکن میں کیا تمہارے کسی کام آسکتا ہوں؟"

"مجھے اگر کسی لڑکیوں کے اسکول میں معلّمہ کا کام دلا کر یہاں سے کلکتہ لے جا سکیں تو بڑی عنایت ہوگی۔"

میں نے کہا" کام ہے۔ تمھیں دلا سکوں گا۔"

یہ میں نے سچ نہیں کہا۔ بھلا لڑکیوں کے اسکول کی مجھے کیا خبر؟ مگر ایک لڑکیوں کا اسکول قائم تو کیا جاسکتا ہے۔ اس میں کیا حماقت ہے۔

دیپالی نے کہا" آپ ایک دفعہ ہم لوگوں کے یہاں تشریف لاکر میری ماں سے اس بارے میں بات چیت کریں تو مہربانی ہو۔"

میں نے کہا" صبح آؤں گا۔"

دیپالی چلی گئی۔ میں نے اخبار پڑھنا بند کر دیا۔ چھت پر جاکر کرسی پر بیٹھ گیا۔ میں نے ستاروں سے پوچھا" کیا فی الحقیقت سب کروڑوں میل دُور سے بیٹھے بیٹھے انسان کے سارے کاروبار اور تعلقات کو خاموشی کے ساتھ ترتیب دیتے رہتے ہو؟"

اتنے میں کوئی خبر نہ دے کر پشاپتی بابو کا منجھلا لڑکا سرپتی چھت پر میرے پاس آموجود ہوا اس سے جو باتیں ہوئیں اس کا خلاصہ نیچے درج ہے۔

سرپتی دیپالی سے شادی کرنے کے اشتیاق میں اپنا سماج چھوڑ دینے پر تیار ہے۔ اُس کے والد کہتے ہیں کہ اگر اس نے ایسی ناپسندیدہ حرکت کی تو وہ اُسے عاق کر دیں گے۔ دیپالی کہتی ہے اس کے لئے کوئی اتنا ایثار کرے اور اتنی ذلت برداشت کرے اس لائق وہ نہیں ہے۔ علاوہ اس کے سرپتی بچپنے سے امارت میں پلا ہے۔ دیپالی کا خیال ہے کہ سماج سے خارج ہونے کے بعد بے سروسامان ہو کر وہ تکلیف برداشت کر نہ سکے گا۔ اسی پر بحث چل رہی ہے۔ اس کا کسی طرح فیصلہ ہو نہیں رہا ہے عین اسی وقت میں نے اُن کے بیچ میں پڑ کر ایک دوسرا نوشاہ کھڑا کر کے معاملے کو اور بھی پیچیدہ بنا دیا ہے۔ مجھ سے سرپتی کی یہ درخواست تھی کہ جیسے پروف شیٹ کا کٹا ہوا حصہ نکال کر پھینک دیا جاتا ہے اُسی طرح میں بھی اس ناٹک سے باہر نکل جاؤں۔

میں نے کہا" جب اس کے اندر داخل ہو چکا ہوں تو نکلوں گا نہیں۔ اگر نکلوں گا تو معاملے کی عقدہ کشائی کر کے نکلوں گا۔"

شادی کی تاریخ بدلی نہیں۔ صرف دولھا بدل گیا۔ بشاپتی کی التجا کے مطابق میں نے کام کیا مگر وہ خوش نہ ہوئے۔ دیپالی کی بات دل میں نہ رکھ سکا لیکن انداز سے معلوم ہوا کہ وہ خوش تھی اسکول میں جگہ خالی تھی یا نہیں یہ مجھے معلوم نہ تھا۔ لیکن میرے گھر میں لڑکی کی جگہ خالی تھی، وہ پُر ہوگئی میرے ایسا نکما آدمی بھی بیکار نہیں ہوتا یہ میری دولت نے سرسپتی پر ثابت کر دیا۔ اس کے گھر کا چراغ میرے کلکتہ کے مکان میں روشن ہوا۔ میں نے سوچا تھا۔ وقت پر شادی نہ کرنے کی وجہ سے جو غلطی ہوگئی ہے وقت نکل جانے پر ہی ایک شادی کر کے اس کی تلافی کی جائے۔ لیکن دیکھا کہ اگر اُوپر والے مہربان ہوں تو وہ ایک کلاس پھلانگ کر بھی پروموشن مل جاتا ہے۔

آج پچپن سال کی عمر میں میرا گھر نواسیوں سے بھر گیا ہے۔ اس پر ایک نواسہ کا بھی اضافہ ہوگیا۔ لیکن بشاپتی بابو سے میرا کاروبار بند ہوگیا کیونکہ اُن کو دُولھا پسند نہ آیا۔

—:(※):—

اُجڑا آشیانہ

بھوپتی کو کوئی کام کرنے کی ضرورت نہ تھی۔ اُس کے پاس دولت کافی تھی۔ لیکن بھاگ کے چکر نے اُسے کام کا آدمی بنا کر ہی پیدا کیا تھا۔ چنانچہ آخر کار اس کو ایک انگریزی اخبار جاری کر دینا ہی پڑا۔ پھر اس کو یہ شکایت نہ رہی کہ اس کے پاس وقت بہت ہے۔ کمسنی ہی سے اس کو انگریزی میں مضامین لکھنے اور تقریر کرنے کا شوق تھا۔ بےضرورت بھی وہ انگریزی اخباروں میں اپنے خطوط چھپوایا کرتا اور کہنے کی کوئی بات نہ رہنے پر بھی جلسوں میں کچھ نہ کچھ بولا ہی کرتا۔

اُس جیسے مالدار آدمی کو اپنے ساتھ شریک کر لینے کے لئے مختلف سیاسی جماعتوں کے لیڈر اس کی خوشامد کیا کرتے جس کی وجہ سے اس کو یقین ہو گیا تھا کہ وہ واقعی انگریزی اچھی لکھتا ہے آخر کار اس کے ایک سالے اما پتی نے وکالت کے پیشے سے مایوس ہو کر اپنے بہنوئی سے کہا "بھوپتی تم ایک انگریزی اخبار نکالو۔ تم میں جیسی غیر معمولی صلاحیت...... وغیرہ وغیرہ۔"

بھوپتی کو جوش آ گیا۔ دوسروں کے اخبار میں چٹھی چھپوانا کوئی باعث فخر بات نہیں۔ اپنے اخبار میں دل کھول کر آزادی کے ساتھ عبارت آرائی کر سکے گا۔ اپنے سالے کو اسسٹنٹ بنا کر جوانی ہی میں بھوپتی ایڈیٹری کی کرسی پر رونق افروز ہو گیا۔

کمسنی میں ایڈیٹری اور سیاست کا نشہ انسان کو بدحواس کر دیتا ہے۔ اس پر بھوپتی کو بانس پر چڑھانے والے بھی بہت تھے۔

اس طرف تو بھوپتی اپنے اخبار کے نشے میں مست تھا۔ اُدھر اس کی کمسن دلہن چارولتا رفتہ رفتہ عالم شباب کو پہنچ گئی۔ اخبار کے ایڈیٹر کو اتنے بڑے واقعہ کی پوری خبر نہ ہوئی۔ سرحد کے متعلق

بھارت گورنمنٹ کی پالیسی جو حد اعتدال سے تجاوز کر رہی تھی بھوپتی کے نزدیک زیادہ غور طلب بات تھی۔

امیر گھرانے میں چارولتا کو کوئی کام کرنا نہ پڑتا تھا۔ کچھ پھول ایسے ہوتے ہیں جو کسی کام نہیں آتے پھر بھی آتے دن کھلتے ہی چلے جاتے ہیں۔ اسی طرح رات دن چارولتا کا بھی ایک ہی کام تھا یعنی بے مصرف بڑھتے چلے جانا۔ اس کو کسی چیز کی کمی نہ تھی۔ ایسی فراغت نصیب ہو تو جوان بیبیاں اپنے شوہروں کو کھلونا بنا لیتی ہیں۔ میاں بی بی کی محبت کے چوچلے کبھی کبھی شرم و حیا، ادب و لحاظ، وقت بے وقت، زیبا نازیبا تمام حدود سے باہر نکل جاتے ہیں۔ لیکن چارولتا کو ایسا موقع نہیں مل سکا۔ اخبار کی کاغذی دیوار کو سامنے سے ہٹا کر اپنے شوہر پر قابو پانا اس کے لئے مشکل ہو گیا۔

بھوپتی کی کسی عزیزہ نے جب بی بی کی طرف توجہ مبذول کرائی تو اس نے چونکتا ہو کر کہا "تم ٹھیک کہہ رہی ہو۔ واقعی چارو کو ایک سہیلی ضرور چاہئے۔ بچاری کا کوئی مشغلہ نہیں ہے" پھر اس نے اپنے سالے اوماپتی سے کہا "تم اپنی بی بی کو ہمارے یہاں لا کر رکھو تو اچھا ہو۔ چارو کے پاس کوئی ہم عمر عورت نہیں۔ اس کو ضرور اکیلا رہنا برا معلوم ہوتا ہوگا۔"

کسی سہیلی کا پاس نہ ہونا ہی چارو کی اداسی کی وجہ تھی۔ ایڈیٹر صاحب نے یہی سمجھا اور اپنے سالے کی بی بی مندا کنی کو اپنے یہاں بلوا کر وہ مطمئن ہو گئے۔

بیاہ کے بعد پریم بھری صبح و شام کی دلکش فضائیں دولھا کو دولہن اور دولہن کو دولھا ہر ساعت تازہ بہ تازہ نو بہ نو معلوم ہوا کرتے ہیں۔ لیکن ازدواجی زندگی کے وہ سنہرے دن کس طرح گزر گئے ان دونوں میں سے کسی کو کبھی پتہ نہ چلا۔ حسن و شباب کے لطف سے وہ آشنا ہی نہ ہو پائے۔ دفعتاً وہ ایک دوسرے کے لئے پرانے جانے پہچانے ملاقاتیوں جیسے ہو گئے۔

چارولتا کو لکھنے پڑھنے کا بہت شوق تھا۔ اسی شوق کے سہارے کسی طرح وہ اپنے دن گزار دیتی تھی۔ اپنی کوشش سے اس نے اپنے پڑھنے کا سامان کر لیا تھا۔ بھوپتی کا پھپھیرا بھائی امل تھرڈ ایر میں پڑھتا تھا۔ چارولتا اپنے پڑھنے میں کبھی کبھی اس سے مدد لے لیا کرتی۔ اس مختصر سی خدمت کے بدلے میں

انل چارو سے بہت کچھ وصول کر لیا کرتا۔

چارو کو اُسے اکثر ہوٹل میں چائے پانی کے لئے پیسے دینا پڑتے اور نئی نئی کتابوں کی قیمت ادا کرنی پڑتی تھی۔

کبھی کبھی انل اپنے دوستوں کی دعوت بھی کیا کرتا۔ اس دعوت کا خرچ بھی چارو اُستاد کی خدمت سمجھ کر اپنے ذمہ لے لیا کرتی۔ بھوپتی خود چارو سے کچھ مانگتا نہ تھا۔ لیکن تھوڑا سا پڑھا کر اس کا پھپھیرا بھائی چارو سے کچھ مانگ لیا کرتا۔ انل کے اس برتاؤ پر چارو کبھی کبھی اپنی بناوٹی ناراضگی کا اظہار کیا کرتی اور گاہے ماہے جھوٹ مُوٹ انکار بھی کر دیا کرتی۔ لیکن چارو کو تو اس بات کی اشد ضرورت تھی کہ وہ کسی کے کچھ کام آئے اور کسی کی زیادتیاں سہے۔

انل نے کہا " بھابی راجہ کا داماد جو ہمارے کالج میں پڑھتا ہے اپنے گھر کی عورتوں کے ہاتھ کا بنا ہوا کارپٹ کا جوتا پہن کر کالج آیا کرتا ہے۔ مجھ سے یہ برداشت نہیں ہوتا۔ مجھے بھی ایک کارپٹ کا جوتا چاہیے اس کے نہ ہونے سے میری عزت میں بٹہ لگ رہا ہے۔

چارو نے کہا " کیا خوب۔ اب جناب کے لئے میں بیٹھ کر جوتے سیا کروں۔ قیمت دیتی ہوں۔ بازار سے خرید لو۔"

انل " جی نہیں۔ یہ نہیں ہوگا۔ چارو ویسا جوتہ بنانا نہیں جانتی تھی اور انل کے سامنے اس کا اعتراف کرنا بھی نہیں چاہتی تھی۔ لیکن اس سے اور تو کوئی کچھ مانگتا نہ تھا۔ صرف انل ہی مانگتا تھا۔ اُس ایک ہی مانگنے والے کی درخواست کو وہ مسترد نہ کر سکتی تھی۔ انل جب کالج جاتا تو اس وقت چارو چھپ کر کارپٹ کی سلائی سیکھ لیا کرتی۔ جب انل اُس جوتے کو بالکل بھول گیا تو چارو نے ایک دن شام کے وقت اس کو کھانے کی دعوت دی۔ گرمیوں کے دن تھے۔ چھت پر کھانے کا انتظام کیا گیا۔ ہوا سے گرد اُڑ کر کھانے میں نہ پڑ جائے اس لئے تھالی کو پیتل کے سرپوش سے ڈھانک کر رکھا گیا تھا۔ انل نے کالج سے واپس آکر کپڑے بدلے۔ ہاتھ مُنہ دھویا اور تیار ہو کر آموجود ہوا۔ اس نے آسن پر بیٹھ کر ڈھکنا اٹھایا تو دیکھا کہ تھالی میں اون کا بنا ہوا ایک جوڑا جوتا رکھا ہے۔ چارو قہقہہ لگا کر ہنسنے لگی۔

اُس جوتے کے مل جانے پر اَمل کی توقع اور بڑھ گئی۔ اب تو اس کے لئے ایک گلوبند بُننا ہوگا۔ ریشم کے رُومال میں بیل بوٹے بنانے ہوں گے اور اس کی بیٹھک کی بڑی آرام کرسی کا ایک نقشین غلاف بھی تیار کرنا ہوگا تاکہ بیٹھتے وقت کرسی پر تیل نہ لگ جائے۔ چارو ہر مرتبہ انکار کیا کرتی اور تھوڑا سا جھگڑا بھی کرلیتی، لیکن ہر بار بڑے اشتیاق کے ساتھ خوش پوش اَمل کی خواہش پوری کردیتی۔

جب اَمل اُس سے پوچھتا "بھابی اس کے تیار ہونے میں کتنی دیر ہے" تو چارو برابر جھوٹے عذر کیا کرتی۔ کبھی کہتی "ابھی تو شروع ہی نہیں کیا" اور کبھی کہتی "ارے وہ تو بھول ہی گئی" لیکن اَمل اس کا کوئی عذر ماننے کو تیار نہ ہوتا۔ ہر روز تاکید کیا کرتا۔ اور بچوں کی طرح ہٹ کرتا۔ چارو بھی چاہتی تھی کہ اَمل اس طرح ہٹ کیا کرے۔ اصرار کرتا رہے۔ اسی وجہ سے وہ اَمل کی فرمائش کے بارے میں اپنی بے اعتنائی کا اظہار کیا کرتی اور کبھی کبھی مصنوعی جھگڑا بھی کرلیتی۔ پھر یکایک ایک دن اس کی خواہش پوری کرکے لطف اٹھاتی۔

مالدار گھرانے میں چارو کو کسی کے لئے کچھ کرنا نہیں پڑتا تھا صرف اَمل اُس سے تھوڑا بہت کام کرالیتا۔ یہی چھوٹے چھوٹے شوقیہ کام اس کے دل بہلنے کا مشغلہ بنے رہتے اور اُسی سے اس کو تسکین ہوجاتی۔

بھوپتی کے مکان کے زنانہ حصے میں زمین کا ایک ٹکڑا یوں ہی پڑا تھا۔ اس کو باغ کہنا انتہائی مبالغہ کا مترادف ہوگا۔ اُس برائے نام باغ کا سب سے اونچا درخت ایک امڑے کا پیڑ تھا۔ زمین کے اُس ٹکڑے کو کیونکر خوشنما بنایا جاسکے۔ اس بارے میں غور وخوض کرنے کے لئے چارو اور اَمل کی کمیٹی بیٹھ گئی انھوں نے نقشہ بنا کر اس زمین پر ایک باغ قائم کرنے کا بڑی گرم جوشی کے ساتھ منصوبہ باندھا۔

اَمل نے کہا "بھابی۔ اگلے زمانے کی راج کماریاں جیسے خود درختوں کی آب پاشی کیا کرتی تھیں اسی طرح ہم لوگوں کے باغ میں تم کو بھی چھڑکاؤ کرنا پڑے گا۔"

چارو نے کہا "باغ کے پچھم کنارے ایک چھوٹا سا گھر بنانا ہوگا جس میں ہرن کا بچہ رہے گا۔"

اَمل نے کہا "اور تھوڑی سی جگہ کھود کر ایک چشمہ بھی بنانا ہوگا جس میں بطخیں تیرا کریں گے۔ اس تجویز پر

چارو اچھل پڑی اور اس نے کہا "اور اُس چشمے میں کنول کے پھُول کھلیں گے۔ بہت دنوں سے مجھے کنول کے پھُول دیکھنے کا شوق ہے۔"

اَمل نے کہا "اس چشمے پر ایک چھوٹا سا پُل تیار کیا جائے گا اور گھاٹ پر ایک چھوٹی سی ناؤ بندھی رہے گی۔"

چارو نے کہا "گھاٹ تو ضرور سنگِ مرمر کا ہو گا۔"

اَمل نے کاغذ پنسل اور کمپاس لے کر بڑی شان کے ساتھ اُس باغ کا نقشہ کھینچا جب نقشہ بن چکا تو اِس کا ایک تخمینہ تیار ہونے لگا کہ اس پر کتنی لاگت آئے گی پہلے طے پایا تھا کہ چارو کو جیب خرچ کے لئے جو ماہانہ رقم ملا کرتی ہے اسی سے رفتہ رفتہ یہ باغ تیار کر لیا جائے گا۔ بھوپتی کو گھر کی کوئی خبر نہیں رہتی۔ باغ تیار ہو جانے کے بعد وہاں بلا کر اُسے دکھایا جائے کہ وہ بھی چکا چوند ہو جائے۔ وہ سمجھے گا کہ علاؤالدین کے چراغ کے ذریعہ اس باغ کو جاپان سے اٹھا لا کر وہاں قائم کر دیا گیا ہے۔

لیکن خرچ کے تخمینے کو حتی الامکان کم کرنے پر بھی دیکھا گیا کہ وہ چارو کی حیثیت سے زیادہ ہو جاتا ہے تو اَمل نے نقشے میں تھوڑا سا ردّوبدل کرنا چاہا۔ اُس نے کہا "بھابی چشمے کو ہٹا دیا جائے" چارو نے کہا "نہیں نہیں۔ چشمے کو ہٹا دینے سے کیسے کام چلے گا۔ اس میں تو میرے کنول کے پھُول کھلیں گے"۔ اَمل نے کہا "ہرن کے گھر پر پختہ چھت کے بدلے پھُوس کا چھپّر ڈال دیا جائے"۔ چارو نے خفا ہو کر کہا "تو پھر مجھے ایسے گھر کی ضرورت نہیں"۔ موریشس سے لونگ کا پودا کرناٹک سے صندل کا پودا اور سیلون سے دارچینی کا پودا منگوانے کی رائے ہوئی۔ اَمل نے کہا "مانک تلہ سے ہی کچھ دیسی ولایتی درختوں کے پودے لے لئے جائیں گے"۔ یہ بات سُن کر چارو نے منھ پھُلا لیا اور کہا "تو پھر مجھے اس باغ کی بھی ضرورت نہیں۔"

تخمینہ کو اس طرح کم نہیں کیا جا سکتا ہے۔ چارو نہیں چاہتی تھی کہ تخمینہ کو گھٹانے کے لئے باغ کے پلان میں کاٹ چھانٹ کی جائے۔ اَمل کی بھی وہی خواہش تھی چاہے زبان سے وہ جو کچھ بھی کہے۔ اَمل نے کہا "تو بھابی تم دادا (بڑے بھیا) سے اس باغ کا ذکر چھیڑو۔ وہ ضرور تم کو روپیہ دیں گے"۔ چارو نے کہا "اُن کو اگر پہلے ہی سے کہہ دیا گیا تو پھر مزا کیا رہا۔ ہم دونوں ہی مل کر باغ تیار کریں گے۔ وہ چاہیں تو کسی انگریز ٹھیکہ دار کو یہاں ایک چھوٹا سا اِٹرن گارڈن بنا دیں لیکن اس میں ہماری پرکھارت کہاں رہی۔

امڑے کے درخت کے سائے میں بیٹھ کر چارو اور اَمل ایک ناممکن العمل منصوبے کو عملی جامہ پہنانے کے تصور میں محو تھے۔ دو منزلے پر سے چارو کی بھاوج منداکنی نے پکار کر کہا "اتنے دن چڑھے تم لوگ باغ میں کیا کر رہے ہو" چارو نے کہا "پکا ہوا امڑا ڈھونڈھ رہے ہیں" لالچی منداکنی نے کہا "اگر ڈھونڈھ کر نکال سکو تو میرے لئے بھی لانا"

چارو ہنسی۔ اَمل ہنسا۔ اُن کے سارے منصوبے میں خاص خوشی اور فخر کی بات یہ تھی کہ وہ انھیں دونوں کے اندر محدود تھا۔ منداکنی میں کوئی اور صفت ہو تو ہو لیکن اس میں تخیل کا کوئی مادہ نہ تھا۔ ان تجویزوں سے اُسے کیونکر دلچسپی ہو سکتی تھی۔ اس دوار اکین والی کمیٹی سے اس کا کوئی تعلق نہ تھا۔

نہ اس ناممکن الوجود باغ کا تخمینہ کم ہوا، نہ اُس کے پلان کو گھٹایا جا سکا۔ لہذا امڑے کے درخت تلے کی کمیٹی کچھ دنوں تک یوں ہی چلتی رہی۔ اس باغ میں جہاں چشمہ بنے گا۔ جہاں ہرن کا گھر بنے گا۔ جہاں چبوترہ بنے گا۔ اَمل نے ان سب چیزوں کے لئے زمین پر نشان بنا رکھا تھا۔ اُس فرضی باغ میں امڑے کے درخت کے چاروں طرف کیسا صحن بنایا جائے گا۔ ایک چھوٹی سی الی لے کر اَمل اس کا نقشہ بنا رہا تھا۔ اتنے میں امڑے کے درخت کے نیچے سے چارو بول اٹھی "اَمل تم اگر کہانی لکھ سکتے تو بہت اچھا ہوتا" اَمل نے دریافت کیا "اچھا کیوں ہوتا" چارو نے کہا "اس لئے کہ ہمارے اس باغ کی توصیف میں تم سے ایک کہانی لکھواتی۔ وہ چشمہ وہ ہرن کا گھر اور یہ امڑے کا درخت سب ہی اس میں آجاتے۔ ہم دونوں کے سوا اور کوئی اس کہانی کے راز کو سمجھ نہ سکتا۔ بڑا مزا ہوتا۔ اَمل تم ایک دفعہ کوشش کر کے دیکھو تو سہی میں کہتی ہوں تم ضرور لکھ سکو گے"

اَمل نے کہا "اچھا اگر لکھ سکوں تو تم مجھے کیا دو گی"

چارو "تم کیا مانگتے ہو"

اَمل "میں اپنی مچھر دانی کی چھت پر اپنے ہاتھ سے بیل بوٹے بنا دوں گا تم کو اس میں ریشم کے دھاگے کا کام بنانا ہوگا"

چارو نے کہا "یہ تمھاری بڑی زیادتی ہے۔ مچھر دانی کی چھت پر نقش و نگار کے کیا معنی؟" مچھر دانی کو

ایک بے رونق قید خانہ بنا رکھنے کے خلاف امل نے بہت کچھ کہہ ڈالا۔ اس نے کہا "تمھاری بات سے یہی ثابت ہوتا ہے کہ دنیا کے پندرہ آنے لوگوں میں حسن شناسی کا مادہ ہی نہیں ہے۔ ان میں حسن و قبح کی کوئی تمیز نہیں ہوتی اور بدنمائی اور بھونڈے پن سے انھیں کوئی ملال نہیں ہوتا۔"

چارو نے فوراً ان باتوں کو اپنے دل میں قبول کر لیا۔ اور یہ تصور کر کے وہ خوش ہوئی کہ ان دونوں کی مخصوص کمیٹی ان پندرہ آنے والے لوگوں میں نہیں ہے جن میں حسن شناسی کا مادہ نہیں ہوتا۔

چارو نے کہا "اچھا میں تمھاری مچھردانی کی چھت پر نقش و نگار بنا دوں گی تم لکھنا تو شروع کرو۔"

امل نے پراسرار انداز میں کہا "کیا تم سمجھتی ہو میں لکھ نہیں سکتا؟"

چارو نے جوش میں آ کر کہا "تب تو تم نے ضرور کچھ لکھا ہے۔ وہ مجھے دکھاؤ"

امل :- "اچھا بھابی مگر آج نہیں"

چارو :- نہیں آج ہی دکھانا ہوگا۔ تمھیں میرے سر کی قسم اپنا مضمون لے آؤ۔"

چارو کو اپنا مضمون سنانے کا بے حد اشتیاق ہی گویا امل کے اس ارادے میں رکاوٹ پیدا کر رہا تھا۔ ممکن ہے چارو نہ سمجھے۔ ممکن ہے اسے اچھا نہ لگے۔ اس جھجک کو وہ دور نہ کر سکتا تھا۔ وہ اپنا مضمون لے آیا اور کسی قدر شرماتے اور کھانستے ہوئے اس نے پڑھنا شروع کر دیا۔ چارو درخت سے تکیہ لگا کر اور گھاس پر اپنے پیر پھیلا کر سننے لگی۔ مضمون کا موضوع تھا "میری کاپی"۔ امل نے لکھا تھا "اے میری کاپی۔ میرے تخیل نے ابھی تجھ کو چھوا تک نہیں ہے۔ تو بچے کی اس پیشانی کی طرح بے داغ اور پراسرار ہے جس پر تقدیر کے نقاش نے ابھی کچھ لکھا نہیں۔ تیرے آخیر صفحہ کی آخیر سطر میں جب میں "تمام شد" لکھ دوں گا وہ دن ابھی نہیں آیا۔ آج تیرے بے داغ صفحوں کو خواب میں بھی سوجھتا نہیں کہ وہ روشنائی سے لکھی ہوئی تکمیل کیا ہوگی جو نوشتہ تقدیر کی طرح دایم و قائم ہو کر رہ جائے گی۔" اسی طرز میں اس نے اور بھی بہت کچھ لکھا تھا۔

چارو درخت کے سائے میں بیٹھی ہوئی گم سم سن رہی تھی۔ امل کا پڑھنا ختم ہونے کے بعد بھی وہ تھوڑی دیر تک چپ بیٹھی رہی۔ پھر اس نے کہا "تم تو کہتے تھے کہ تم کچھ لکھ نہیں سکتے؟"

اسی دن اسی درخت کے نیچے امل نے پہلی دفعہ ادبی ذوق کی شراب چکھی۔ ساقی کا عنفوانِ شباب تھا

زبان رس میں ڈوبی ہوئی تیسرے پہر کی روشنی درخت کے پتوں کے اندر سے چھنتی ہوئی ایک راز کی طرح دل میں اترتی جارہی تھی۔

چارو نے کہا" امل کچھ امڑے توڑ کر لے جانا پڑیں گے ورنہ مندا کنی کو کیا جواب دیں گے۔" اُن کا جی نہیں چاہتا تھا کہ کور ذوق مندا کو اپنے پڑھنے لکھنے یا بحث مباحثہ کے راز میں شریک کریں چنانچہ اس کے لئے امڑے ہی توڑ کرلے جانا پڑے۔

دُوسرا باب

ان دونوں کے بے پناہ تخیلات کے اندر وہ باغ کا منصوبہ کب گم ہو گیا تھا اس کا پتہ نہ امل کو چلا نہ چارو کو۔ امل کی انشا پردازی ہی اب اُن کے بحث مباحثہ اور صلاح مشورہ کا واحد موضوع ہو گئی تھی امل آکر کہتا ہے" بھابی مجھے ایک نادر موضوع سوجھا ہے۔" چارو کا دل کھل جاتا کہتی " چلو ہم لوگ دکھن طرف کے برامدے میں چلیں۔ یہاں ابھی مندا پان بنانے کو آئے گی۔"

اُس ٹھنڈے برآمدے میں جا کر چارو ایک بید کی فرسودہ کرسی پر بیٹھ جاتی اور امل ریلنگ کے نیچے نکلی ہوئی اینٹ پر بیٹھ کر اپنے پاؤں پھیلا دیتا۔ امل کے مضامین کا موضوع اکثر مبہم ہوا کرتا۔ ان کو صاف طور پر بیان کرنا مشکل تھا۔ اُلجھے ہوئے انداز میں وہ جو کچھ لکھتا اس کو کوئی بھی پوری طرح سمجھ نہ سکتا۔ وہ خود بھی چارو سے کہتا " بھابی! تمھیں اچھی طرح سمجھانا مشکل ہے۔" چارو کہتی ہے" نہیں میں تو قریب قریب سب سمجھ گئی۔ تم اُسے لکھ ڈالو۔ دیر نہ کرو۔" کچھ تو سمجھ کر کچھ بے سمجھے اور بہت کچھ امل سے اور سب سے زیادہ امل کے پڑھنے کے انداز سے اثر لے کر وہ اپنے دل میں اس کا ایک مطلب طے کر لیا کرتی تھی۔ اُسی میں اُس کو لذت حاصل ہوتی اور فرطِ شوق میں بے خود ہو جاتی۔

اسی دن تیسرے پہر چارو امل سے دریافت کرتی " کتنا لکھا۔" امل کہتا " اتنی جلدی کیا لکھا جاسکتا ہے۔"

دوسرے دن صبح کو چارو تنک کر پوچھتی " تم نے لکھا نہیں، نا!

امل کہتا " ٹھہرو۔ اور تھوڑا سوچ لوں۔" چارو بگڑ کر کہتی " تو پھر جاؤ۔"

تیسرے پہر جب چارو کا غصّہ خوب بڑھ جاتا اور وہ اَمل سے بات بند کر دیتی تو اَمل رومال نکالنے کے بہانے اپنی جیب سے کچھ لکھے ہوئے کاغذ نکالتا۔ معاً چارو اپنا موَن برت توڑ کر اٹھتی "یہ دیکھو تم نے لکھ بھی لیا اور مجھے دھوکا دیتے رہے۔ لاؤ دیکھیں" اَمل کہتا "ابھی ختم نہیں ہوا ہے تھوڑا اور لکھ لوں پھر تمہیں سُناؤں گا۔" چارو۔ "نہیں! ابھی سنانا پڑے گا" اَمل خود ہی سُنانے کے لئے بے قرار رہتا لیکن چارو سے تھوڑی حجت کئے بغیر وہ نہ سُناتا۔ اس کے بعد اَمل اس کاغذ کو اپنے ہاتھ میں لے کر اس کے ورق ٹھیک کرتا۔ پھر پنسل نکال کر کہیں کہیں درست کرتا رہتا۔ اتنی دیر چارو کا مشتاق دل جل بھرے بادل کی طرح کمال اشتیاق اور آرزو کے ساتھ اس کاغذ کے گرد منڈلاتا رہتا۔

اَمل دو چار پیراگراف بھی لکھتا تو اُسے بلا توقف چارو کو سُنا دینا پڑتا۔ جو حصّہ لکھنے کو باقی رہ جاتا اُس پر دونوں کے درمیان گرما گرم تبادلۂ خیال ہوتا۔ اتنے دنوں وہ دونوں باغ کے متعلق صرف خیالی پلاؤ پکانے میں مشغول رہا کرتے تھے۔ اب ادب اور شاعری کی کھیتی شروع ہوئی تو وہ سب کچھ بھول گئے۔

ایک دن تیسرے پہر اَمل جب کالج سے لوٹ کر آیا اس کی جیب غیر معمولی طور پر بھری ہوئی معلوم ہو رہی تھی۔ اَمل جب گھر میں داخل ہوا تھا اُسی وقت چارو کی نظر کمرے کے اندر ہی سے اس کی بھری ہوئی جیب پر پڑ چکی تھی۔ عام طور پر اَمل کالج سے لوٹنے کے بعد ہی فوراً گھر کے اندر چلا جاتا۔ لیکن اس دن وہ اپنی بھری جیب لئے باہر کے کمرے میں ہی جا بیٹھا اور اندر آنے کا نام تک نہ لیا۔

چارو نے کمرے کے باہر نکل کر کئی بار تالی بجائی۔ لیکن اَمل نے گویا سُنا ہی نہیں۔ چارو بگڑ سی گئی اور منمتھ دت کی ایک کتاب اپنے ہاتھ میں لے کر برآمدے میں بیٹھ کر پڑھنے کی کوشش کرنے لگی۔ منمتھ دت نیا مُصنّف تھا۔ اس کے لکھنے کا طرز بڑی حد تک اَمل ہی جیسا تھا۔ اسی وجہ سے اَمل کبھی اس کی تعریف نہ کرتا۔ گاہے گاہے اس کا لکھا ہوا کوئی مضمون لا کر اُس کے الفاظ کو توڑ مروڑ کر وہ چارو کو سُنایا کرتا اور اس کا مضحکہ اُڑاتا۔ چارو اس کتاب کو اَمل کے ہاتھ سے چھین کر حقارت کے ساتھ دور پھینک دیا کرتی۔ آج جب چارو نے اَمل کے پاؤں کی چاپ سُنی تو اس نے منمتھ دت کی 'کل کنٹھ' (ایک خوش آواز پرند

کا نام ——— مترجم) اپنے چہرے کے پاس رکھ کر بظاہر بڑے اشتیاق کے ساتھ پڑھنا شروع کر دیا۔

اَمل برآمدے میں داخل ہوا۔ چارو نے آنکھ اٹھا کر دیکھا تک نہیں۔ امل نے کہا "کیوں بھابی کیا پڑھ رہی ہو؟" چارو نے کوئی جواب نہ دیا تو اَمل نے اس کی کرسی کے پیچھے جا کر اس کتاب کو دیکھا پھر کہا "منمتھ دت کی گُلگنڈا ' (گھینگا ——— مترجم) پڑھ رہی ہو؟"

چارو نے کہا" اُونہہ۔ دِق مت کرو۔ مجھے پڑھنے دو"۔ چارو کی پیٹھ پیچھے کھڑے اَمل نے تمسخر آمیز لہجے میں پڑھنا شروع کیا "میں گھاس ہوں۔ اَدنیٰ گھاس۔ اے سرخ شاہی پوشاک پہنے ہوتے اشوک (ایک بڑے درخت کا نام ہے ——— مترجم) میں محض ادنیٰ گھاس ہوں۔ مجھ میں پھول نہیں آتے۔ میرا کوئی سایہ بھی نہیں ہوتا۔ میں اپنے سر کو آسمان کی طرف اٹھا نہیں سکتی۔ بسنت کی کوئل مجھ کو اپنی جائے پناہ بنا کر اپنی آواز سے دُنیا کو مست نہیں کرتی۔ پھر بھی بھائی اشوک تم اپنے پھولوں سے بھری اونچی شاخوں سے مجھے دیکھ کر نظر انداز نہ کرنا۔ تمھارے قدموں تلے پڑی ہوں۔ پھر بھی مجھے حقارت سے نہ دیکھنا۔" اَمل نے یہاں تک کتاب سے پڑھا۔ اس کے بعد طنز کے ساتھ خود بنا بنا کر پڑھنے لگا۔" میں ایک کیلے کی گودھ ہوں۔ کچے کیلے کی گودھ۔ بھائی میٹھے کھر کے چھپروں پر سیر کرنے والے پیلے میں محض ایک کچے کیلے کی گودھ ہوں؟" چارو کا غصّہ باقی نہ رہا۔ وہ ہنس پڑی۔ اور اس نے کتاب کو پھینکتے ہوئے کہا" تم بڑے حاسد ہو۔ اپنے سوا کسی اور کی تصنیف تمھیں پسند نہیں آتی...۔

امل نے کہا" تم بڑی کریم النفس ہو۔ گھاس بھی اگر مل جاتے تو اُسے نگل لینا چاہتی ہو؟"

چارو :۔ "چلو۔ مسخرا پن چھوڑو۔ تمھاری جیب میں جو ہے اُسے نکالو"۔

اَمل :۔ "کیا ہے۔ اندازہ کرلو"۔

چارو کو بہت دِق کرنے کے بعد اَمل نے اپنی جیب سے 'سُورو رو ہو' (کنول ——— مترجم) نامی ایک ماہوار رسالہ نکالا۔ چارو نے دیکھا کہ اَمل کا وہ مضمون "میری کاپی" اُس رسالہ میں چھپا ہے چارو اُسے دیکھ کر چُپ ہو رہی۔ اَمل نے سوچا تھا کہ چارو پھڑک اٹھے گی۔ لیکن خوشی کے آثار نہ دیکھ کر اس نے کہا "سُورو رو ہو میں معمولی مضامین نہیں چھپتے"۔ اَمل نے کچھ بڑھا کر کہا تھا۔ ذرا بھی پڑھے

جانے کے لائق مضمون مل جائے تو ایڈیٹر لے لیا کرتے ہیں۔ لیکن اَمل نے چارو کو سمجھا دیا کہ ایڈیٹر بڑا کڑا شخص ہے اور ایک سو مضامین میں سے چُن کر ایک مضمون شائع کرتا ہے۔ یہ سُن کر چارو خوش ہونے کی کوشش کرنے لگی لیکن خوش ہو نہ سکی۔ کس بات سے اس کے دل کو چوٹ لگی تھی یہ وہ خود سمجھ نہیں رہی تھی۔ اپنی ناراضگی کی کوئی معقول وجہ اسے نظر نہیں آ رہی تھی۔ اَمل کے لکھے ہوئے مضامین چارو اور اَمل انھیں دونوں کی ملکیت تھے۔ اَمل تھا انشاپرداز اور چارو تھی ناقد۔ اسی پردہ داری میں اصل لطف تھا۔ اس مضمون کو سب لوگ پڑھیں گے۔ اس بات سے چارو کو کیوں اتنا کرب محسوس ہونے لگا۔ یہ وہ خود بھی اچھی طرح سمجھ نہ سکی۔

لیکن اپنی تصنیف کے صرف ایک ہی پڑھنے والے سے تو مصنّف کی تمنا پوری نہیں ہوتی۔ اَمل نے مضمون چھپوانا شروع کر دیے۔ اس کی تعریف بھی ہونے لگی۔ تعریفوں کے خطوط بھی آنے لگے۔ اَمل اپنی بھابی کو وہ خطوط دکھایا کرتا۔ انھیں دیکھ کر چارو کو خوشی بھی ہوتی اور دُکھ بھی ہوتا۔ اَمل کو لکھنے کی ترغیب دلانے کے لیے اب صرف چارو ہی نہیں تھی۔ گاہے گاہے اَمل کو عورتوں کے خطوط بھی ملنے لگے جن میں کوئی نام نہ ہوتا۔ اِن خطوط کے متعلق چارو اَمل کو چھیڑا کرتی لیکن دل میں خوش نہ ہوتی۔ اُسے ایسا محسوس ہوتا جیسے اُن دونوں کی محدود کمیٹی کا بند دروازہ کھُل گیا ہے اور سارے بنگال کے ناظرین اس کے اور اَمل کے بیچ میں آ کھڑے ہوتے ہیں۔

بھوپتی نے ایک دن فرصت کے وقت چارو سے آکر کہا "چارو۔ اَمل اس قدر اچھا مضمون لکھتا ہے۔ یہ تو مجھے معلوم نہ تھا۔"

بھوپتی کے تعریف کرنے پر چارو کو خوشی ہوئی۔ اَمل بھوپتی کے یہاں رہتا ہے اور اسی کا دست نگر ہے۔ لیکن دوسرے دست نگر لوگوں سے وہ بہت مختلف ہے اس بات کو بھوپتی سمجھنے لگا ہے۔ اس خیال سے چارو کو فخر محسوس ہوا۔ وہ گویا کہنا چاہتی تھی "میں کیوں اَمل کے ساتھ اس قدر شفقت و احترام سے پیش آتی ہوں تم لوگوں نے اب سمجھا ہے اَمل کس رتبے کا آدمی ہے میں بہت دنوں سے جانتی ہوں۔ وہ ایسا نہیں ہے کہ اس سے بے التفاتی کی جائے۔"

چارو نے پوچھا" کیا تم نے اس کا کوئی مضمون پڑھا ہے؟"

بھوپتی نے کہا" ہاں۔نہیں۔ پورا پڑھا تو نہیں۔ وقت نہیں ملا۔لیکن ہمارے دوست نشی کانت نے پڑھا ہے۔ وہ بڑی تعریف کر رہا تھا۔ اس کو بنگلہ ادب کا اچھا ذوق ہے۔"چارو کی یہ دلی تمنا تھی کہ کسی طرح امل کی وقعت بھوپتی کی نظر میں بڑھ جائے۔

تیسرا باب

اخبار کے ساتھ کوئی چیز بطور تحفہ بھیجنے کی تجویز امابتی بھوپتی کو سمجھا رہا تھا بھوپتی کی سمجھ میں یہ بات کسی طرح نہیں آ رہی تھی کہ اخبار کے ساتھ اگر کچھ تحفے بھی بھیجے جائیں تو جو نقصان اٹھانا پڑ رہا ہے۔ وہ کیسے رک جائے گا اور پھر کچھ نفع بھی ہوگا۔

چارو ایک بار اس کمرے میں آئی لیکن امابتی کو دیکھ کر لوٹ گئی۔ پھر تھوڑی دیر بعد وہ کمرے میں داخل ہوئی تو اس نے دیکھا کہ وہ دونوں حساب کتاب کے متعلق کچھ الجھ رہے ہیں۔ چارو کو بار بار آتے دیکھ کر امابتی کسی بہانے سے باہر چلا گیا۔ بھوپتی حساب سامنے رکھے سوچ رہا۔ چارو نے کمرے میں آ کر کہا" کیا ابھی تک تمھارا کام ختم نہیں ہوا۔ اس ایک اخبار کے متعلق دن رات سوچتے سوچتے تمھارا وقت کیونکر گزرتا ہے میں یہی سوچتی رہتی ہوں۔"حساب کو اپنے سامنے سے ہٹا کر بھوپتی قدرے ہنسا۔ اس نے دل میں سوچا" واقعی چارو کی طرف توجہ کرنے کا مجھے وقت نہیں ملتا۔ یہ بڑی بری بات ہے۔ بیچاری کے پاس کوئی ایسی چیز نہیں ہے جس سے وہ اپنا دل بہلائے۔"

پھر اس نے محبت کے لہجے میں چارو سے کہا" آج شاید تمھارا پڑھنا بند ہے۔ شاید ماسٹر غائب ہے۔ تمھاری پاٹھ شالا کا قانون ہی الٹا ہے۔ شاگرد کتاب لیے موجود مگر ماسٹر لاپتہ۔ معلوم ہوتا ہے آج کل امل تم کو پہلے کی طرح توجہ سے پڑھاتا نہیں۔"

چارو نے کہا" کیا امل کے لئے یہ مناسب ہے کہ مجھے پڑھا کر اپنا وقت ضائع کرے؟ کیا تم نے امل کو معمولی اتالیق سمجھ رکھا ہے؟"

بھوپتی نے چارو کے گلے میں باہیں ڈال کر کہا" یہ کیا معمولی اتالیقی ہوئی۔ تمھاری ایسی بھابی

کو پڑھانے کا موقع اگر مجھے ملتا تو......"

چارو نے: "بس بس۔ کچھ نہ بولو۔ شوہر بن کر تم نے کیا کچھ کیا ہے جو اور کچھ بھی بننے کا شوق ہے ___" بھوپتی کے دل میں چوٹ سی لگی۔ اس نے کہا "اچھا کل سے میں تمھیں ضرور پڑھاؤں گا۔ اپنی کتابیں تو لے آؤ۔ دیکھوں تم کیا پڑھتی ہو"

چارو نے کہا "رہنے دو اپنا پڑھانا۔ کیا تھوڑی دیر کے لئے کبھی اپنے اخبار کا حساب کتاب ہٹا کر تم کسی اور طرف اپنا دل متوجہ کر سکو گے؟"

بھوپتی نے کہا "ضرور کر سکوں گا۔ اب تم میرے دل کو جدھر پھرانا چاہو گی اسی طرف وہ پھر جائے گا۔"

چارو نے کہا "اچھی بات ہے۔ تو امل کے اس مضمون کو پڑھ کر دیکھو کیسا لکھا ہے۔ ایڈیٹر نے امل کو لکھا ہے کہ اس کے مضمون کو پڑھ کر بنو گوپال بابو نے اسے بنگال کے رسکن کا خطاب دیا ہے۔" یہ سن کر بھوپتی کی پیشانی پر شکن پڑ گئی اور اس نے جھجکتے ہوئے اس رسالے کو چارو کے ہاتھ سے لے لیا۔ کھول کر دیکھا تو مضمون کا عنوان تھا "اساڑھ کا چاند"۔ ادھر دو ہفتوں سے بھوپتی بھارت سرکار کے بجٹ پر تنقیدی مضامین لکھنے میں ہمہ تن مصروف تھا اور اسے بڑے بڑے ہندسوں سے سابقہ پڑ رہا تھا۔ وہ ہندسے کن کھجوروں کی طرح اس کے دماغ میں رینگ رہے تھے۔ ایسی حالت میں اس کا دماغ تیار نہ تھا کہ بنگلہ زبان میں لکھا ہوا مضمون "اساڑھ کا چاند" شروع سے آخر تک پڑھے مضمون بھی کوئی ایسا نہ تھا۔

مضمون کی ابتدا اس طور پر ہوئی تھی "آج کیوں اساڑھ کا چاند رات بھر بادلوں میں اس طرح چھپا پھر رہا ہے جانو سُرگ سے وہ کچھ چرا لایا ہے اور اپنے اس کلنک کو چھپانے کی جگہ اسے مل نہیں رہی ہے پھاگن کے مہینے میں جب آسمان کے کسی گوشے میں مٹھی بھر بادل بھی نہ تھا اس وقت تو اس نے دنیا کی آنکھوں کے سامنے کھلے ہوئے آسمان پر بے حیائی سے اپنا چہرہ دکھایا تھا۔ آج اس کی وہ موج در موج دلربا مسکراہٹ بچے کے خواب کی طرح محبوبہ کی یاد کی طرح......"

بھوپتی نے اپنا سر کھجا کر کہا "ہاں۔ اچھا لکھا ہے۔ لیکن مجھے کیوں دے رہی ہو۔ میں اس قسم کی شاعری کہاں سمجھتا ہوں۔" چارو نے جھپٹ کر بھوپتی کے ہاتھ سے وہ رسالہ چھین لیا اور کہا "پھر تم کونسی چیز

چیز سمجھتے ہو۔

بھوپتی نے کہا "میں دُنیادار شخص ہوں۔ آدمی کو سمجھتا ہوں۔"

چارو نے کہا "تو کیا ادبی کتابوں میں آدمی کا کوئی ذکر نہیں رہتا ہے؟"

بھوپتی :۔ "جتنا بھی رہتا ہے غلط رہتا ہے۔ پھر جب آدمی مجسم موجود ہو تو اس کو کتابوں کے اندر ڈھونڈھنے کی کیا ضرورت"

اتنا کہہ کر اس نے چارو کی ٹھڈی پکڑ کر اوپر اٹھائی اور کہا "جیسے دیکھو ہم تم کو سمجھتا ہوں۔ کیا اب بھی مجھے 'میگھ ناتھ ودھ' اور 'کوی کنکن چنڈی' (دونوں سنسکرت زبان کی مشہور تصانیف ہیں ــــ مترجم) کو شروع سے آخر تک پڑھ جانے کی ضرورت ہے"

بھوپتی نازاں تھا کہ وہ شاعری نہیں سمجھتا ہے۔ اگرچہ امل کی تصانیف کو وہ اچھی طرح پڑھتا نہ تھا لیکن اپنے دل میں اس کا احترام کرتا۔ وہ سوچتا "کہنے کی کوئی بات نہ رہنے پر بھی اس طرح بے روک ٹوک بنا بنا کر کہتے چلا جانا یہ تو مجھ سے کبھی بھی نہ ہو سکے گا چاہے میں کتنا ہی سر کھپاؤں۔ امل کے اندر یہ بھی صلاحیت ہے یہ کس کو معلوم تھا؟"

اگرچہ بھوپتی کو اس کا اعتراف تھا کہ اس میں نفسِ لطیفہ کا مذاق نہیں پھر بھی وہ تصنیف و تالیف کی بے قدری نہ کرتا تھا۔ اگر کوئی غریب مصنّف اس کی امداد کا طالب ہوتا تو وہ اُسے چھپوانے کا خرچ دے دیتا۔ البتہ یہ تاکید ضرور دیتا کہ "میرے نام سے معنون نہ کرنا"۔ بنگال کے چھوٹے بڑے ہر قسم کے ہفتہ وار ماہوار رسالوں کا وہ گاہک تھا۔ اور پڑھنے کے لائق ہوں یا نہ ہوں اچھی بری ہر قسم کی کتابیں وہ خریدتا تھا۔ وہ کہتا "خود تو پڑھتا نہیں ہوں۔ تو کیا کتابوں کو خریدوں بھی نہیں۔ گناہ کروں اور کفارہ بھی نہ دوں"۔ خود پڑھتا نہ تھا اس لئے بُری کتابوں سے اُسے کچھ عناد نہ تھا۔ چنانچہ اس کی لائبریری بنگلہ کتابوں سے بھری رہتی تھی۔

انگریزی میں پروف دیکھنے میں امل بھوپتی کا ہاتھ بٹایا کرتا تھا۔ کسی کاپی کے کچھ الفاظ اس کی سمجھ میں نہیں آرہے تھے اس لئے ان کاغذات کو لے کر وہ اس کمرے میں داخل ہوا۔ بھوپتی نے ہنستے ہوئے کہا

امل تمہارا جتنا جی چاہے، ساڑھے کا چاند اور بھنوروں کے پکے تاڑ پر عبارت آرائی کیا کرو۔ مجھے کوئی عذر نہیں۔ میں کسی کی آزادی میں دخل دینا نہیں چاہتا۔ لیکن میری شادی میں کیوں خلل ڈال رہا ہے۔ تمہاری بھابی تمہارے مضامین مجھے پڑھا کر ہی چھوڑیں گی۔ بتلاؤ تمہاری بھابی کا یہ مجھ پر ظلم ہے یا نہیں؟"

امل نے ہنس کر کہا "بھابی تم میری تصانیف کو دادا کے تنگ کرنے کا ذریعہ بناؤ گی اگر میں یہ جانتا تو لکھتا ہی نہیں۔" امل کو اس بات سے تھوڑا سا رنج ہوا کہ چارو نے اُس کے بڑے شوق کے لکھے ہوئے مضمون کو بھوپتی جیسے کور ذوق شخص کو دکھا کر اس کی توہین کی ہے۔ چارو بھی اس بات کو فوراً تاڑ گئی اور اُسے دکھ ہوا۔ پھر بات کا رُخ بدلنے کے لئے اس نے بھوپتی سے کہا "اچھا اپنے اس بھائی کی شادی کر دو پھر تمہیں اس کے مضامین کے جلیبے برداشت نہ کرنا پڑیں گے" بھوپتی نے کہا "آج کل کے لڑکے ہم لوگوں کی طرح احمق نہیں۔ اُن کی ساری شاعری لکھنے ہی تک محدود رہتی ہے۔ اپنے کام کے وقت وہ ہوشیار بن جاتے ہیں آج تک تم تو اپنے دیور کو شادی کرنے پر راضی کرا نہ سکیں۔ اب مجھ سے کہتی ہو۔"

چارو کے چلے جانے کے بعد بھوپتی نے امل سے کہا "مجھے اس اخبار کے جھمیلے میں پھنسا رہنا پڑتا ہے۔ بچاری چارو بالکل تنہا ہو جاتی ہے۔ ایسا کوئی کام نہیں کہ جس میں اس کا دل بہلے۔ وہ کبھی کبھی میرے اس لکھنے کے کمرے میں جھانک کر چلی جاتی ہے میں کیا کروں بتاؤ تو۔ امل تم اگر اس کو پڑھنے لکھنے میں لگا رکھ سکو تو اچھا ہو۔ کبھی کبھی اگر انگریزی اشعار کا ترجمہ اُسے سُنایا کرو تو اُس کو اس سے فائدہ بھی ہوگا اور اس کا دل بھی بہلے گا۔ چارو کو ادب کا اچھا خاصہ ذوق ہے۔"

امل نے کہا "ہاں۔ وہ تو ہے۔ بھابی اگر اور تھوڑا سا دل لگا کر پڑھیں تو مجھے یقین ہے وہ خود بھی اچھا لکھنے لگیں گی۔

بھوپتی نے کہا "اتنی توقع تو مجھے نہیں۔ لیکن بنگلہ مضامین چارو مجھ سے بہت زیادہ سمجھتی ہے۔"

امل نے کہا "ان میں تخیل کا مادہ بھی کافی ہے۔ عام طور پر عورتوں میں یہ بات پائی نہیں جاتی

بھوپتی "مردوں میں بھی کم نظر آتی ہے جس کا ثبوت میں ہوں۔ ہاں تم اگر اپنی بھابی کو اچھی طرح تیار کر سکو تو میں تم کو انعام دوں گا۔" اَمل :۔ کیا دیجئے گا؟"

بھوپتی :۔" تمھاری بھابی کی ایک جوڑی ڈھونڈھ ڈھانڈ کر لے آؤں گا"

اَمل :۔ پھر اُسے بھی تیار کرنا پڑے گا۔ تو کیا تیار ہی کرنے میں عمر گنوار دوں؟"

دونوں نئی روشنی کے نوجوان تھے اس لئے بے روک ٹوک باتیں کئے جارہے تھے۔

چوتھا باب

ناظرین کے حلقے میں کچھ اثر پیدا ہوا تو اَمل میں کسی قدر متانت آگئی۔ پہلے وہ صرف ایک طالب علم تھا۔ اب گویا سماج کے معزز لوگوں میں اس کا شمار ہو چلا تھا۔ اب کبھی کبھی ادبی جلسوں میں وہ اپنے مضامین بھی پڑھ کر سُنایا کرتا۔ اخبار کے ایڈیٹر یا ان کے نمائندے اکثر اس کے پاس آکر بیٹھا کرتے اور کھانے کی دعوت بھی دیتے۔ ادبی انجمنوں کے ممبر اور سبھاپتی ہونے کے لئے اُس کے پاس درخواستیں آنے لگی تھیں۔ بھوپتی کی گھر کی خادماؤں اور عزیزوں کی نظر میں اس کی وقعت بڑھ گئی۔

اتنے دنوں تک مُنداکنی اُسے ایک معمولی لڑکا سمجھتی آئی تھی۔ پہلے تو وہ چارو اور اَمل کی ہنسی اور دل لگی اور بحث مباحثہ کو صرف لڑکوں کا کھیل سمجھ کر قابلِ التفات نہ سمجھتی تھی۔ اور پان بنانے میں لگ جاتی تھی۔ مُنداکنی کا اپنے بارے میں یہ خیال تھا کہ وہ ان دونوں سے زیادہ سمجھ دار ہے۔ اور خانہ داری میں اس کی اشد ضرورت ہے۔

اَمل بے حد پان کھایا کرتا اور مُنداکنی کو پان بنانے پڑتے، اس لئے وہ پان کی اس فضول خرچی پر بگڑا کرتی۔ چارو اور اَمل اکثر ساز باز کر کے منداکنی کا پاندان لوٹ لایا کرتے۔ یہ اُن کا مذاق تھا۔ مگر اس تفریحی چوری میں مُنداکو کوئی لطف نہ آتا۔

بات اصل یہ ہے کہ ایک ہاتھ تکنے والا دوسرے ہاتھ تکنے والے کو اچھی نظر سے نہیں دیکھتا۔ اَمل کے لئے منداکو گھر کا جتنا کام کرنا پڑتا تھا۔ اُسے وہ اپنی توہین سمجھتی تھی۔ چونکہ چارو اَمل کی پاسداری کیا کرتی اس لئے وہ کھل کر کچھ کہہ تو نہ سکتی تھی۔ لیکن اس کی کوشش یہ ضرور رہتی کہ اَمل کو نظر انداز کر دیا

جاتے۔ موقعہ ملنے پر وہ خادماؤں سے بھی خفیہ طور پر اَمل کا شکوہ کرنے سے نہ چوکتی۔ خادمائیں بھی اُس بدگوئی میں حصّہ لیا کرتیں۔

لیکن جب اَمل کے دن پھرنے لگے تو مندا حیرت زدہ سی ہو گئی۔ اب اَمل وہ اَمل نہ رہا تھا اَب اُس کا مائل بہ فروتنی اخلاق بالکل جاتا رہا تھا۔ دوسروں کو نظر انداز کرنے کا حق گویا اب اُسی کو حاصل ہو گیا تھا۔ سنسار میں کسی مستقل بنیاد پر قائم ہو جانے کے بعد جو مرد بلاپس وپیش اپنے آپ کو ظاہر کر سکتا ہے وہ ایک قسم کا مستحکم اختیار پا لیتا ہے۔ ایسا قابلِ قدر مرد آسانی کے ساتھ عورتوں کی توجہ اپنی طرف مبذول کرا سکتا ہے۔ مندا نے جب دیکھا کہ ہر طرف اَمل کی عزت افزائی ہو رہی ہے تو اُس نے بھی اَمل کے اونچے سر کی طرف نظر اٹھا کر دیکھا۔ اَمل کے جوان چہرے پر عظمت و شان کو جھلکتا دیکھ کر مندا کا دل بھی ریجھ گیا۔ اُسے ایسا معلوم ہوا کہ گویا وہ اَمل کو پہلی دفعہ دیکھ رہی ہے۔

اب اَمل کو پان چرانے کی ضرورت نہ رہی۔ اَمل کے شہرت حاصل کرنے پر چارو کا یہ ایک مزید نقصان ہو گیا۔ ان دونوں کے درمیان جو دلآویز سازش چل رہی تھی اُس کے بندھن ٹوٹ گئے۔ اب تو پان اَمل کے پاس آپ ہی آپ آنے لگا۔ اب اس کی کوئی کمی نہ رہتی۔

علاوہ اس کے چارو اور اَمل نے جو اپنی چھوٹی سی پارٹی بنا رکھی تھی اور جس سے بیسیوں طرح کے بہانے بنا کر مندا کو وہ الگ رکھ کر ایک خاص لطف اٹھایا کرتے تھے وہ پارٹی بھی اب ٹوٹنے پر آ گئی تھی۔ مندا کو اس سے الگ رکھنا مشکل ہو گیا تھا۔ اَمل کا یہ سمجھنا کہ صرف چارو ہی اُس کی دوست اور قدردان ہے مندا کو پسند نہیں آ رہا تھا۔ پہلے جو اُس نے اَمل کے ساتھ بے التفاتی برتی تھی اب وہ اُسے سود سمیت ادا کر دینے پر مستعد ہو گئی تھی۔ چنانچہ جب کبھی چارو اور اَمل پاس بیٹھے ہوتے مندا کوئی نہ کوئی بہانہ نکال کر اُن کے بیچ میں آ کر گویا گہن لگا دیتی۔ مندا میں اس اچانک تبدیلی کے آ جانے پر اس کی غیر موجودگی میں چارو کو تھوڑا سا ہنس لینے کا موقع بھی نہیں مل رہا تھا۔ یہ کہنے کی ضرورت نہیں کہ مندا کا اس طرح بے بلائے چلے آنا چارو کو جتنا آزردہ کر دیتا اَمل کو اُتنا نہ کرتا ایک

عورت کا دل دھیرے دھیرے اس کی طرف مائل ہو رہا ہے۔ اِس تصور سے ہی اَمل کے اندر ہی ایک اشتیاق پیدا ہونے لگا۔

لیکن جب چارو دُور ہی سے مندا کو آتے دیکھ کر تلخ لہجے میں آہستہ سے کہتی "لو وہ آرہی ہیں" تو اَمل بھی کہتا "ہاں تو۔ دیکھتا ہوں وہ ناک میں دم کردے گی"۔ اپنے سوا دنیا کے ہر شخص کی نکتہ چینی کرنا اُن کا دستور ہو گیا تھا۔ امل یکایک اس دستور کو کیسے ترک کر دیتا۔ آخر جب منداقریب آجاتی تو اَمل گویا ایک کوشش کے ساتھ تواضع کا اظہار کرتے ہوئے کہتا "مندا بھابی آج اپنے ڈبّے سے پان چوری جانے کے آثار تو آپ نے نہیں دیکھے؟"

مندا:۔"جب مانگنے پر ہی مل جاتا ہے تو پھر چوری کرنے کی کیا ضرورت ہے"

اَمل:۔ مانگ کے کھانے سے زیادہ مزہ چوری کر کے کھانے میں ہے"۔

مندا:۔"تم دونوں کیا پڑھ رہے تھے پڑھو نا۔ رُک کیوں گئے؟"

اِس سے پہلے پڑھنے لکھنے میں اپنی دلچسپی کا اظہار کرنے کی کوشش مندا نے کبھی نہ کی تھی لیکن زمانے کے ساتھ چلنا ہی پڑتا ہے۔

چارو نہیں چاہتی تھی کہ کم سمجھ مندا کے سامنے اَمل کچھ پڑھ کر سُنائے۔ لیکن اَمل چاہتا تھا کہ مندا بھی اُس کا مضمون سُنے۔

چارو:۔" امل نے کملا کانت کا دفتر (بنگالی زبان کی ایک مشہور کہانی ـــــ مترجم) پر ایک تنقیدی مقالہ لکھا ہے۔ کیا تم ۔۔۔۔۔"

مُندا:۔"ہاں میں جاہل تو ہوں۔ لیکن کیا اُسے سُن کر کچھ بھی سمجھ نہ سکوں گی"۔

امل کو ایک دن کی بات یاد آگئی۔ چارو اور مندا تاش کھیل رہی تھیں۔ امل اپنا لکھا ہوا ایک مضمون لے کر اُن کے پاس گیا تھا۔ وہ چارو کو سُنانا چاہتا تھا مگر اُن کا کھیل ختم نہیں ہو رہا تھا۔ اَمل نے جھنجھلا کر کہا تھا "بھابی تم دونوں جب تک کھیلو میں اُکھیل بابو کو اپنا مضمون سُنا آؤں" چارو نے امل کی چادر پکڑلی تھی اور کہا تھا "ارے بیٹھو تو سہی۔ جانے کہاں ہو"۔ اتنا کہہ کر اُس نے فضناً ہار کر

کھیل ختم کر دیا تھا۔ مندا نے کہا تھا "اب شاید تمھارا پڑھنا شروع ہو گا۔ تو میں چلی۔" چارو نے خوش خلقی سے کہا تھا "کیوں! تم بھی سنو نا" مندا نے کہا تھا "میں تمھاری یہ اَلا بَلا کچھ نہیں سمجھتی۔" اتنا کہہ کر وہ اُٹھ کھڑی ہوئی تھی اور قبل از وقت کھیل ختم کر دینے کی وجہ سے اُن دونوں پر خفا ہو کر چلی گئی تھی۔

وہی مندا آج کملا کانت پر تنقید سننے کی مشتاق ہو رہی ہے۔ امل نے کہا "اچھی بات ہے مندا بھابی! تم سنو یہ تو میری خوش قسمتی ہے۔" اتنا کہہ کر امل نے ورق اُلٹ کر شروع سے پڑھنا چاہا۔ مضمون کے شروع میں کچھ عبارت آرائی کی تھی جسے سُنائے بغیر اس کا جی نہیں بھر تا تھا۔ چارو فوراً بول اٹھی "تم نے کہا تھا جانتی لائبریری سے کچھ پرانے ماہوار رسالے لادو گے۔"

امل:۔ "وہ تو آج نہیں۔"

چارو:۔ "آج ہی تو کہا تھا۔ کیا تم بھول گئے۔"

امل:۔ "میں بھولا نہیں۔ مگر تم نے کہا تھا ......"

چارو:۔ "اچھی بات۔ نہ لاؤ۔ تم پڑھو۔ میں چل دی۔ پریش کو لائبریری بھیجے دیتی ہوں" اتنا کہہ کر وہ اٹھ کھڑی ہوئی۔ امل کو اندیشہ ہوا کہ کوئی فساد نہ کھڑا ہو۔ مندا سمجھ گئی اور مندا چارو سے اس کا دل متنفر ہو گیا۔ چارو کے چلے جانے کے بعد جب امل اس تذبذب میں تھا کہ اُٹھ جائے یا بیٹھا رہے مندا نے ہلکے ہلکے ہنس کر کہا "جاؤ بھئی منا لاؤ۔ چارو بگڑ گئی ہے۔ مجھے اپنا مضمون سناؤ گے تو اور مشکل میں پڑ جاؤ گے۔" اس کے بعد امل کے لئے اٹھ کر چلا جانا ممکن نہ تھا۔ وہ چارو پر کسی قدر ناراض ہوا اور بولا "کیوں؟ مشکل کس بات کی" اتنا کہہ کر وہ پڑھنا شروع کرنے کو ہی تھا کہ مندا نے اپنے دونوں ہاتھوں سے مضمون کو ڈھانک لیا اور کہا "ضرورت نہیں بھئی۔ مت پڑھو۔ پھر بار وقت اپنے آنسو روک کر وہ وہاں سے چلی گئی۔

پانچواں باب

چارو کسی دعوت میں گئی ہوئی تھی۔ مندا اپنے بالوں کو سنوار رہی تھی۔ بھابی، بھابی، پکارتا

ہوا امل کمرے میں داخل ہوا۔ مندا ضرور واقف تھی کہ چارو کے دعوت میں جانے کی خبر بلاشبہ امل کو ہے۔ اُس نے ہنس کر کہا "آہا! امل بابو۔ کیسے ڈھونڈنے آئے اور کس سے ملاقات ہوگئی! ایسی ہی تمھاری قسمت ہے۔"

امل نے کہا "بائیں طرف کی گھاس جیسی ہے دائیں طرف کی بھی ویسی ہی ہوتی ہے۔ گدھے کے دل میں دونوں کی چاہ برابر ہے۔" اتنا کہہ کر وہ بیٹھ گیا۔

امل: "مندا بھابی! اپنے دیس کی کچھ باتیں سناؤ۔"

اپنے مضامین کے لئے مواد جمع کرنے کو امل ہر شخص کی باتیں دلچسپی کے ساتھ سنا کرتا۔ اسی وجہ سے اب وہ مندا کو پہلے کی طرح نظر انداز نہ کرتا۔ مندا کی کہانی۔ اس کے خیالات امل کے لئے اب نایافت ہو گئے تھے۔ اس کی جنم بھومی کہاں ہے۔ اس کا دیہات کس طرح کا ہے۔ اس کا بچپن کیونکر گزرا تھا۔ اس کی شادی کب ہوئی تھی۔ وغیرہ وغیرہ۔ ان سب باتوں کو وہ تفصیل کے ساتھ پوچھنے لگا۔ مندا کی زندگی کی چھوٹی چھوٹی کہانیاں سننے کے لئے کسی نے کبھی بھی اتنا اشتیاق ظاہر نہ کیا تھا۔ مندا بڑی خوشی کے ساتھ اپنی کہانی کہتی چلی جا رہی تھی۔ کبھی کبھی بول اٹھتی "نہ جانے کیا کیا بکے جا رہی ہوں۔"

امل اس کو ڈھارس دے کر کہتا "نہیں تو۔ مجھے بہت اچھا لگ رہا ہے۔ تم کہے جاؤ" مندا کے باپ کا ایک گماشتہ تھا۔ وہ کبھی کبھی اپنی دوسری بی بی سے جھگڑا کر کے بھوک ہڑتال کیا کرتا تھا پھر بھوک سے بے تاب ہو کر وہ مندا کے یہاں آکر چھپ کر کھا جایا کرتا تھا۔ اچانک ایک دن کس طرح اس کی بی بی نے اُسے کھاتے ہوتے دیکھ لیا تھا۔ یہی کہانی جب مندا بیان کر رہی تھی اور امل اُسے دل لگا کر سن رہا تھا اور ہنس رہا تھا اسی وقت چارو کمرے میں داخل ہوئی۔ کہانی کا دھاگا بکھر گیا۔ چارو نے صاف سمجھ لیا کہ اس کے آتے ہی ایک جمی ہوئی مجلس برخاست ہوگئی۔

امل نے دریافت کیا "بھابی تم اس قدر جلد واپس آگئیں؟"

چارو نے کہا "ہاں۔ وہی تو دیکھ رہی ہوں۔ بہت جلدی واپس آگئی ہوں۔" اتنا کہہ کر وہ جانے لگی امل بول اٹھا "اچھا تو کیا تم نے، جو چلی آئیں، میری جان بچی۔ میں سوچ ہی رہا تھا نہ جانے کب لوٹو گی۔"

منمتھ دت کی "سندھیر پاکھی" (شام کی چڑیا' (—————— مترجم) نامی کتاب میں تھیں پڑھ کر سُنانے کے لئے لے آیا ہوں"

چارو:۔ "ابھی ٹھیرو۔ مجھے کام ہے"

امل:۔ "کوئی کام ہو تو مجھ سے کہو۔ میں کئے دیتا ہوں"

چارو جانتی تھی کہ آج امل اُسے سُنانے کے لئے وہ کتاب خرید کر لائے گا۔ چارو امل کے اندر حسد پیدا کرنے کی غرض سے منمتھ دت کی کتاب کی بے انتہا تعریف کرے گی۔ پھر امل اُس کتاب کو بگاڑ کر پڑھے گا اور اس کی ہنسی اڑائے گا۔ ان باتوں کا خیال آتے ہی وہ لوگوں کی منت سماجت کا لحاظ نہ کرکے اور اپنی ملالت کا بہانہ کرکے بے چینی کے ساتھ دعوت کے مکان سے قبل از وقت چلی آئی تھی۔ اب بار بار اس کے دل میں آرہا ہے وہیں اچھی تھی۔ چلا آنا بُرا ہوا۔

مندا بڑی بے حیا ہے۔ امل کے ساتھ ایک ہی کمرے میں بیٹھ کر دانت نکال کر ہنستی ہے۔ لوگ اگر دیکھیں تو کیا کہیں گے۔ لیکن مندا کو اس طرح طعنہ دینا چارو کو زیب نہیں دیتا۔ مندا اگر اسی کی نظیر پیش کرکے اس کا جواب دے تو کیا؟ لیکن وہ الگ بات ہے اور یہ الگ بات ہے۔ وہ تو امل کو انشا پردازی کی ترغیب دلایا کرتی ہے۔ امل کے ساتھ ادبی مذاکرہ میں بھی حصہ لیا کرتی ہے لیکن مندا کی تو وہ غرض ہرگز نہیں ہے۔ بلاشبہ مندا ایک سیدھے سادھے نوجوان شخص کو موہ لینے کے لئے جال بچھا رہی ہے اتنی بڑی آفت سے بیچارے امل کو بچانا اسی کا فرض ہے۔ اس مکار عورت کی چال وہ امل کو کیسے سمجھائے سمجھانے پر اگر اُلٹا اثر ہوا اور اس کا لگاؤ کم ہونے کے بجائے بڑھ جائے تو......؟

"ہائے رے بیچارے اما پتی دادا! وہ تو دن رات اپنے اخبار کے پیچھے جان توڑ محنت کر رہے ہیں اور اُن کی بی بی مندا کس امل کو اپنے جال میں پھنسانے کی کوشش کر رہی ہے۔ دادا تو بالکل بے فکر ہیں۔ مندا پر اُن کو پورا اعتماد ہے۔ ان سب باتوں کو اپنی آنکھوں سے دیکھ کر میں کیونکر خاموش رہوں۔ میرا چپ رہنا بیجا ہوگا——"

"پہلے تو امل بہت ٹھیک تھا۔ جب اس نے انشا پردازی شروع کی ہے اور کچھ ناموری حاصل کی ہے

تب ہی سے یہ نیا سلسلہ شروع ہو گیا ہے۔ میں نے ہی اس کو لکھنے کی ترغیب دلائی نہیں معلوم کس بُری ساعت میں نے اَمل کو انشاپردازی کا شوق دلایا تھا۔ اب کیا پہلے کی طرح اَمل پر میرا زور چلے گا؟ اب تو اَمل کے چاہنے والے بہت ہو گئے ہیں۔ اگر ان میں سے ایک کم ہو جاتے تو اس کا کیا بگڑے گا۔"

چارو نے صاف سمجھ لیا کہ اُس کے ہاتھ سے نکل کر دوسرے لوگوں کے ہاتھوں میں پڑ کر اَمل پر یہ مُصیبت آ گئی ہے۔ اب اَمل چارو کو اپنا ہم پلّہ نہیں سمجھتا۔ وہ چارو کو چھوڑ کر آگے بڑھ گیا ہے۔ اب وہ صحیفہ نگار ہے اور چارو اس کے مضامین کے بہت سے پڑھنے والوں میں سے ایک ہے لیکن کوئی تدبیر نکالنی پڑے گی۔ ہائے رے بھولا بھالا اَمل! فریب کار منِدا! بچارے اماچی داوا!

چھٹا باب

اُس دن اَساڑھ کے نئے بادلوں سے آسمان گھرا ہوا تھا۔ کمرے کے اندر اندھیرا چھا جانے کی وجہ سے چارو دریچہ کے پاس بالکل جُھک کر بیٹھی ہوئی کچھ لکھ رہی تھی۔ اَمل کب چُپ چاپ آ کر اس کے پیچھے کھڑا ہو گیا اس کو معلوم نہ ہوا۔ اَبر کی ٹھنڈی روشنی میں چارو لکھتی گئی اور اَمل اُسے پڑھتا گیا۔ چارو کے آس پاس اَمل کے دو ایک چھپے ہوئے مضامین پڑے تھے۔ چارو کے نزدیک مضمون نگاری کا وہی واحد نمونہ تھا۔

"اس پر بھی تم کہتی ہو کہ میں لکھ نہیں سکتی۔"

یکایک اَمل کی آواز سُن کر چارو چونک پڑی اور جلدی سے اُس نے کاغذ کو چھپا دیا اور کہا یہ بڑی بیہودگی ہے!"

اَمل:۔ "میں نے کونسی بیہودگی کی ہے؟"

چارو:۔ "تم چھُپ کر کیوں دیکھ رہے تھے؟"

اَمل:۔ "چونکہ علانیہ دیکھ نہیں پاتا۔"

چارو اپنے لکھے ہوئے کاغذ کو پھاڑ ڈالنا چاہتی تھی۔ اَمل نے جھٹ اُس کے ہاتھ سے کاغذ چھین لیا۔

چارو:۔ اگر تم نے اُسے پڑھا تو زندگی بھر کے لئے تم سے میرا قطع تعلق ہو جائے گا۔"

اَمَل:۔ "اور اگر تم نے مجھے پڑھنے کو منع کیا تو عمر بھر کے لئے تم سے میرا قطع تعلق ہو جائے گا۔"

چارو:۔ "تم کو میرے سر کی قسم مت پڑھو۔"

بہر حال چارو کو ہی ہار ماننا پڑی۔ اس کی وجہ یہ تھی کہ اَمَل کو اپنا مضمون دکھانے کے لئے خود اُس کا دل بے قرار ہو رہا تھا۔ لیکن دکھاتے وقت اس قدر شرما جائے گی۔ یہ اُسے معلوم نہ تھا۔ اَمَل نے جب بڑی التجا کے بعد پڑھنا شروع کر دیا تو مارے شرم کے چارو کے ہاتھ پیر برف کی طرح ٹھنڈے ہو گئے۔ اس نے کہا "بس تمھارے لئے پان لے آؤں" اور اسی بہانے سے وہاں سے باہر چلی گئی۔

اَمَل نے اُسے پورا پڑھ کر چارو سے کہا "بہت اچھا لکھا ہے"

خوشی کے مارے چارو پان میں کتھا لگانا بھول گئی مگر اس نے کہا "چلو۔ دل لگی نہ کرو۔ میرا کاغذ دے دو۔" اَمَل نے کہا "کاغذ ابھی نہیں دوں گا مضمون نقل کر کے کسی رسالے میں چھپواؤں گا۔"

چارو:۔ "ارے۔ اب اُسے رسالے میں چھپواؤ گے؟ نہیں۔ یہ نہیں ہو گا!"

چارو ضد کرنے لگی۔ مگر اَمَل نے اس کی ایک نہ سُنی۔ جب اَمَل نے بار بار حلفاً کہا کہ وہ مضمون رسالے میں چھپنے کے لائق ہے تب چارو نے گویا مجبور ہو کر کہا "تم سے ہار ماننا ہی پڑتی ہے جس بات کو زبان سے نکالو گے اُسے کر ہی چھوڑو گے۔"

اَمَل نے کہا "دادا کو ایک دفعہ دکھانا ہو گا۔"

یہ سُن کر چارو پان بنانا چھوڑ کر فوراً اٹھ کھڑی ہوئی۔ اَمَل سے مضمون کو چھین لینے کی کوشش کرتے ہوئے اس نے کہا "نہیں۔ اُن کو دکھانے نہ دوں گی۔ ان کو اگر تم نے میرے مضمون لکھنے کی خبر کی تو میں پھر کبھی بھی نہ لکھوں گی۔"

اَمَل:۔ "بھابی تم نے بالکل غلط سمجھا ہے۔ دادا زبان سے چاہے جو بھی کہیں تمھارا لکھا ہوا مضمون دیکھ کر وہ بہت خوش ہوں گے۔"

چارو:۔ "مجھ کو اس خوشی کی ضرورت نہیں۔"

چارو نے اپنے دل میں عہد کیا تھا کہ وہ ضرور کچھ لکھے گی اور اَمَل کو متحیر کر دے گی۔ اس کے اور مندا کے

درمیان کتنا فرق ہے اُسے ثابت کیے بغیر وہ چین نہ لے گی۔ ادھر کچھ دنوں میں اس نے بہت کچھ لکھا تھا اسے پھر پھاڑ کر پھینک دیا تھا۔ جو کچھ بھی وہ لکھنا چاہتی تھی وہ بالکل امل کے لکھے ہوئے مضمون کی طرح ہو جاتا تھا۔ جب وہ امل کے مضمون سے اپنا مضمون ملاتی تو دیکھتی کہ کہیں کہیں ہو بہو امل کے مضمون کی نقل معلوم ہو رہی ہے۔ وہ یہ بھی دیکھتی کہ اس کے مضمون کا وہی حصہ اچھا ہے باقی بالکل کچا ہے۔ اُسے دیکھ کر امل ضرور اپنے دل میں ہنسے گا۔ یہی سوچ کر چارو نے اپنے اُن لکھے ہوئے کاغذات کو پھاڑ کر ٹکڑے ٹکڑے کر کے تالاب میں پھینک دیا تاکہ اُس کا ایک ٹکڑا بھی کسی طرح امل دیکھ نہ پائے۔ پہلے اُس نے لکھا تھا "ساون کا میگھ"۔ اس کا خیال تھا کہ ایک نئے طرز کا مضمون اس نے لکھ ڈالا ہے۔ لیکن غور کرنے پر یکایک اس نے دیکھا کہ اس کا وہ مضمون امل کے "اساڑھ کا چاند" کا عکس معلوم ہوتا ہے امل نے لکھا تھا "بھائی چاند تم کیوں چور کی طرح بادلوں میں چھپے پھر رہے ہو۔" چارو نے لکھا تھا "اے بادلوں کے جھرمٹ، تم یکایک کہاں سے آ کر اپنے نیل گوں دامن کے اندر چاند کو چرا کر بھاگے لئے جا رہے ہو........ وغیرہ وغیرہ"۔

چارو نے بہت کوشش کی کہ امل کے طرزِ تحریر کو چھوڑ کر اپنے رنگ میں کچھ لکھے۔ مگر وہ ایسا کر نہ سکی۔ تو پھر اُس نے اپنے لکھنے کا موضوع ہی بدل دیا۔ چاند۔ بادل۔ گل و بلبل۔ ان سب کو چھوڑ دیا۔ اور "کالی تلا" پر ایک مضمون لکھا۔ اس کے دیہات میں ایک تالاب تھا جس پر درختوں کے سائے کی وجہ سے ہر وقت اندھیرا چھایا رہتا تھا۔ اُسی تالاب کے کنارے کالی مائی کا ایک مندر تھا۔ بچپنے میں اس کالی کے متعلق جو رنگ برنگ کے خیالات اُسے آ گھیرا کرتے جن میں کچھ تو خوف ہوتا اور کچھ تشویش اور اس کالی مندر کے برکات اور فیوض کے بارے میں جو کہانیاں لوگوں میں نسلاً بعد نسلاً چلی آ رہی تھیں انھیں کو مدنظر رکھ کر چارو نے اپنا مضمون تیار کیا تھا۔ عبارت کے شروع میں اس کے لکھنے کا طرز شاعرانہ انداز کا معلوم ہو رہا تھا۔ لیکن آگے چل کر اُس میں سیدھی سادھی دیہاتی زبان صاف نمایاں ہو گئی تھی۔ اُسی لکھے ہوئے مضمون کو امل نے چارو کے ہاتھ سے چھین کر پڑھا تھا۔ اُس کی رائے میں مضمون کی ابتدا تو بہت دلکش تھی مگر اخیر تک وہ رنگ قائم نہ رہ سکا تھا۔ لیکن مصنف کی پہلی تحریر ہونے کی حیثیت سے

قابلِ تحسین ہے۔

چارو نے کہا "آؤ ہم دونوں ایک ماہوار رسالہ نکالیں۔ تمھاری کیا رائے ہے؟"

اَمل :۔ "اس میں بہت سا روپیہ لگے گا۔ ورنہ وہ رسالہ چلے گا نہیں۔"

چارو :۔ "ہمارے اس رسالے میں کچھ خرچ نہیں ہوگا۔ وہ تو چھپے گا نہیں۔ ہاتھ کا لکھا ہوگا۔ اس میں تمھارے اور میرے سوا کسی اور کا مضمون نہیں ہوگا۔ کسی اور کو پڑھنے کو بھی دیا نہ جائے گا۔ اس کی صرف دو کاپیاں ہوں گی۔ ایک تمھارے پاس رہے گی اور ایک میرے پاس۔"

اگر چارو کی یہ تجویز کچھ دنوں پہلے ہوتی تو اَمل اچھل پڑتا۔ لیکن اب تو اس طرح چھپا کر کام کرنے کا شوق اس میں باقی نہ رہا تھا۔ آج کل اس کو ایسے مضامین لکھنے میں کوئی دلچسپی نہیں ہوتی جس سے ہر خاص و عام لطف نہ اٹھا سکے۔ پھر بھی اگلی وضع قائم رکھنے کے خیال سے اس نے اس کے متعلق اپنے اشتیاق کا اظہار کیا اور کہا "یہ تو بڑے لطف کی بات ہوگی۔"

چارو نے کہا "لیکن تم کو عہد کرنا پڑے گا کہ ہمارے رسالے کے سوا کسی اور اخبار میں تم اپنا مضمون نہ چھپواؤ گے۔"

اَمل :۔ "پھر تو اخباروں کے اڈیٹر مجھے مار ہی ڈالیں گے۔"

چارو :۔ "تو کیا میرے پاس مار ڈالنے کا ہتھیار نہیں ہے۔"

بات طے پا گئی۔ دو اڈیٹروں، دو لکھنے والوں اور دو پڑھنے والوں کی ایک کمیٹی بیٹھ گئی۔ اَمل نے کہا "رسالے کا نام ہوگا چارو پاٹھ" (پُر لطف سبق ـــــــ مترجم) چارو نے کہا "نہیں۔ اس کا نام ہوگا "املا" (بے عیب ـــــــ مترجم) اس نئے منصوبے کے دھن میں چارو پچھلے کئی دنوں کے رنج و غم کو بھول گئی۔ ان دونوں کے رسالے میں منٗدا کے داخل ہونے کا کوئی راستہ نہ رہا اور باہر کے لوگوں کے لئے بھی دروازہ بند ہو گیا۔

ساتواں باب

ایک دن بھوپتی نے آکر چارو سے کہا "تم بھی مضمون نگار ہو جاؤ گی اس کا تو مجھے کوئی گمان بھی

نہ تھا۔" چارو چونک اٹھی اور اس کا چہرہ سرخ ہو گیا۔ اس نے کہا "میں مضمون نگار! یہ کس نے کہا بالکل غلط ہے!"

بھوپتی نے کہا "مال سمیت چور گرفتار۔ ہاتھ کنگن کو آرسی کیا ہے۔ اتنا کہہ کر بھوپتی نے 'شور روہو' کی ایک کاپی نکالی۔ چارو نے دیکھا۔ جن مضامین کو اُس نے اپنی پوشیدہ ملکیت سمجھ کر اپنے ہاتھ کے لکھے ہوئے رسالے میں محفوظ رکھا تھا۔ وہی مضامین مع لکھنے والا اور لکھنے والی کے نام کے 'شور روہو' میں شائع ہو گئے ہیں۔ اُسے ایسا معلوم ہوا کہ کسی نے اس کی بہت دنوں کی پالی ہوئی چھپی چڑیوں کو پنجرے کا دروازہ کھول کر اُڑا دیا ہو۔ بھوپتی کے سامنے یہ چھپی ہوئی بات ظاہر ہو جانے کی شرم کو وہ بھول گئی اور امل کی بے وفائی پر اس کو بے حد غصہ آیا۔

"اور ذرا اُسے بھی دیکھو" کہہ کر بھوپتی نے 'بشو بندھو' (رفیق عالم —— مترجم) نامی اخبار کو کھول کر چارو کے آگے رکھ دیا۔ اس میں 'حال بنگلہ لکھار ڈھنگ' (بنگالی زبان لکھنے کا موجودہ طرز —— مترجم) کے عنوان سے ایک مضمون چھپا تھا۔ چارو نے اُسے اپنے ہاتھ سے ہٹا کر کہا۔ "اسے پڑھ کر میں کیا کروں گی؟" وہ اس قدر بگڑی ہوئی تھی کہ کسی اور طرف اپنا دھیان نہ دے سکتی تھی بھوپتی نے کہا "ایک دفعہ پڑھ کر دیکھو تو سہی۔" چارو کو پڑھ کر دیکھنا ہی پڑا۔ اس میں موجودہ دور کے چند انشا پردازوں پر تنقید تھی۔ مضمون نگار نے انشا پردازوں کو بہت لتھیڑا تھا جو نثر لکھتے وقت اپنی عبارت میں زبردستی شاعرانہ رنگ بھرنے کی بے سود کوشش کرتے ہیں۔ اس مقالہ میں خاص کر امل اور منمتھ دت کی خوب ہنسی اڑائی تھی ساتھ ہی ساتھ جدید مضمون نگار چارو لتا کے عبارت کی روانی زبان کی سادگی اور اپنے مدعا کے صحیح طور پر بیان کرنے کی مہارت کی بڑی تعریف کی گئی تھی۔ مضمون نگار نے یہ بھی لکھا تھا کہ اگر امل اور اس کے دوست چارو کی طرح کے لکھنے والوں کے نقش قدم پر چلیں تو اُن کے لئے بہتر ہے ورنہ اُن کی کامیابی کی کوئی صورت نظر نہیں آتی۔

بھوپتی نے ہنس کر کہا "اسی کو کہتے ہیں استاد پر نشانہ کرنے کا علم!"

اپنے لکھے ہوئے مضمون کی اس پہلی تعریف سے چارو کو رہ رہ کر خوشی بھی ہوتی تھی پھر فوراً ہی اس کا

دل بیٹھ جاتا تھا۔ اس کا دل کسی طرح خوش ہونا نہیں چاہتا تھا۔ مدح سرائی کی نے سے بھرا ہوا پیالہ منھ تک آتے ہی وہ اس کو اپنے سامنے سے ہٹا دینے پر مُصر تھی۔

چارو صاف سمجھ گئی کہ اَمل چاہتا تھا کہ اس کے مضمون کو اخبار میں چھپوا کر اُسے متحیر کردے۔ پھر اس کے چھپ جانے پر اس نے سوچا تھا کہ کسی اخبار میں اس کی تنقید شائع ہو تو ان دونوں کو ایک ہی ساتھ لا کر چارو کی ہمّت افزائی کرے۔ جب اخبار میں چارو کی تعریف شائع ہو گئی تو کیوں اَمل نے اشتیاق کے ساتھ اُسے لا کر چارو کو دکھایا نہیں؟ اس تنقید سے اَمل کو چوٹ لگی تھی اور وہ نہیں چاہتا تھا کہ چارو اس کو دیکھے۔ اس لئے اُن اخباروں کو اس نے بالکل چھپا رکھا تھا۔ چارو اپنے سکون دل کے لئے گوشۂ تنہائی میں جو ایک چھوٹا سا آشیانہ بنانے چلی تھی یکایک اس ثناخوانی کی برف باری نے اُسے زمین دوز کر دینا چاہا۔ یہ بات چارو کو بالکل بھلی نہ لگی۔

بھوپتی کے چلے جانے کے بعد چارو اپنی خواب گاہ میں جا کر پلنگ پر چپ بیٹھ گئی۔ اس کے سامنے 'شورو رہو' اور 'بشو بندھو' کھلے پڑے تھے۔ ایک کاغذ اپنے ہاتھ میں لئے چارو کو یکایک چونکا دینے کی غرض سے اَمل دبے پاؤں اس کے پیچھے سے کمرے میں داخل ہوا۔ قریب آکر دیکھا چارو 'بشو بندھو' کی تنقید کو اپنے سامنے لئے مستغرق بیٹھی ہے۔ اَمل اُلٹے پاؤں نکل آیا "مجھے گالیاں دے کر چارو کے مضمون کی تعریف کی ہے چارو خوشی سے بیخود ہو رہی ہے!" معاً اس کے دل میں آگ سی لگ گئی۔ چارو نے ایک جاہل شخص کی تنقید کو پڑھ کر خود کو اپنے استاد سے بھی بڑا سمجھا ہے۔ اس خیال کے آتے ہی اَمل چارو سے بیحد خفا ہو گیا۔ چارو کو چاہتے تھا کہ اس اخبار کو ٹکڑے ٹکڑے کر کے جلا کر خاک کر دیتی۔ چارو سے خفا ہو کر اَمل نے مندا کنی کے کمرے کے دروازے پر جا کر زور سے پکارا "مندا بھابی"

مندا:۔ "آؤ بھائی آؤ۔ بے مانگے تم آ گئے۔ آج میرا نصیبا جاگا۔"

اَمل:۔ "اپنے دو ایک نئے مضمون تمھیں سناؤں گا۔"

مندا:۔ "بہت دنوں سے تم سنانے کو کہہ رہے ہو مگر سناتے کہاں ہو۔ رہنے دو بھئی۔

نہ معلوم کون کب خفا ہو بیٹھے پھر تمھارے لئے مصیبت آجائے گی۔ مجھے کیا؟"

اَمل نے کسی قدر تلخ لہجے میں کہا "کون خفا ہوگی؟ اچھا ہوگی تو دیکھا جائے گا۔ تم سُنو تو سہی" منداگویا بہت ہی اشتیاق کے ساتھ سُننے کے لئے مستعد ہو کر بیٹھ گئی۔ اَمل نے بڑے زور شور سے پڑھنا شروع کر دیا۔

وہ پڑھ رہا تھا "جس طرح 'ابھی منیو' نے ماں کے پیٹ میں ہی حریف کی صف میں داخل ہونے کی ترکیب سیکھی تھی۔ اُس سے باہر نکلنے کی ترکیب نہیں سیکھی تھی (ارجن کے بیٹے ابھی منیو کا اپنی ماں کے پیٹ میں علم سیکھنے کی بات مہابھارت میں ہے ——— مترجم) اسی طرح ندی کی لہر نے پہاڑ سے گھرے ہوئے راستے پر سے آگے ہی کی طرف بڑھنا سیکھا۔ پیچھے کی طرف لوٹنا نہیں سیکھا۔ ہائے رے ندی کی لہر! ہائے رے جوانی! ہائے رے زمانے! ہائے رے سنسار! سب کے سب صرف آگے ہی چل سکتے ہو۔ گزرے ہوئے زمانے کے جس راستے پر سے ہوتے ہوتے تم آتے ہو اور جس پر تمھاری سنہری یاد بچھی ہوئی ہے اس کی طرف تم مڑ کر بھی نہیں دیکھتے۔ صرف انسان کا دل ہی اپنے پیچھے کی طرف نظر ڈالتا ہے۔ لیکن سارا جہان ابد تک پیچھے مڑ کر نہیں دیکھتا۔" اتنے میں مندا کے دروازے کے سامنے کسی کا سایہ دکھائی دیا۔ مندا نے اس سائے کو دیکھا لیکن اس نے ایسا ظاہر کیا کہ گویا اُس نے دیکھا نہیں اور بغیر آنکھ جھپکے اَمل کے منھ کی طرف تکتی ہوئی دل لگا کر اُس کا پڑھنا سُنتی رہی۔ سایہ فوراً ہٹ گیا۔

چارو انتظار کر رہی تھی کہ امل کے آنے پر اس کے سامنے وہ 'بشوبندھو' اخبار کی بُری گت بنائے گی اور عہد شکنی کر کے اپنے اور چارو کے مضامین کو ماہوار رسالے میں شائع کرانے کی وجہ سے اَمل کو بھی ڈانٹے گی۔ اَمل کے آنے کا وقت گزر گیا مگر اس کا پتہ نہیں۔ چارو نے ایک مضمون بھی تیار کر رکھا تھا۔ اُسے وہ امل کو سُنانا چاہتی تھی۔ وہ مضمون بھی یوں ہی پڑا تھا۔

اتنے میں کہیں سے امل کی آواز سُنائی دی۔ ایسا معلوم ہوا کہ وہ آواز مندا کے کمرے سے آرہی ہے۔ چارو کو جیسے تیر سا لگا۔ وہ فوراً اُٹھ کھڑی ہوئی اور دبے پاؤں اُس دروازے کے پاس آکر ٹھہر گئی۔

جو مضمون امل مندا کو سُنا رہا تھا اُسے چارو نے ابھی تک سُنا نہیں تھا۔ امل پڑھ رہا تھا "صرف انسان کا دل ہی پیچھے کی طرف دیکھتا ہے لیکن دُنیا کا کاروبار تا ابد بڑھتا ہی چلا جاتا ہے۔ پیچھے کی طرف نظر نہیں ڈالتا ہے۔"

چارو جیسے چُپ چاپ آئی تھی ویسے ہی چُپ چاپ لوٹ نہ سکی۔ آج متواتر دو تین بار چوٹ لگنے پر وہ طاقتِ صبر کھو بیٹھی تھی۔ اس کا جی چاہا کہ پکار کر کہہ آئے امل کیوں تو کس طرح مندا کو اپنا مضمون سُنا کر تسکین حاصل کرنے کی کوشش کر رہا ہے۔ وہ تو اُس کا ایک حرف بھی سمجھ نہیں رہی ہے لیکن اس نے زبان سے کچھ نہ کہا۔ صرف اپنے پاؤں کی دھمک سے اس کا اظہار کر آئی۔ اپنی خواب گاہ میں آکر چارو نے زور سے کواڑ بند کر دئے۔

امل نے تھوڑی دیر پڑھنا ملتوی رکھا۔ مندا چارو کی طرف اشارہ کرکے ہنس دی۔ امل نے اپنے دل میں سوچا "بھابی کی یہ کیا شرمناک حرکت ہے۔ اس نے کیا یہ سمجھ رکھا ہے کہ میں اُس کا زر خرید غلام ہوں۔ اُس کے سوا اور کسی کو اپنا مضمون سُنا نہ سکوں گا۔ یہ بڑے ظلم کی بات ہے!" اس کے بعد اپنی آواز اور بھی اونچی کر کے وہ مندا کو مضمون سُنانے لگا۔ پڑھنا ختم کر کے وہ چارو کے کمرے کے پاس سے گزرتا ہوا باہر چلا گیا۔ ایک مرتبہ مڑ کر دیکھا چارو کے کمرے کا دروازہ بند تھا۔

پاؤں کی چاپ سے چارو سمجھ گئی کہ امل اس کے کمرے کے پاس سے گزر گیا۔ تھوڑی دیر کے لئے بھی رُکا نہیں۔ غصہ اور مایوسی سے اُس کے آنسو نہ نکلے۔ اُس نے اپنا لکھا ہوا کاغذ نکال کر ٹکڑے ٹکڑے کر ڈالا۔ ہائے کیسی بُری ساعت میں اُس نے لکھنے کی ابتدا کی تھی!۔

آٹھواں باب

شام کے وقت برآمدے میں رکھے ہوتے گملے سے جوہی کے پھول کی بھینی بھینی خوشبو آرہی تھی۔ ٹھنڈے آسمان پر بادلوں کے ٹکڑوں کے اندر سے تارے جھانک رہے تھے۔ آج چارو نے اپنے بال نہیں سنوارے تھے۔ اُس نے کپڑے بھی نہیں بدلے تھے۔ اندھیرے میں جھروکے پر بیٹھی تھی۔ ہلکی ہلکی ہوا میں اس کے سر کے کھلے ہوتے بال آہستہ آہستہ اڑ رہے تھے۔ اس کی آنکھوں میں نہ جانے کیوں آنسو

ڈبڈبار ہے تھے اس کا سبب خود اس کی سمجھ میں بھی نہیں آ رہا تھا۔

اتنے میں بھوپتی کمرے میں داخل ہوا۔ اس کا چہرہ بہت ہی خشک اور دل نہایت افسردہ تھا۔ بھوپتی کے آنے کا وقت نہ تھا۔ اخبار کے لئے اپنا مضمون لکھ کر اس کا پروف دیکھ کر زنان خانہ میں آتے آتے اُسے اور بھی دیر ہو جایا کرتی تھی۔ نہ جانے آج کس قسم کی تسکین کی تلاش میں بھوپتی سر شام چارو کے پاس آ گیا تھا۔

کمرے میں چراغ بھی نہیں جلا تھا۔ کھُلی ہوئی کھڑکی سے آتی ہوئی خفیف سی روشنی میں بھوپتی نے چارو کا دُھندلا سا چہرہ دیکھ پایا اور دھیرے دھیرے اس کے پیچھے آ کر کھڑا ہو گیا۔ اس کے پاؤں کی چاپ سُن کر بھی چارو نے آنکھ اٹھا کر نہ دیکھا۔ سنگین مورت کی طرح خاموش بیٹھی رہی۔ کسی قدر متعجب ہو کر بھوپتی نے پکارا "چارو" بھوپتی کی آواز سنتے ہی چارو چونک کر اُٹھ کھڑی ہوئی۔ اس نے یہ نہیں سمجھا تھا کہ بھوپتی آیا ہے بھوپتی نے اُس کے سر کے بالوں کو اپنی انگلیوں سے سہلاتے ہوئے محبت بھرے لہجہ میں پوچھا "اندھیرے میں اکیلی کیوں بیٹھی ہو۔ مندا کہاں ہے؟"

آج دن بھر کوئی بات بھی چارو کی اُمید کے موافق نہ ہوئی تھی۔ اس نے ضرور یہ سوچ رکھا تھا کہ امل آ کر معافی مانگے گا۔ وہ اس کا انتظار کر رہی تھی۔ عین اسی وقت بھوپتی کی آواز اس کے کان میں آئی۔ وہ ضبط نہ کر سکی۔ یکایک رو پڑی۔ بھوپتی نے گھبرا کر پوچھا "کیا ہوا، چارو؟"

کیا ہوا یہ کہنا مشکل تھا۔ بات ہی ایسی کونسی ہوئی تھی۔ ہوا تو کچھ بھی نہ تھا۔ امل نے اپنا نیا مضمون اس کو پہلے نہ سُنایا مندا کو سُنایا۔ اس کے متعلق بھوپتی سے نالش کرنے کی کونسی ضرورت تھی۔ کیا بھوپتی سُن کر ہنسے گا نہیں۔ اس معمولی سے واقعہ کے اندر کوئی سی اہم بات پوشیدہ ہے۔ اس کو سوچ کر نکالنا چارو کے لئے غیر ممکن تھا۔ بے سبب ہی وہ کیوں اس قدر درد محسوس کر رہی ہے۔ اس اُلجھن سے اس کے دُکھ میں اور بھی اضافہ ہو رہا تھا۔

بھوپتی:۔ "چارو تمھیں ہُوا کیا ہے بتاؤ تو سہی؟ کیا میں نے تم پر کوئی زیادتی کی؟ تم تو جانتی ہو اخبار کے جھنجھٹ میں ہر وقت پھنسا رہتا ہوں۔ اگر میری کسی بات سے تم کو تکلیف ہوئی ہو تو یقین مانو میں نے

ایسا نہیں کیا ہے۔"

بھوپتی جو سوالات کر رہا تھا ان میں سے کسی ایک کا بھی جواب چارو کے پاس نہ تھا۔ اس وجہ سے وہ اندر ہی اندر گھٹ رہی تھی۔ اس کا دل کہہ رہا تھا کہ اگر بھوپتی اُسے تنہا چھوڑ کر چلا جائے تو اُسے چین ملے۔ جب بھوپتی کو دوسری بار بھی کوئی جواب نہ ملا تو پھر اس نے شفقت آمیز لہجہ میں کہا۔" میں ہر وقت تمھارے پاس آ نہیں سکتا۔ اس کا میں قصوروار ضرور ہوں۔ لیکن آئندہ ایسا نہ ہوگا۔ اب سے میں اخبار ہی میں رات دن اُلجھا نہ رہوں گا۔ تم مجھے جتنی دیر چاہو گی اپنے پاس پاؤ گی۔"

چارو نے بے چینی کے ساتھ کہا" ارے یہ بات نہیں۔"

بھوپتی نے پوچھا" تو پھر کیا بات ہے؟" اتنا کہہ کر وہ پلنگ پر بیٹھ گیا۔

چارو اپنے اضطراب کو چھپا نہ سکی۔ اس نے کہا" ابھی نہیں، رات کو کہوں گی۔"

بھوپتی تھوڑی دیر چپ بیٹھا رہا۔ پھر اس نے کہا" اچھا ابھی نہ سہی۔ اتنا کہہ کر وہ آہستہ آہستہ باہر چلا گیا۔ جو بات وہ چارو سے کہنے آیا تھا اس کے کہنے کا موقعہ نہ ملا۔

چارو سے یہ بات چھپی نہ رہی کہ بھوپتی کسی قدر مایوس ہو کر لوٹ رہا ہے۔ اس کا جی چاہا، کہ اُسے واپس بُلا لے۔ پھر سوچا کہ بُلا کر کیا کہے گی۔ پچھتاوے سے اس کا دل کرب رہا تھا۔ لیکن اس سے نجات کی کوئی صورت اُسے نظر نہ آتی تھی۔

رات ہوئی۔ چارو نے آج بڑی محنت کے ساتھ بھوپتی کے لئے رات کا کھانا نکال کر رکھا اور خود پنکھا لے کر بیٹھ گئی۔ عین اُسی وقت اس کے کان میں مندا کی آواز آئی۔ اس نے گھر کے نوکر برجو کو بڑی اونچی آواز سے پکار کر دریافت کیا" اَل بابو کھانا کھا چکے؟" برجو نے کہا" جی ہاں" مندا نے کہا" وہ کھانا کھا چکے۔ پھر بھی تو پان نہیں لے گیا" مندا برجو کو ڈانٹ ڈپٹ کرنے لگی۔

اتنے میں بھوپتی اندر آ کر کھانے پر بیٹھ گیا۔ چارو پنکھا جھلنے لگی۔ چارو نے عہد کیا تھا کہ آج وہ بھوپتی سے دل کھول کر خوشی کے ساتھ بہت سی باتیں کرے گی۔ کیا کیا باتیں کرے گی۔ یہ بھی اُس نے سوچ رکھا تھا لیکن مندا کی آواز اس کے کان میں پڑتے ہی اس کے سارے منصوبوں پر پانی پھر گیا۔ بھوپتی سے

کھانا کھاتے وقت وہ ایک بات بھی نہ کر سکی۔ بھوپتی بھی نہایت پژمردہ اور کھویا کھویا سا معلوم ہو رہا تھا۔ اُس نے اچھی طرح کھانا بھی نہ کھایا۔ چارو نے صرف ایک بار کہا "کچھ کھا نہیں رہے ہو؟"

بھوپتی نے اس کی تردید کرتے ہوئے کہا "نہیں تو۔ کم تو نہیں کھایا میں نے۔"

خواب گاہ میں جب دونوں اکٹھا ہوئے تو بھوپتی نے کہا "تم نے کہا تھا رات کو کچھ کہو گی۔"

چارو نے کہا "کچھ دنوں سے مندا کے لچھن مجھے اچھے نہیں لگ رہے ہیں۔ اس کو اب یہاں رکھنے کی ہمت مجھ میں نہیں۔"

بھوپتی:۔ "کیوں۔ اس نے کیا کیا ہے؟"

چارو۔ "امل کے ساتھ وہ اس طرح ملتی جلتی ہے کہ دیکھ کر مجھے شرم آتی ہے۔"

بھوپتی ہنس پڑا۔ پھر اس نے کہا "ارے۔ تم کیا پاگل ہو گئی ہو۔ امل ابھی بچہ ہے اس کی عمر ہی کیا ہے۔"

چارو:۔ "تمھیں تو گھر کی کوئی خبر نہیں رہتی۔ صرف باہر کی خبریں بٹورا کرتے ہو۔ خیر جو بھی ہو، بیچارے امانتی دادا کے لئے مجھے تردّد ہوتا ہے۔ اُن کے کھانے نہ کھانے کی کوئی پروا مُنسا کو نہیں رہتی۔ لیکن امل کی مرضی کے ذرا بھی خلاف کوئی بات ہوئی تو وہ نوکروں کو خوب ڈانٹ ڈپٹ کرتی ہے۔"

بھوپتی:۔ "میں جانتا ہوں عورتیں بہت شکّی مزاج ہوا کرتی ہیں۔"

چارو کو غصہ آ گیا۔ اُس نے کہا "اچھی بات ہے۔ ہم لوگ شکّی مزاج ہی سہی۔ لیکن میں اس طرح کی بے حیائی اپنے مکان میں ہونے نہ دوں گی۔ یہ تم سے کہے دیتی ہوں۔"

چارو کے اس طرح بلاوجہ شُبہ کرنے پر بھوپتی اپنے دل میں ہنسا۔ کسی قدر خوش بھی ہوا پاک دامن بیبیاں اپنے گھر والوں کو ہر طرح کی ناپاکی اور بدچلنی سے محفوظ رکھنا اپنا فرض سمجھتی ہیں۔ اسی لئے کبھی کبھی ضرورت سے زیادہ ہوشیاری برتتے ہوئے بے بنیاد شک و شبہ بھی کیا کرتی ہیں لیکن اُن کی ہوشیاری سے اس طرح حد سے تجاوز کر جانے میں بھی ایک خاص خوبی پوشیدہ ہوا کرتی ہے۔

بھوپتی نے احترام اور پیار کے ساتھ چارو کے گالوں کو بوسہ دیا اور کہا "اس سلسلے میں بات بڑھانے کی ضرورت نہ ہوگی۔ اماپتی پھر سے وکالت کرنے کے لئے سیمن سنگھ جا رہا ہے۔ مندا کو وہ اپنے ساتھ لے جائے گا۔"

اس کے بعد اپنے انکار کو دور کرنے کے لئے اور اُن ناخوش گوار باتوں کو بھول جانے کے لئے بھوپتی نے میز پر سے ایک کاپی اُٹھا کر چارو سے کہا "اپنا کوئی مضمون مجھے سناؤ چارو۔" چارو نے کاپی لے لی اور کہا "وہ تم کو اچھا نہیں لگے گا۔ تم میرا مذاق اڑاؤ گے۔" اس جواب سے بھوپتی کو تھوڑی سی چوٹ لگی مگر اس نے ظاہر نہ ہونے دیا اور ہنس کر کہا "اچھا میں مذاق نہیں اُڑاؤں گا اور اس طرح سکوت کے ساتھ سنوں گا کہ تم سمجھو گی میں سو گیا ہوں۔"

لیکن بھوپتی کی بات پوری نہ ہوئی۔ دیکھتے ہی دیکھتے وہ کاپی نہ معلوم کدھر غائب ہوگئی۔

نواں باب

بھوپتی چارو کو سب کچھ بتا نہ سکا تھا۔ اماپتی بھوپتی کے اخبار کا منتظم تھا۔ چندہ کی وصولیابی بازار اور چھاپہ خانے کا روپیہ ادا کرنا۔ ملازموں کی تنخواہ دینا۔ یہ سارا کام اماپتی کے ہی ذمہ تھا۔

اس درمیان میں ایک دن یکایک بھوپتی کو کاغذ کے دکان دار کی طرف سے ایک وکیل کی چٹھی ملی۔ بھوپتی کو بڑا تعجب ہوا۔ اُس چٹھی میں لکھا تھا کہ بھوپتی کے ذمہ اُن کے ۲۷۰۰ روپے باقی ہیں بھوپتی نے اماپتی کو بلا کر کہا "یہ کیا ماجرا ہے۔ یہ رقم تو میں تم کو دے چکا ہوں۔ کاغذ والے کا قرض چار پانچ سو روپے سے زیادہ نہیں ہو سکتا۔"

اماپتی نے کہا "ضرور ان لوگوں نے کوئی غلطی کی ہے۔"

لیکن بات چھپی نہ رہی۔ کچھ دنوں سے اماپتی اس طرح دغابازی کرتا چلا آ رہا تھا صرف کاغذ ہی نہیں۔ اماپتی نے بہت کچھ بھوپتی کے نام اُدھار لے رکھا تھا۔ اپنے گاؤں میں جو مکان وہ بنا رہا تھا اس کے لئے بہت سامان اس نے بھوپتی کے نام پہ بازار سے اُدھار لیا تھا۔ اس میں سے جتنا روپیہ اُس نے ادا کیا تھا وہ بھی اخبار کے روپے سے ہی کیا تھا۔

جب اس کا جُرم صاف ثابت ہوگیا تو اما پتی نے تیوریاں چڑھا کر کہا "میں تو بھاگا نہیں جا رہا ہوں۔ میں کام کر کے رفتہ رفتہ تمھارا قرض ادا کروں گا۔ اگر تمھارا ایک پیسہ بھی باقی رہ جائے تو میرا نام اما پتی نہیں!"

اس کے نام کے بننے بگڑنے سے بھلا بھوپتی کو کیا تسکین ہوسکتی تھی۔ بھوپتی کو مالی نقصان سے اتنا دکھ نہ پہنچا تھا۔ لیکن اچانک اتنی بڑی بددیانتی اور بے وفائی ظاہر ہوجانے پر اُسے ایسا معلوم ہوا جیسے اس کے پاؤں تلے سے زمین سرک گئی۔

اُسی دن وہ بے وقت زنان خانے میں گیا تھا۔ دنیا میں کم سے کم ایک ایسی ہستی تھی جس کی دیانت داری پر بے کھٹکے بھروسہ کیا جاسکتا تھا۔ اعتماد کے ساتھ اپنے دل کو تسکین دینے کے لئے وہ بیتابانہ چارو کے پاس آیا تھا۔ چارو اس وقت اپنے غم میں غرق چراغ بجھائے اندھیرے میں خاموش بیٹھی تھی۔

اما پتی دوسرے ہی دن میمن سنگھ جانے کے لئے تیار ہوگیا۔ وہ چاہتا تھا کہ قبل اس کے کہ قرض خواہوں کو اس کے چلے جانے کی خبر ملے وہ کھسک جائے۔ بھوپتی نے مارے نفرت کے اما پتی سے کوئی بات نہ کی۔ اما پتی نے بھوپتی کے اس طرح خاموش رہنے کو غنیمت سمجھا۔

امل نے مندا سے آکر پوچھا "مندا بھابی۔ کیا بات ہے۔ اسباب باندھنے کی اتنی دھوم کیوں پڑ گئی؟"

مندا :۔ ارے کبھی جانا تو پڑے گا ہی۔ کیا ہمیشہ یہیں رہوں گی؟"

امل :۔ "کہاں جارہی ہو؟"

مندا :۔ "اپنے دیس۔"

امل :۔ "کیوں! یہاں کونسی تکلیف تھی۔

مندا :۔ "مجھے کیا تکلیف تھی۔ تم لوگوں کے ساتھ تو آرام سے ہی تھی۔ لیکن کسی اور کو تکلیف ہونے لگی نا۔" اتنا کہہ کر اُس نے آنکھوں سے چارو کے کمرے کی طرف اشارہ کیا۔

امل خاموش ہوکر سوچنے لگا۔ مندا کہتی گئی "چھی چھی۔ کتنی شرم کی بات ہے۔ نہ معلوم بابو نے کیا

خیال کیا ہوگا۔" اس کے متعلق امل نے اور کچھ گفت و شنید نہ کی۔ اس نے یہ سمجھ لیا کہ چار و نے اُن دونوں کے بارے میں دادا سے کچھ ایسی باتیں کہی ہیں جو زبان پر لائی نہیں جا سکتیں۔ امل گھر سے باہر نکل کر راستے پر ٹہلنے لگا۔ اس کا جی چاہ رہا تھا کہ اس مکان میں پھر لوٹ کر نہ آئے۔ دادا نے اگر بھابی کی بات سن کر مجھے مجرم ٹھیرایا ہو تو مندا جس راستے سے جا رہی ہے مجھے بھی اسی راستے سے چلا جانا چاہیے۔ مندا کو اس طرح رخصت کر دینے میں گویا اس کے لئے بھی وہاں سے چلے جانے کا حکم تھا صرف زبان سے وہ بات کہی نہ گئی تھی۔ اس کے بعد اسے کیا کرنا چاہیے یہ بالکل عیاں تھا۔ اُسے دم بھر بھی وہاں ٹھہرنا نہیں چاہیے۔ لیکن اس کے بھائی کے دل میں اس کے بارے میں کوئی غلط خیال رہ جائے یہ بھی ٹھیک نہیں ہے۔ اتنے دنوں تک انھوں نے اس پر پورا اعتماد کر کے اس کو اپنے گھر میں جگہ دی اور اس کی پرورش کی۔ اس نے اُن کے اس اعتماد میں ذرہ برابر ٹھیس لگنے دی ہے۔ اس کو ثابت کئے بغیر وہ کیونکر چلا جا سکتا تھا؟۔

ایک رشتہ دار کی احسان فراموشی، قرض خواہوں کے تقاضے، اُلجھے حساب کے کاغذات اور خالی تحویل۔ ان سب تفکرات کی بادلوں سے گھرا ہوا سر پر ہاتھ دھرے بھوپتی بیٹھا سوچ رہا تھا۔ اس کے دکھ درد کا ساتھی کوئی بھی نہ تھا۔ ذہنی اور مالی مشکلات کا مقابلہ اکیلا ہی کرنے کے لئے وہ تیار ہو رہا تھا۔ اتنے میں طوفان کی طرح تیزی کے ساتھ امل کمرے میں داخل ہوا۔ بھوپتی جو اپنے تفکرات میں ڈوبا ہوا تھا۔ یکایک چونک پڑا۔ پوچھا "کیا بات ہے" معاً اس کے ذہن میں یہ بات آئی کہ امل کوئی اور خبر بد لایا ہے۔

امل نے کہا "دادا کیا تم کو مجھ پر کچھ شبہ ہوا ہے؟"

بھوپتی نے متعجب ہو کر کہا "تم پر شبہہ" دل میں سوچا "دنیا کی جو حالت دیکھ رہا ہوں۔ کوئی ایسا دن بھی آسکتا ہے کہ مجھے امل پر بھی شبہ کرنا پڑے۔"

امل، "کیا بھابی نے میرے چال چلن کے بارے میں تم سے کوئی شکایت کی ہے؟"

بھوپتی نے اپنے دل میں کہا "یہ بات ہے۔ محبت کی طغیانی! چلو چھٹکارا ملا۔"

اُسے اندیشہ ہوا تھا کہ اُس کے موجودہ مصائب میں ایک اور کا اضافہ ہونے والا ہے۔ لیکن بے انتہا تشویشوں کے اندر انسان کو اس قسم کی ادنیٰ سی بات بھی سننا پڑتی ہے۔ زمانے کا کچھ عجب رنگ ہے۔ ایک طرف تو پُل کو ہلاتا ہے اور پھر یہ بھی تاکید کرتا ہے کہ اُس پر سے ساگ کے یہ گٹھے حفاظت سے پار اُتارے جائیں۔

کوئی اور دن ہوتا تو بھوپتی اَمل سے تھوڑی سی دل لگی کر لیتا۔ لیکن آج اُس کے دل میں کسی قسم کی خوشی نہ تھی۔ اس نے کہا "تم پاگل ہو گئے ہو!"

اَمل نے پھر پوچھا "بھابی نے کچھ بھی نہیں کہا ہے؟"

بھوپتی :۔ "وہ تم کو چاہتی ہے۔ اس بنا پر اگر اس نے کچھ کہا بھی ہے تو اس میں بگڑنے کی کونسی بات ہے؟"

اَمل :۔ "کام کاج کی تلاش میں مجھے کہیں جانا چاہیے۔"

بھوپتی نے ڈانٹ کر کہا "اَمل، تم کیا لڑکپن کر رہے ہو یہ تم نہیں جانتے۔ ابھی جا کر پڑھو۔ کام کاج کی تلاش بعد میں ہوگی۔"

اَمل ملول ہو کر چلا گیا۔ بھوپتی اپنے اخبار کے خریداروں کے چندے کا گزشتہ تین سال کا حساب کرنے بیٹھ گیا۔

دسواں باب

اَمل نے ٹھان لیا تھا کہ اپنی بھابی کے پاس جا کر اس بات کی چھان بین وہ ضرور کرے گا۔ اس کا فیصلہ کیے بغیر وہ چین نہ لے گا۔ اپنی بھابی کو وہ جو کڑی کڑی سنائے گا۔ اُسے بھی اُس نے اپنے دل میں طے کر لیا تھا۔

متدا کے چلے جانے کے بعد چارو نے ارادہ کیا تھا کہ اَمل کو خود بلا کر اپنا غصہ ٹھنڈا کرے گی۔ لیکن کسی مضمون کو دکھانے کے بہانے سے اُس کو ملانا ہوگا۔ اَمل ہی کے لکھے ہوئے ایک مضمون کے انداز

پر" اماؤسیئر آلوک" یعنی اماوس کی روشنی' کے عنوان سے وہ ایک مقالہ تیار کر رہی تھی۔ چارو سمجھ گئی تھی کہ اس کے اپنے طرز پر لکھا ہوا مضمون امل پسند نہیں کرتا۔

پورنیما کا چاند اپنی پوری چاندنی چھٹکا دیتا ہے۔ اس نئے چارو نے نئے مضمون میں پورنما کو شرمندہ کرنے کی کوشش کر رہی تھی۔ وہ لکھ رہی تھی" اماوس کی تاریکی میں چاند کی ساری روشنی تہہ بہ تہہ جذب ہو کر رہ جاتی ہے۔ اس کی ایک شعاع بھی ضائع نہیں ہوتی۔ چنانچہ چاند کی چمک سے اماوس کی تاریکی زیادہ مکمل ہے ———— وغیرہ وغیرہ" امل جو کچھ لکھتا ہے سب کو دکھا دیتا ہے۔

مگر چارو ایسا نہیں کرتی ہے۔ کیا پورنما اور اماوس کے موازنہ میں اس کی طرف کچھ اشارہ ہے۔؟

اس گھرانے کا تیسرا شخص یعنی بھوپتی کسی قرض خواہ کے تقاضوں سے چھٹکارا حاصل کرنے کے لئے اپنے قدیم دوست موتی لال کے پاس گیا ہوا تھا۔ بھوپتی نے موتی لال کو اس کی بڑی مشکل کے وقت کئی ہزار روپے قرض دئے تھے۔ خود مصیبت میں گرفتار ہوا تو بھوپتی اس دن موتی لال کے پاس وہ روپیہ مانگنے گیا تھا۔ نہانے کے بعد موتی لال ننگے بدن پنکھے کی ہوا کھا رہا تھا۔ اور ایک لکڑی کے بکس پر کاغذ پھیلا کر چھوٹے چھوٹے حروف میں اس بردگا مائی کے ہزار نام لکھ رہا تھا۔

بھوپتی کو دیکھ کر بہت ہی دل آویز انداز میں وہ بول اٹھا" آؤ۔ آؤ۔ بھئی۔ آج کل تو تمھاری صورت ہی نظر نہیں آتی۔"

روپیہ کی بات سن کر موتی لال نے بہت ہی غور و خوض کے بعد کہا" کون سے روپے کی بات تم کہہ رہے ہو۔؟ کیا حال میں کچھ روپیہ میں نے تم سے لیا ہے؟" بھوپتی نے جب روپیہ لینے کی تاریخ اسے یاد دلائی موتی لال بول اٹھا" اوہ۔ وہ روپیہ۔ وہ تو کب کا تمادی ہو چکا۔"

بھوپتی کو اپنے چاروں طرف کی فضا بالکل بدلی ہوئی نظر آنے لگی۔ اس کے سامنے سنسار کے جس حصے پر سے نقاب اٹھ گیا اسے دیکھ کر مارے دہشت کے بھوپتی کے رونگٹے کھڑے ہو گئے۔

یکایک سیلاب کے آجانے پر آدمی گھبرا کر جو جگہ سب سے اونچی نظر آتی ہے وہیں دوڑ جاتا ہے بے اعتباری سے بھری ہوئی باہر کی دُنیا سے بھاگ کر بھوپتی اسی طرح تیزی کے ساتھ زنان خانے میں جا موجود ہوا۔ اس نے دل میں سوچا "کچھ بھی ہو چارو کبھی مجھ سے دھوکا بازی نہ کرے گی۔"

اس وقت چارو اپنی گود میں تکیہ دباتے اور اس تکیہ پر کاغذ رکھے مستغرق ہو کر جھکی ہوئی کچھ لکھ رہی تھی۔ بھوپتی جب اس کے بالکل نزدیک جا کر کھڑا ہو گیا تو اُسے ہوش آیا۔ اُس نے فوراً اس کاغذ کو اپنے پاؤں کے نیچے دبا لیا۔ انسان کا دل جب دُکھا رہتا ہے تو ذرا سی ٹھیس لگنے پر بھی اُسے بڑا صدمہ پہنچتا ہے۔ چارو نے جو بلا وجہ اتنی پھرتی کے ساتھ اپنے لکھے ہوئے کاغذ کو چھپا لیا تو بھوپتی کے دل میں چوٹ لگی۔ بھوپتی دھیرے دھیرے جا کر چارو کے پاس پلنگ پر بیٹھ گیا۔ اپنی تحریر کی روانی میں اس طرح غیر متوقع رکاوٹ کے پیش آجانے پر اور بھوپتی سے یکایک کاغذ کو چھپا لینے کی بے چینی کا اظہار کرنے پر چارو اس قدر گھبرا گئی تھی کہ اس کی سمجھ میں نہیں آرہا تھا کہ کیا کہے۔

اس دن بھوپتی کے پاس نہ کوئی ایسی چیز تھی جو اُسے دے، اور نہ کوئی ایسی بات تھی جو اُس سے کہے۔ وہ چارو کے پاس خود ہی ملتجی ہو کر تہی دست آیا تھا۔ بھوپتی کے دل میں ایک اندیشہ پیدا ہو گیا تھا کہ سچی محبت شاید کہیں بھی نہیں ملتی۔

ایسی حالت میں وہ چارو کے پاس آیا تھا کہ اگر تھوڑی سی میٹھی میٹھی باتیں۔ تھوڑی سی محبت اُسے مل جائے تو اس کے زخم پر مرہم کا کام کر سکے۔ لیکن افسوس صد افسوس کہ دولت کی دیوی ہی کے پاس دولت مفقود ہو گئی تھی۔ لمحہ بھر کے لئے گویا چارو محبت کے خزانے کی کنجی کھو بیٹھی تھی۔ تھوڑی دیر تک بالکل سناٹا رہا۔ پھر بھوپتی اٹھ کھڑا ہوا اور آہستہ آہستہ باہر چلا آیا۔ عین اسی وقت امل چارو کو کھری کھری سُنانے کے ارادے سے تیزی کے ساتھ چارو کے کمرے کی طرف آرہا تھا۔ راستے میں بھوپتی کے نہایت خشک اور افسردہ چہرے کو دیکھ کر وہ گھبرا گیا اور بھوپتی سے دریافت کیا "دادا کیا تمہاری طبیعت کچھ خراب ہے؟"

امل کی محبت بھری آواز کان میں پڑتے ہی بھوپتی کا دل اُمنڈ آیا۔ تھوڑی دیر تک وہ کچھ بھی نہ کہہ سکا

بڑی مشکل سے اپنے کو سنبھال کر اس نے شفقت آمیز لہجے میں کہا "کچھ بھی نہیں۔ امل اب کے رسالے میں کیا تمھارا کوئی مضمون شائع ہو رہا ہے؟"

امل نے جو تلخ باتیں چارو کو سنانے کے لئے سوچ رکھی تھیں وہ نہ معلوم کدھر کافور ہو گئیں۔ جلدی سے چارو کے کمرے میں جاکر اس نے دریافت کیا "بھابی دادا کو ہوا کیا ہے، بتاؤ تو" چارو نے کہا "نہیں۔ مجھے تو کچھ معلوم نہیں ہوا۔ شاید کسی دوسرے اخبار نے ان کے اخبار کو برا بھلا کہا ہے" امل نے سر ہلایا۔

بے بلائے امل آ گیا اور اس نے بے تکلف بات چیت شروع کر دی اس سے چارو کے دل کو تسکین ہوئی۔ اس نے آتے ہی اپنے مضمون کی بات چھیڑ دی۔ اس نے کہا "امابشیر آلو" کے عنوان سے میں ایک مضمون آج لکھ رہی تھی۔ کسر رہ گئی نہیں تو انھوں نے دیکھ ہی لیا تھا"

چارو نے ضرور سوچا ہوگا کہ امل اس کا وہ مضمون دیکھنے کے لئے اصرار کرے گا اور اسی امید پر وہ اپنے کاغذ کو ہاتھ سے چھیڑ بھی رہی تھی۔ امل نے تھوڑی دیر تیکھی نگاہ سے چارو کی طرف دیکھا۔ اس نے کیا سمجھا کیا سوچا۔ یہ نہیں معلوم۔ یکایک جیسے وہ چونک پڑا۔ گویا پہاڑ کے راستے پر چلتے چلتے یکایک کہر ہٹ جانے پر راہ گیر نے دیکھا کہ وہ ہزاروں ہاتھ گہرے غار کی طرف اپنا قدم بڑھانے کو جا رہا تھا۔ امل کچھ بولے بغیر کمرے سے باہر نکل گیا۔ امل کی اس انوکھی حرکت کا مطلب چارو سمجھ نہ سکی۔

گیارھواں باب

دوسرے دن پھر بھوپتی بے وقت چارو کی خواب گاہ میں گیا اور اسے بلا کر کہا "امل کی شادی کا ایک اچھا پیغام آیا ہے"

چارو کا دھیان کسی دوسری طرف تھا۔ اس نے کہا "کیا اچھا پیغام آیا ہے؟"

بھوپتی۔ شادی کا پیغام۔

چارو۔ "کیوں۔ کیا میں پسند نہ آئی؟"

بھوپتی قہقہہ لگا کر ہنس پڑا۔ بولا "تم اسے پسند آئی ہو یا نہیں۔ یہ بات ابھی میں نے امل

سمجھی نہیں۔ خیر جو بھی ہو۔ میرا بھی تو تھوڑا سا حق ہے۔ اُسے میں آسانی سے چھوڑ نہ دوں گا۔"

چارو:۔ کیا بک رہے ہو۔ کوئی سر پاؤں بھی ہے اس کا۔ تم نے کہا تمھاری شادی کی بات آئی ہے۔" چارو کا چہرہ لال ہو گیا۔

بھوپتی:۔" وہ بات اگر ہوتی تو کیا تم کو خبر دینے کے لئے دوڑا چلا آتا۔ اس میں تو انعام ملنے کی کوئی اُمید نہ تھی۔"

چارو:۔" امل کی نسبت آئی ہے تو ٹھیک ہے۔ پھر دیر کس بات کی ہے؟"

بھوپتی:۔" بردوان کے ایک وکیل رگھو ناتھ بابو اپنی لڑکی سے امل کی شادی کر کے اُسے ولایت بھیجنا چاہتے ہیں۔"

چارو نے متحیر ہو کر پوچھا "ولایت"——؟

بھوپتی:۔" ہاں۔ ولایت"

چارو:۔" امل ولایت جائے گا۔ بہت اچھی بات ہے۔ اچھا ہوا۔ تو تم اُس سے ایک دفعہ پوچھ کے بھی تو دیکھو۔"

بھوپتی:۔" میرے پوچھنے سے پہلے اگر تم اُسے ایک مرتبہ سمجھا کر کہتیں تو اچھا ہوتا۔"

چارو:۔" میں نے تو تین ہزار بار کہا۔ وہ میری بات نہیں سُنتا۔ میں اس سے اب کچھ نہ کہوں گی۔"

بھوپتی:۔" تمھارا کیا خیال ہے۔ وہ شادی نہیں کرے گا؟"

چارو:۔" اس کی تو کئی بار کوشش کی گئی۔ وہ تو کسی طرح راضی نہیں ہوا۔"

بھوپتی نے امل کو بلا بھیجا۔ امل کے آنے پر اُس سے کہا "امل! بردوان کے وکیل رگھو ناتھ بابو کی لڑکی سے تمھاری شادی کی بات آئی ہے۔ ان کی خواہش ہے کہ شادی کے بعد ہی وہ تمھیں ولایت بھیج دیں۔ اس میں تمھاری کیا رائے ہے۔؟"

امل نے کہا "اگر تمھاری مرضی ہو تو مجھے کوئی عذر نہیں۔"

امل کی بات سُن کر ان دونوں کو تعجب ہوا۔ کہنے کے ساتھ ہی وہ راضی ہو جائے گا۔ اس کا کسی کو

گمان بھی نہ تھا۔ چارو نے قدرے درشت لہجے میں ملنا قا کہا "دادا کی مرضی ہو تو وہ راضی ہیں۔ واہ! کیسا فرماں بردار چھوٹا بھائی ہے۔ دادا کی اتنی عقیدت مندی کا اظہار اس سے پہلے تو تم نے نہیں کیا تھا کبھی"

امل نے کوئی جواب نہ دیا۔ ذرا سا مسکرا دینے کی کوشش اس نے ضرور کی۔ امل سے کچھ جواب نہ ملنے پر چارو نے گویا اُسے چونکا دینے کی غرض سے اپنے لہجے کی درشتی میں اضافہ کرتے ہوئے کہا "صاف کہتے کیوں نہیں کہ شادی کرنے کو میرا اپنا جی چاہ رہا ہے۔ اتنے دنوں تک اس ڈھکوسلے کی کیا ضرورت تھی کہ شادی نہیں کروگے۔ من میں لڈو پھوٹ رہے ہیں اور زبان سے شرم کا اظہار کیا جا رہا ہے"۔

بھوپتی نے دل لگی سے کہا "امل نے اتنے دنوں تک تمھاری ہی خاطر اپنی بھوک کو دبا رکھا تھا۔ شاید اپنی چھوٹی بھاوج کے آنے کی بات سن کر تمھیں حسد ہو"۔

اس بات پر چارو غصہ سے لال پیلی ہوگئی اور چیخ کر بولی "تم ٹھیک کہتے ہو۔ ہاں۔ مجھے تو حسد ہو ہی گا۔ میں کسی سے بھی حسد نہیں کرتی۔ تمھیں ہرگز ایسا کہنا نہیں چاہئے تھا"۔

بھوپتی: "کیا اپنی بی بی سے تھوڑا سا مذاق بھی میں نہیں کر سکتا؟"

چارو: "نہیں۔ ایسا مذاق مجھے پسند نہیں"۔

بھوپتی: "اچھی بات ہے۔ میں نے بہت بڑا قصور کیا ہے۔ معاف کردو۔ خیر شادی کی بات تو طے ہو گئی"۔ امل نے کہا "ہاں"۔

چارو: "لڑکی کیسی ہے۔ اچھی یا بری۔ اسے ایک دفعہ دیکھ آنے کی بھی تاخیر برداشت نہیں ہو رہی ہے۔ تمھاری ایسی حالت ہوگئی ہے اس کو تم نے اشارتاً بھی کبھی ظاہر نہ کیا"۔

بھوپتی: "امل! تم اگر لڑکی کو دیکھنا چاہو تو اس کا بندوبست کیا جا سکتا ہے۔ میں نے معلوم کیا ہے۔ لڑکی دیکھنے میں اچھی ہی ہے"۔

امل: "نہیں دیکھنے کی کوئی ضرورت نہیں"۔

چارو: "اس کی بات چھوڑو۔ یہ بھی کبھی ہو سکتا ہے۔ لڑکی کو بغیر دیکھے شادی کر لی جائے۔ وہ نہ بھی دیکھنا چاہے۔ ہم لوگ تو دیکھ لیں گے"۔ امل "نہیں دادا اس کے لئے فضول دیر کرنے کی ضرورت نہیں"۔

چارو: ”جانے بھی دو۔ دیر ہوئی تو بیچارے کی چھاتی پھٹ جائے گی۔ تم جلدی سے اس کے سہرا باندھ دو۔ کیا معلوم اس کی وہ نعمت غیر مترقبہ کہیں کوئی دوسرا نہ لے بھاگے۔“

چارو کے اتنا مذاق اڑانے پر بھی امل ٹس سے مس نہ ہوا۔

چارو: ”ولایت بھاگ جانے کے لئے تمھارا دل بے قرار ہو رہا ہے۔ کیا ہم لوگ تمھاری جان کے دشمن ہیں۔ ہیٹ کوٹ پہن کر صاحب بنے بغیر آج کل کے لڑکوں کا جی نہیں بھرتا۔ اچھا کبھی ولایت سے لوٹ کر ہمارے جیسے کالے آدمیوں کو پہچان بھی سکو گے؟“

امل نے کہا ”تو پھر ولایت جا رہا ہوں کس لئے؟“

بھوپتی نے ہنس کر کہا ”کالی صورت کے بھولنے کے لئے ہی تو سات سمندر پار جانا پڑ رہا ہے مگر کوئی فکر کی بات نہیں ہے چارو۔ ہم لوگ تو یہیں رہیں گے۔ کالی صورت کے چاہنے والوں کی کمی نہ ہوگی۔“

بھوپتی نے خوش ہو کر فوراً ہی بردوان خط لکھ بھیجا۔ شادی کی تاریخ ٹھیک ہو گئی۔

بارھواں باب

اخبار کو بند ہی کر دینا پڑا۔ بھوپتی اس کا خرچ برداشت نہ کر سکا۔ لوک شادھارن (عوام الناس مترجم) نامی اخبار جو بڑے پیمانے پر نکالا گیا تھا اس کے پیچھے بھوپتی بے غرضانہ یک سوئی کے ساتھ دن رات لگا رہتا تھا۔ اتنی آن بان سے شروع کئے ہوئے کام کو ایک لمحہ کے اندر ترک کر دینا پڑا۔ گزشتہ بارہ برس جس ناؤ کو چلانے کے لئے بھوپتی اپنی ساری قوت کو بے روک ٹوک صرف کرتا چلا آ رہا تھا وہ ناؤ یکایک بھنور کے بیچوں بیچ آ پڑی۔ اس کے لئے بھوپتی بالکل تیار نہ تھا۔ اتنے دنوں کی سرگرمی اور تمنا کو جس میں یکایک رکاوٹ پیدا ہو گئی۔ وہ کدھر لے جائے۔ اس کی سمجھ میں نہیں آ رہا تھا وہ سرگرمی وہ تمنا بے کس و بے بس بھوکے بچوں کی طرح بھوپتی کو حسرت و یاس کی نگاہوں سے دیکھ رہی تھیں۔ بھوپتی نے ان کو اپنے زنان خانہ میں لے جا کر عورت کے سامنے کھڑا کر دیا جو کہ قدرتی طور پر شفیق اور خدمت خلق کی شیدائی ہوا کرتی ہے۔ لیکن عورت تو اس وقت کسی اور سوچ میں لگی ہوئی تھی۔ وہ اپنے

دل میں کہہ رہی تھی " کیا تعجب کی بات ہے ! ہاں ۔ امل کی شادی ہو گی یہ تو بڑی اچھی بات ہے۔ لیکن اتنے دن کے بعد ہم لوگوں کو چھوڑ کر غیر کے ہاں شادی کر کے وہ ولایت چلا جا رہا ہے۔ اس کو اس میں ذرا بھی تامل نہ ہوا۔ اتنے دنوں تک ہم لوگوں نے اُسے کتنے جتن سے رکھا تھا۔ مگر جوں ہی اُسے نکل بھاگنے کا تھوڑا سا موقع ملا وہ کمر باندھ کر چل پڑا۔ گویا اتنے دنوں تک وہ موقع ہی کے تلاش میں تھا۔ یوں تو اس کی زبان کیسی شیریں ہے اور کتنی محبت کا اظہار کرتا ہے۔ آدمی پہچاننا مشکل کام ہے۔ یہ کیسے معلوم تھا کہ جو شخص اس قدر اچھا مضمون لکھتا ہے اس کا دل ایسا سخت ہو گا !"

اپنی کشادہ دلی سے موازنہ کر کے امل کی سنگ دلی کی انتہائی تحقیر کرنے کی اُس نے بہت کوشش لیکن وہ ایسا کر نہ سکی۔ اندر ہی اندر ایک درد اُسے ستائے جا رہا تھا۔ اُسے ایسا معلوم ہو رہا تھا کہ کوئی اس کے دل میں چٹکیاں لے کر اس کی تکلیف کو بھڑکائے دے رہا ہے۔ عنقریب امل چلا جائے گا مگر پھر بھی ادھر کئی روز سے وہ دکھائی نہ دیا۔ ہم دونوں میں جو تھوڑی سی شکر رنجی ہو گئی ہے اس کو رفع کرنے کا موقع کبھی نہیں مل رہا ہے۔ چارو ہر ساعت یہ سوچ رہی تھی کہ امل خود آئے گا۔ اُن کے اتنے دنوں کے تعلقات اس طرح منقطع نہ ہو جائیں گے۔ لیکن امل کو نہ آنا تھا نہ آیا۔ آخر کار جب اُس کی روانگی کا وقت قریب آ گیا تو چارو نے خود ہی امل کو بُلا بھیجا۔ امل نے کہلا بھیجا " تھوڑی دیر میں آتا ہوں " چارو برآمدے میں ایک کرسی پر جا کر بیٹھ گئی۔ صبح ہی سے بادل چھائے رہنے کی وجہ سے امس ہو رہی تھی۔ چارو اپنے کھلے ہوتے بالوں کو سر پر لپیٹ کر پنکھا جھلنے لگی۔ جب بڑی دیر ہونے لگی تو رفتہ رفتہ چارو کو پنکھا جھلنا بند کر دینا پڑا۔ غصہ دکھ اور بے صبری کا اس کے سینے کے اندر طلاطم ہونے لگا۔ اس نے اپنے دل میں کہا " امل نہ آیا تو کیا ہوا " لیکن پھر بھی پاؤں کی ہر چاپ پر اس کا دل دروازے کی طرف دوڑ رہا تھا۔ دور گرجے کی گھڑی میں گیارہ بج گئے۔ ابھی بھوپتی نہا کر کھانا کھانے آئے گا۔ اب بھی آدھ گھنٹہ وقت باقی ہے۔ اب بھی اگر امل آ جائے۔ جس طرح بھی ہو اپنے خاموش جھگڑے کو آج ختم ہی کر دینا ہے۔ امل کو اس طرح رخصت نہیں کیا جا سکتا۔ اُن دونوں ہم عمر دیور اور بھاوج کے اندر جو مسرت خیز تعلقات اتنے دنوں سے چلے آ رہے تھے۔ بہت سا پیار۔ تھوڑا سا جھگڑا۔ ہنسی

دل لگی میں ایک دوسرے کو تنگ کرنا۔ رازدارانہ گفت و شنید۔ کیا امل آج ان سب کو خاک میں ملا کر ایک طویل عرصے کے لئے بہت دور چلا جائے گا؟ کیا دیور اور بھاوج کے دل آویز رشتے کے باغ کو ترو تازہ رکھنے کے لئے رخصت ہوتے وقت وہ آنسوؤں کا چھڑکاؤ نہ کرے گا؟

آدھ گھنٹے کے قریب گزر گیا۔ چارو اپنے سر کے کھلے ہوتے بالوں کو جلدی جلدی اپنی انگلیوں میں لپیٹنے اور کھولنے لگی۔ وہ اپنے آنسو روک نہ سکتی تھی۔ نوکر نے آکر کہا "بی بی جی بابو کے لئے ڈبہ نکالنا ہوگا۔" چارو نے اپنی آنچل میں بندھی ہوئی کنجی کھول کر نوکر کے آگے چھن سے پھینک دی نوکر نے متعجب ہو کر اُسے اٹھا لیا۔

چارو کو ایسا معلوم ہوا کہ اس کے سینے کے اندر کوئی چیز اوپر کی طرف چڑھ رہی ہے اور اس کے حلق میں آکر پھنس جاتی ہے۔ بھوپتی ٹھیک وقت پر کھانا کھانے کے لئے خوش خوش آموجود ہوا چارو اپنے ہاتھ میں پنکھا لئے کھانا کھانے کی جگہ پر آئی۔ اس نے دیکھا کہ امل بھی بھوپتی کے ساتھ آیا ہے چارو نے اس کے چہرے کی طرف نظر نہیں اٹھائی۔

امل نے پوچھا "بھابی تم مجھے بلا رہی تھیں"۔

چارو:۔ "اب ضرورت نہیں ہے"

امل:۔ "تو پھر میں جاؤں۔ مجھے سامان ٹھیک کرنا ہے"۔

چارو نے چمکتی ہوئی آنکھوں کے ساتھ ایک بار امل کو دیکھا پھر کہا "جاؤ"

امل نے بھی ایک مرتبہ چارو کے چہرے پر نگاہ ڈالی پھر کمرے کے باہر چلا گیا۔

کھانے کے بعد بھوپتی تھوڑی دیر تک چارو کے پاس بیٹھا رہا کرتا۔ آج لین دین کے حساب میں پھنسے رہنے کی وجہ سے اُسے فرصت بالکل نہیں ہے۔ چارو کے پاس وہ دیر تک بیٹھ نہ سکے گا۔ چنانچہ اُس نے کسی قدر دکھ کا اظہار کرتے ہوئے چارو سے کہا "آج زیادہ دیر تک بیٹھ نہ سکوں گا بہت جھنجھٹ ہے۔" چارو نے کہا "جاؤ"

بھوپتی نے سمجھا چارو ناراض ہو گئی ہے۔ اس نے کہا "ایسا نہیں کہ فوراً ہی چلا جاؤں گا۔ تھوڑا سا

آرام لے لوں پھر جاؤں گا۔" اتنا کہہ کر وہ بیٹھ گیا۔ اس نے دیکھا چارو اداس نظر آ رہی ہے۔ بھوپتی کو صدمہ ہوا۔ وہ دیر تک بیٹھا رہا۔ مگر اپنی باتوں میں دلچسپی پیدا نہ کر سکا۔ پھر اِدھر اُدھر کی باتوں کے بیچ میں بھوپتی نے کہا" امل تو کل جا رہا ہے۔ کچھ دنوں تک شاید تم کو گھر سُونا سُونا معلوم ہوگا۔" چارو نے اس کا کوئی جواب نہ دیا اور جھٹ سے اٹھ کر دوسرے کمرے میں چلی گئی۔ اس کے انداز سے معلوم ہوا کہ وہ کوئی چیز لانے کو گئی ہے۔ بھوپتی نے تھوڑی دیر تک اس کا انتظار کیا۔ پھر اٹھ کر چلا گیا۔

آج امل کو دیکھ کر چارو کو معلوم ہوا کہ وہ اِن ہی چند روز کے اندر بہت دُبلا ہو گیا ہے۔ اِس سے اُسے خوشی بھی ہوئی اور دکھ بھی ہوا۔ آنے والے فراق کے خیال نے ہی امل کو اس قدر مضمحل کر دیا ہے اس میں چارو کو کوئی شک نہ رہا۔ لیکن پھر امل کا برتاؤ ایسا کیوں ہے؟ کیوں وہ دُور ہی دُور بھاگا پھر رہا ہے۔ اپنی روانگی کے وقت کو کیوں وہ قصداً اتنا ناخوش گوار کیے دے رہا ہے۔ بستر پر لیٹی ہوئی وہ یہی سوچ رہی تھی۔ یکایک چونک پڑی۔ معاً اُسے مندا کی بات یاد آگئی۔ اگر ایسا ہو کہ امل مندا سے محبت کرتا ہے اور مندا کے چلے جانے پر امل اس طرح...... چھی چھی۔ کیا امل کا دل ایسا ہو جائے گا اس قدر ذلیل۔ اس قدر ناپاک۔ ایک شادی شدہ عورت پر اس کا دل آئے گا۔ ناممکن ہے۔ چارو نے اپنے دل سے اس شبہہ کو دُور کر دینا چاہا لیکن وہ شبہ اپنی پوری قوت کے ساتھ اُسے سانپ کی طرح ڈسنے لگا۔

اسی حالت میں امل کی روانگی کا وقت آ گیا۔ مطلع صاف نہ ہوا۔ امل نے آ کر رندھی ہوئی آواز میں کہا" بھابی میرے جانے کا وقت ہو گیا ہے۔ دادا کا خیال رکھنا۔ وہ بڑی مشکلوں میں گرفتار ہیں تمہارے سوا ان کی تسکین کی اور کوئی چیز نہیں ہے۔"

بھوپتی کو اس قدر غمگین اور اداس دیکھ کر امل نے کھوج کھاج کر اس کی وجہ دریافت کر لی تھی۔ بھوپتی کس طرح خاموشی کے ساتھ اپنی مصیبت اور پریشانی کا تنِ تنہا مقابلہ کر رہا ہے نہ کسی سے اس کو مدد ملی ہے نہ کسی نے اُسے تسکین دی ہے۔ اپنی اتنی بڑی مصیبت کے دنوں میں بھی اپنے

دست نگر عزیزوں کو اُس نے متفکر نہ ہونے دیا۔ اسی سوچ میں اَمل تھوڑی دیر تک چُپ رہا۔ اس کے بعد اس نے چارو کے بارے میں سوچا۔ اپنے بارے میں بھی سوچا۔ اس کے کان سُرخ ہو گئے اور وہ زور سے بول اٹھا "جو لُٹھے میں جاتے اَساڑھ کا چاند' اور اماوس کی روشنی' میں ببر سٹر ہو کر واپس آؤں اور دادا کی مدد نہ کر سکوں تو میں مرد ہی نہیں ہوں۔"

گزشتہ رات کو چارو نے ساری رات جاگ کر طے کر لیا تھا کہ امل کے جاتے وقت وہ اس سے کیا کیا باتیں کرے گی۔ وہ اپنے روٹھ جانے کو تو چھپاتے گی نہیں مگر تھوڑا سا ہنس بھی دے گی اور اس کی اداسی کے اظہار میں خوشی کی آمیزش بھی رہے گی۔ غرض اس طرح وہ اپنا غم غلط کرے گی۔ لیکن امل کو رخصت کرتے وقت چارو کی زبان سے کوئی بات نہ نکلی۔ اس نے اتنا ہی کہا "امل خط تو لکھو گے" امل نے زمین پر اپنا سر جھکا کر اُسے پرنام کیا۔ چارو دوڑ کر اپنی خواب گاہ میں گھس گئی اور اندر سے دروازہ بند کر لیا۔

تیرھواں باب

بھوپتی بردوان گیا امل کی شادی کی اور اُسے ولایت روانہ کر کے گھر لوٹ آیا۔ بھوپتی لوگوں پر بہت اعتماد کیا کرتا تھا۔ لیکن طرح طرح کی چوٹ کھا کر اس کا دل باہر کی دنیا سے بالکل بیزار ہو گیا تھا جلسوں میں جانا۔ لوگوں سے ملنا جلنا کچھ بھی اسے اچھا نہ لگتا تھا۔ اُس نے سوچا "ان چیزوں میں پھنسے رہ کر میں نے اتنے دنوں تک اپنے آپ کو دھوکا دیا۔ خوشی کے دن بیکار برباد ہو گئے اور زندگی کے بہترین حصّے کو میں نے کوڑے کے انبار میں پھینک دیا۔ بھوپتی نے سوچا "اچھا ہی ہوا اخبار بند ہو گیا۔ مجھے چھٹکارا ملا۔" سرِ شام اندھیرا شروع ہوتے دیکھ کر چڑیا جس طرح اپنے آشیانے میں واپس آتی ہے بھوپتی بھی اسی طرح اپنے بہت دنوں کی چراگاہ کو چھوڑ کر چارو کے پاس زنان خانہ میں چلا آیا۔ دل میں کہا "بس اب کہیں نہ جاؤں گا۔ یہیں مقیم ہو جاؤں گا۔ جس کاغذ کی ناؤ سے میں دن بھر کھیلا کرتا تھا وہ ڈوب گئی۔ اب گھر لوٹ چلوں۔"

بھوپتی کو گویا ایک قسم کا پختہ عقیدہ تھا کہ اپنی بی بی پر کسی کو اختیار حاصل کرنے کی ضرورت نہیں ہوتی۔

قطب ستارہ کی طرح، وہ اپنی روشنی آپ ہی دیا کرتی ہے۔ وہ ہوا میں جھپتی نہیں ہے۔ وہ تیل کی منتظر نہیں رہتی ہے۔ باہر جب توڑ پھوڑ شروع ہو گئی تھی اس وقت زنانہ مکان کی کسی دیوار میں کوئی شگاف نمودار ہوا یا نہیں، یہ پرکھ کر دیکھنے کا خیال تک بھوپتی کے دل میں نہ آیا۔

بھوپتی شام کے وقت بردوان سے گھر واپس آیا۔ جلدی جلدی ہاتھ منھ دھو کر اپنے وقت سے پہلے ہی کھانا کھالیا۔ یہ خیال کر کے کہ امل کی شادی اور اس کے ولایت روانہ ہو جانے کی پوری خبر شروع سے اخیر تک سننے کے لئے چارو بلاشبہ بے تاب ہو رہی ہوگی۔ اس نے آج ذرا بھی دیر نہ کی۔ بستر پر لیٹ کر حقہ کا دم لگانے لگا۔ چارو ابھی تک آئی نہیں۔ شاید گھر کا کام کر رہی ہے بھوپتی تھکا ہوا تھا۔ اُسے نیند آنے لگی اور تمبا کو بھی جل چکا تھا۔ یکایک اُس کی آنکھ کھل گئی۔ اس نے دیکھا چارو ابھی تک نہیں آئی۔ سوچنے لگا اس کی کیا وجہ ہے۔ تب تو اس نے چارو کو بلا کر پوچھا "آج تمھیں کیوں اتنی دیر ہو گئی؟"

چارو نے اس کی کوئی وجہ نہ بتائی۔ صرف بولی۔ آج دیر ہو گئی"۔

چارو کے اشتیاق بھرے سوال کا بھوپتی منتظر تھا۔ مگر چارو نے کوئی سوال ہی نہ کیا۔ اس سے بھوپتی کو کچھ رنج ہوا۔ تو کیا چارو امل کو چاہتی ہی نہیں ہے؟ جب تک امل یہاں رہا وہ اس سے ہنستی بولتی رہی اور جوں ہی وہ چلا گیا اس سے غافل ہو گئی۔ اس طرح کے نازیبا برتاؤ سے بھوپتی کے دل میں کھٹکا ہوا۔ وہ سوچنے لگا تو پھر کیا چارو کی محبت محض سطحی چیز ہے۔ اس میں کوئی گہرائی نہیں ہے۔ کیا وہ صرف ہنسنا بولنا ہی جانتی ہے۔ محبت نہیں کر سکتی؟ عورتوں کے اندر اس طرح کی بے اعتنائی اچھی نہیں۔

چارو اور امل کی دوستی سے بھوپتی کو خوشی ہوتی تھی۔ ان دونوں کے لڑکپن کے تعلقات کبھی میل۔ کبھی جھگڑا اور کبھی صلاح و مشورہ۔ اُن کی ان باتوں میں بھوپتی کو لطف آتا تھا۔ چارو جو ہمیشہ امل کی خاطر تواضع کیا کرتی تھی اس سے بھی بھوپتی خوش ہوا کرتا تھا۔ وہ سمجھتا تھا کہ اُس سے چارو کی نیک دلی کا اظہار ہو رہا ہے۔ آج وہ متعجب ہو کر سوچنے لگا کیا وہ صرف سطحی چیز تھی اور دل کے اندر اس کی کوئی بنیاد

نہ تھی۔ بھوپتی متحیر ہو گیا اور اس کو فکر ہو گئی کہ اگر چارو کے پاس دل ہی نہیں ہے تو پھر مجھے کہاں پناہ ملے گی۔

اسی کو آزمانے کے لئے بھوپتی نے رفتہ رفتہ بات چھیڑی۔ "چارو، تم اچھی تو ہو؟ طبیعت کچھ خراب تو نہیں ہوئی؟" چارو نے مختصراً جواب دیا "بالکل اچھی ہوں۔"

بھوپتی:۔ "امل کی شادی ہو گئی۔" چارو نے حسبِ حال کوئی مناسب بات کہنے کی کوشش کی لیکن اس کی زبان سے کوئی بات نہ نکلی۔ وہ دم بخود ہو کر رہ گئی۔

بھوپتی فطرتاً کسی چیز کو غور سے نہیں دیکھتا تھا۔ لیکن چونکہ امل کو الوداع کہنے کا دکھ خود اس کے دل میں تازہ تھا اس لئے چارو کی اس طرح بے پروائی ظاہر کرنے پر اُسے صدمہ ہوا۔ اُس نے چاہا تھا کہ چونکہ چارو بھی اُسی غم میں مبتلا ہے اُس سے امل کی باتیں کر کے اپنے غم کا بوجھ تھوڑا سا ہلکا کرتا۔

بھوپتی:۔ "لڑکی دیکھنے میں اچھی ہے۔ چارو تم سو گئیں؟" چارو نے کہا "نہیں"

بھوپتی:۔ "بیچارا امل اکیلا رہ گیا۔ جب میں نے اُسے گاڑی پر سوار کر دیا تو وہ بچوں کی طرح رونے لگا۔ اُسے دیکھ کر اس سن میں میرے بھی آنسو نکل پڑے۔ گاڑی میں دو انگریز بیٹھے تھے مردوں کا اس طرح رونا دیکھ کر اُن کو بڑا لطف آ رہا تھا۔

کمرے کے اندر کا چراغ بجھا ہوا تھا۔ اندھیرے بستر پر پہلے تو چارو نے کروٹ لی۔ پھر فوراً اُٹھ کر چلی گئی۔ بھوپتی نے چونک کر پوچھا "چارو، کیا تمھاری طبیعت خراب ہے؟" کچھ جواب نہ ملنے پر وہ بھی اُٹھا۔ قریب کے برآمدے سے سسکیاں بھرنے کی آواز سنائی دی۔ بھوپتی نے بے چینی کے ساتھ وہاں جا کر دیکھا چارو زمین پر اوندھی پڑی ہے اور اپنے آنسوؤں کو روکنے کی بے سود کوشش کر رہی ہے۔

چارو کے دکھ کو اس خوفناک طور پر اُبھر آتے دیکھ کر بھوپتی کو حیرت ہوئی۔ اس نے سوچا میں نے چارو کو کتنا غلط سمجھا تھا۔ چارو اپنے جذبات کو اس طرح چھپا رکھتی ہے کہ میرے سامنے بھی اپنے دکھ درد کو ظاہر کرنا نہیں چاہتی ہے جن کی فطرت ایسی ہوتی ہے اُن کی محبت بھی گہری ہوتی ہے۔ اور اُن کے غم کی بھی تھاہ نہیں ہوتی۔ بھوپتی نے دیکھا کہ چارو کی محبت عام عورتوں کی محبت کی طرح باہر سے دکھائی نہیں

دیتی۔ بھوپتی نے چارو کی محبت کو ظاہر ہوتے کبھی دیکھا نہ تھا۔ آج اس نے اچھی طرح سمجھ لیا کہ چارو کی محبت خفیہ طور پر اندر ہی اندر پھیلتی رہتی ہے۔ اور یہ معلوم کر کے کہ چارو کی محبت کس قدر عمیق اور نامحدود ہے بھوپتی کو تشفی ہوئی۔

بھوپتی چارو کے پاس بیٹھ گیا اور چپکے چپکے آہستہ آہستہ اس کے بدن پر ہاتھ پھیرنے لگا۔ کس طرح تسکین دلائی جا سکتی ہے یہ بھوپتی کو معلوم نہ تھا۔ اس نے یہ نہ سمجھا کہ جس وقت کوئی اپنے غم کا گلا دبا کر اُسے ہلاک کر دینا چاہتا ہے اس وقت اس کے پاس کسی دوسرے کا بیٹھا رہنا اس کو اچھا نہیں لگتا۔

چودھواں باب

بھوپتی نے جب اپنے اخبار کو الوداع کہا تھا تو اس نے اپنے مستقبل کا ایک نقشہ اپنے ذہن میں تیار کر لیا تھا۔ اس نے عہد کیا تھا کہ نہ وہ کوئی لاحاصل تمنا کرے گا اور نہ کسی جوکھوں کے کام کو ہاتھ لگائے گا چارو کے ساتھ لکھنے پڑھنے کے محبت آمیز مشغلہ میں دن گزارتا رہے گا اور روزمرہ کی خانگی ذمہ داریوں کو نباہتا جائے گا۔

گھریلو زندگی نہایت دلآویز ہوا کرتی ہے اور وہ آسائش بڑی سستی قیمت پر ملتی ہے۔ اس سے ہر وقت تعلق رکھنے پر بھی اس میں کوئی نقص نہیں پیدا ہوتا۔ بھوپتی نے سوچا تھا کہ اسی آسانی سے ملنے والی خوشی و خرمی کے اندر اپنی کلفت کو بھول کر شور و غوغا سے دور تنہائی میں چین سے زندگی بسر کرے گا۔ اور سرِ شام گھر میں چراغ جلا کر اپنی نئی زندگی کی ابتدا کرے گا۔ ہنسی۔ مذاق۔ گپ شپ ایک دوسرے کی تفریح کا سامان مہیا کرنا۔ ان چیزوں کے لئے زیادہ کوشش کرنے کی ضرورت نہیں ہوتی اگرچہ اس میں مسرت و انبساط کی کوئی حد نہیں رہتی۔

لیکن عمل کرتے وقت بھوپتی نے دیکھا کہ جس سُکھ کے حاصل کرنے کو وہ آسان سمجھا تھا وہ اتنا آسان نہیں۔ جو چیز قیمت دے کر بھی نہیں ملتی وہ اگر آپ ہی آپ قریب چلی نہ آئے تو پھر کسی طرح بھی اُسے ڈھونڈھ کر پا لینا ممکن نہیں۔ بھوپتی چارو کے ساتھ گھل مل نہ سکا۔ اس بارے میں اُس نے اپنے آپ ہی کو قصوروار ٹھیرایا۔ اس نے سوچا "میں نے بارہ برس تک صرف اخبار نویسی کی ہے۔ بی بی سے کیونکر

ہنسا بولا جاتا ہے یو میں بالکل ہی بھول گیا ہوں" بھوپتی بڑے اشتیاق کے ساتھ چراغ جلے چارو کے کمرے میں داخل ہو جاتا۔ دو ایک باتیں کرتا۔ چارو بھی ایک دو باتیں کرتی۔ اس کے بعد کیا کہا جائے بھوپتی کسی طرح بھی سوچ کر نہ نکال سکتا۔ اپنی اس کم مائیگی پر اُسے اپنی بی بی کے سامنے شرم آتی۔ اس نے سمجھا تھا کہ بی بی کے ساتھ گپ شپ کرنا بہت آسان کام ہے لیکن پتہ چلا کہ ایسے کندۂ ناتراش کے لئے وہ ایک مشکل امر ہے۔ جلسوں میں تقریر کرنا اس سے کہیں زیادہ آسان ہے۔ بھوپتی نے جس شام کو ہنستے بولتے راز و نیاز کی باتوں میں خوشگوار بنا رکھنا چاہا تھا۔ وہ شام کیونکر کٹے اس کو اسی کی فکر ہو گئی تھوڑی دیر تک عمداً وہ چپ بیٹھا رہا۔ پھر سوچا "اٹھ کھڑا ہوں" لیکن اٹھ جانے سے چارو کیا خیال کرے گی۔ اسی سوچ میں وہ اٹھ بھی نہ سکا۔ پھر اس نے کہا "چارو تاش کھیلو گی۔ چارو نے چارو ناچار کہا "ہاں" اور تاش اٹھا لائی اور قصداً کھیل میں غلطی کر کے ہار گئی۔ اُس کھیل میں کوئی لطف نہ آیا۔

بھوپتی نے ایک دن سوچ بچار کر چارو سے کہا "چارو۔ کیا مندا کو بلوا لیا جائے۔ تم بالکل اکیلی رہ گئی ہو۔" مندا کا نام سنتے ہی چارو جل اٹھی۔ بولی "مجھے مندا کی کوئی ضرورت نہیں۔"

بھوپتی ہنسا۔ دل میں خوش بھی ہوا۔ پاک دامن عورتیں عصمت کے معاملے میں بہت کڑی ہوا کرتی ہیں۔ اس بارے میں ذرا سی لغزش بھی وہ برداشت نہیں کر سکتی ہیں۔

عداوت کے پہلے دھکے کو سنبھال کر چارو نے سوچا، ممکن ہے مندا اگر بھوپتی کو تھوڑا بہت خوش رکھ سکے۔ خود اس سے بھوپتی جس سُکھ کا متلاشی ہے وہ اُسے کسی طرح دے نہیں سکتی۔ اس بات کا خیال کر کے چارو تکلیف محسوس کر رہی تھی۔ دنیا کی ساری چیزوں کو چھوڑ کر بھوپتی صرف چارو ہی سے اپنی زندگی کی تمام خوشیوں کو حاصل کرنا چاہتا ہے۔ بھوپتی کا سارا رجحان صرف اپنی ہی طرف دیکھ کر اور اپنی اندرونی ناداری کو محسوس کر کے چارو دہشت زدہ ہو گئی۔ اس طرح کتنے دن گزر سکتے ہیں۔؟ بھوپتی کوئی اور شغل کیوں نہیں ڈھونڈھتا؟ کوئی دوسرا اخبار کیوں نہیں نکالتا۔؟ بھوپتی کا دل بہلانے کی فکر چارو کو اتنے دنوں تک کبھی کرنا نہ پڑی تھی۔ بھوپتی چارو سے کبھی کسی قسم کی خدمت کا طالب نہیں ہوا تھا۔ اس سے کبھی کسی قسم کے آرام کا خواستگار نہیں ہوا تھا۔ اس نے کیوں چارو کو اتنے دنوں تک اپنے لئے لازمی بنا کر نہ رکھا تھا؟

بیچ یکایک اپنی زندگی کی ساری ضرورتوں کو چارو ہی کے پاس سے مانگ بیٹھنے پر چارو کو جیسے ڈھونڈھنے پر بھی کچھ نہیں مل رہا تھا۔ بھوپتی کو کس چیز کی ضرورت ہے۔ کس چیز سے اس کی تسکین ہوسکتی ہے۔ اِن باتوں کو اوّل تو چارو پوری طرح جانتی ہی نہیں اور اگر جان بھی لے تو بھی وہ آسانی کے ساتھ اُن چیزوں کو مہیا نہیں کرسکتی تھی۔

اگر بھوپتی اپنی خواہشات کو رفتہ رفتہ پوری کرنے کی کوشش کرتا تو شاید چارو کے لئے اتنی دِقت نہ ہوتی۔ لیکن یکایک ایک ہی رات میں دیوالیہ ہوکر چارو کے آگے بھوپتی کے ہاتھ پھیلا دینے پر وہ بدحواس سی ہوگئی۔ چارو نے کہا "اچھا مندا کو بُلا ہی لو۔ اس کے آنے سے ممکن ہے تمھاری دیکھ بھال میں سہولت ہو۔" بھوپتی نے ہنس کر کہا "میری دیکھ بھال؟ اس کی کوئی ضرورت نہیں۔" بھوپتی کو تھوڑی سی چوٹ لگی۔ اس نے سوچا "میں اتنا خشک شخص ہوں کہ کسی طرح بھی میں چارو کا دل بہلا نہیں سکتا۔"

اس خیال سے اس نے ادبی مشغلہ اختیار کیا۔ اس کے دوست احباب جب کبھی اُس سے ملنے آتے تو دیکھتے کہ وہ ٹینیسن یا بائرن یا بنکم کی کہانی وغیرہ لئے ہوئے ہے۔ بھوپتی کے اُس بے وقت شاعری کے ذوق کو دیکھ کر اس کے احباب ہنسی مذاق کرنے لگے۔ بھوپتی نے اُن سے ہنس کر کہا "بانس میں بھی پھول آتے ہیں لیکن کب آتے ہیں یہ کہنا مشکل ہے۔"

ایک دن شام کے وقت کمرے میں بڑا لیمپ جلا کر بھوپتی نے تھوڑے تذبذب کے بعد چارو سے کہا "تمھیں کچھ پڑھ کر سناؤں۔" چارو نے کہا "سناؤ"

بھوپتی نے کہا "کیا سناؤں۔"

چارو: "جو تمھارا جی چاہے"

اس بارے میں چارو کا زیادہ اشتیاق نہ دیکھ کر بھوپتی تھوڑا سا دب گیا۔ پھر بھی اُس نے ہمت کرکے کہا "ٹینیسن سے ترجمہ کرکے تمھیں سناؤں۔ چارو بولی "سناؤ"

سارا منصوبہ برباد ہوگیا۔ تذبذب اور پست ہمتی بھوپتی کے پڑھنے میں رکاوٹ پیدا کرنے لگے۔ کچھ انگریزی الفاظ کا صحیح بنگلہ ترجمہ بھی اُس کے ذہن میں نہیں آرہا تھا۔ چارو کی بے توجہی سے

ظاہر ہو رہا تھا کہ وہ دل لگا کر سن نہیں رہی ہے۔

اس لیمپ کی روشنی سے جگمگاتے ہوئے پُرسکوت کمرے کے اندر ان کی فرصت کا وقت یوں ہی گزر گیا۔ بھوپتی نے اب ایک دفعہ چارو کو اس طرح کچھ پڑھ کر سنانے کی بے سود کوشش کرنے کے بعد اس کے سامنے ادبی چرچا کرنا چھوڑ دیا۔

پندرھواں باب

بہت زیادہ چوٹ لگنے پر جس طرح انسان کے ہاتھ پاؤں شل ہو جاتے ہیں اور پہلے وہ کوئی تکلیف محسوس نہیں کرتا ہے اسی طرح امل کے چلے جانے کے بعد شروع شروع میں چارو کو اس کی عدم موجودگی کا پورا احساس نہ ہوا تھا۔ لیکن جوں جوں دن گزرتے گئے امل کے یہاں نہ ہونے پر چارو کو اپنے گھر بار میں ایک روز افزوں خلا محسوس ہونے لگا۔ اس احساس کے پیدا ہوتے ہی چارو گویا اپنی عقل کھو بیٹھی۔ اُسے ایسا محسوس ہونے لگا کہ وہ ایک گل پوش کاشانہ سے نکل کر کسی ویرانے میں آپڑی ہے۔ وقت گزرتا گیا اور آئے دن اس ویرانے میں بھی پے در پے اضافہ ہوتا گیا۔ چارو کو اس ویرانے کی کوئی خبر نہ تھی۔

نیند سے بیدار ہو کر وہ اچانک دھک سے رہ جاتی۔ اُسے یاد آجاتا امل نہیں ہے۔ صبح کو جب وہ برآمدے میں پان بنانے کو بیٹھتی ہے تو رہ رہ کر اُسے خیال آتا ہے کہ امل اس کے پیچھے سے تو نہیں آئے گا۔ کبھی کبھی وہ بے خیالی سے زیادہ پان بنا ڈالتی ہے۔ پھر یکایک اُسے یاد آجاتا ہے اتنے پان کون کھائے گا۔ امل تو ہے نہیں۔ جب نعمت خانے کے پاس آتی تو اس کے دل میں آتا امل کے لئے ناشتہ نکالنا تو نہیں ہے۔ دل کی بے قراری جب اُسے زنانہ مکان کے باہر نکال لے جاتی تو فوراً اس کو یاد آجاتا۔ نہیں تو۔ امل تو کالج سے نہیں آئے گا۔ کوئی نئی کتاب نیا مضمون کوئی نئی خبر یا کوئی اشتیاق کی بات۔ ان چیزوں کے لئے توقع کرنے کی کوئی وجہ باقی نہ رہی۔ کسی کے لئے کچھ سلائی کرنا۔ کوئی مضمون لکھنا کوئی شوق کی چیز خرید کر رکھنا۔ ان سب کی اب ضرورت نہ رہی۔

اپنی برداشت سے زیادہ تکلیف اور بے قراری پر چارو کو خود ہی حیرت ہونے لگی۔ اپنے

بے پایاں دردِ دل سے اُسے گھبراہٹ ہونے لگی۔ وہ ہر گھڑی اپنے دل سے سوال کرنے لگی "کیا وجہ ہے؟ اتنی تکلیف کیوں ہو رہی ہے؟ امل سے میرا کون سا رشتہ ناطہ ہے کہ اُس کے لئے اتنا دکھ سہنا پڑ رہا ہے؟ مجھے کیا ہو گیا ہے؟ اتنے دنوں بعد میری ایسی حالت کیوں ہو رہی ہے؟ گھر کے نوکر، نوکرانیاں۔ راستے کے قلی مزدور سب ہی چین سے چل پھر رہے ہیں۔ میں کیوں اتنا بے چین ہو رہی ہوں؟ اے بھگوان تو نے مجھے ایسی مصیبت میں کیوں ڈال دیا؟ رہ رہ کر اس کے دل میں یہی سوال اٹھنے اور اُسے متحیّر کرنے لگا۔ اس کے اندوہ میں کوئی کمی نہ ہوئی۔ امل کی یاد نے اُسے ہر طرف سے گھیر رکھا تھا۔ اُسے ایسی کوئی جگہ نہیں نظر آ رہی تھی جہاں جا کر وہ اپنے دل سے امل کی یاد کو نکال سکے۔

چارو کو امل کی یاد کی شدّت سے بچانے کی کوشش کرنا تو در کنار بھوپتی نے اپنے بے ڈھنگے پن کی وجہ سے خود امل کی جدائی سے اثر لے کر بار بار چارو کو اسی کی یاد دلانا شروع کر دیا۔

چارو نے ہتھیار ڈال دیئے۔ اس نے اپنے دل کے ساتھ لڑنا چھوڑ دیا۔ اور شکست قبول کر لی چنانچہ اُس نے بے چون و چرا اپنی حالت پر قائم رہنے کا فیصلہ کر لیا۔ امل کو مستقل طور پر اپنے دل میں جگہ دے دی۔ رفتہ رفتہ چارو کی ایسی حالت ہو گئی کہ یکسوئی کے ساتھ امل کی یاد کرنا اس کے لئے سرمایۂ ناز ہو گیا۔ گویا وہی یاد اس کی زندگی کا بہترین سرمایہ ہو گئی۔

اُس نے ایک وقت مقرر کر لیا۔ جب وہ اپنے گھر کے کام کاج سے فارغ ہو کر تمام خانگی تعلقات سے کنارہ کشی اختیار کر لیتی۔ کمرے کا دروازہ بند کر کے تنہائی میں امل کی باتوں کو یاد کیا کرتی۔ اس کے اور امل کے درمیان جو باتیں صبح و شام ہوا کرتی تھیں اور جو چھوٹے چھوٹے واقعات پیش آیا کرتے تھے اکیلے میں بیٹھ کر اپنے دل میں انھیں سوچا کرتی۔ پلنگ پر لیٹ کر اور تکیہ میں منھ چھپا کر بار بار پکارتی "امل امل۔ امل" سمندر پار سے آواز آتی "بھابی۔ کیا بھابی" چارو اپنی نم آنکھوں کو بند کر کے کہتی۔ "امل تم خفا ہو کر کیوں گئے۔ میں نے تو کوئی قصور نہیں کیا تھا۔ تم اگر سیدھے منھ رخصت ہو جاتے تو شاید مجھے اتنی تکلیف نہ ہوتی" امل کے پاس رہنے پر جس طرح اس سے گفتگو کیا کرتی۔ چارو ٹھیک اسی انداز سے عالم خیال میں اس سے باتیں کرتی۔ کہتی "امل تم کو میں ایک دن کے لئے بھی بھولی نہیں۔

ہاں ایک دن کے لئے بھی نہیں ـــــ بلکہ ایک ساعت کے لئے بھی نہیں۔ میرے اندر جو بہترین جوہر تھا وہ تمھارے ہی وسیلے سے ابھر آیا ہے۔ میں اپنی زندگی کا بہترین حصّہ تمھاری پوجا کر کے گزار دوں گی۔"

اس طرح چارو نے گویا اپنے گھر سنسار کے نیچے ایک سُرنگ کھود لی اور اس تاریک سُرنگ کے اندر اپنے پوشیدہ غم و الم کا ایک مندر تیار کر کے روزانہ اس پر اپنے آنسوؤں کی مالا چڑھاتی وہاں نہ اس کے شوہر کا گزر تھا نہ دُنیا کے اور کسی فردِ بشر کا۔ وہ جگہ جتنی پوشیدہ تھی اُتنی ہی پیاری بھی تھی۔ اُس کے دروازے پر جا کر چارو اپنی خانہ داری کا بہروپ چھوڑ کر اپنے اصلی رُوپ کو بے نقاب کر کے داخل ہوتی۔ اس سُرنگ سے باہر آتے وقت وہ پھر اپنا روپ بدل کر دُنیا کے کاروباری ہنگاموں میں واپس آجاتی۔

سولھواں باب

اس طرح اپنے دل کے ساتھ صلح کر کے چارو نے اپنے لامتناہی غم و الم کے اندر بھی ایک طرح کا سکون ڈھونڈھ لیا اور کسی قدر بے لاگ ہو کر اپنے میاں کی خدمت اور سیوا کرنے لگی۔ جب بھوپتی سو جاتا تو وہ آہستہ آہستہ اس کے پاؤں پر اپنا سر جھکا کر اس کے قدموں کی خاک اپنی مانگ پر لگا لیتی اور امورِ خانہ داری کو اپنے شوہر کی مرضی کے مطابق انجام دینے میں کوئی دقیقہ اٹھا نہ رکھتی چارو جانتی تھی کہ جو لوگ بھوپتی کے دستِ نگر ہیں اور اسی کے مکان میں رہتے ہیں اگر ان کو کسی قسم کی تکلیف ہوتی تو بھوپتی کو رنج ہوگا۔ اس لئے اُن کی خاطر تواضع میں وہ کوئی کمی نہ ہونے دیتی۔ اسی طرح گھر کے سارے کام کے انجام دینے کے بعد بھوپتی کا پس خوردہ کھانا کھا کر چارو کا دن تمام ہو جاتا۔

چارو کی اس محبت اور خدمت نے دل شکستہ بھوپتی کو جیسے زندگی کا ایک نیا رُوپ دکھلایا اُسے ایسا معلوم ہوا جیسے چارو سے اس کی شادی اب سے پہلے ہوئی ہی نہ تھی۔ اتنے دنوں بعد اب ہوئی ہے۔ ایک نئی خوشی، نئی اُمنگ نے بھوپتی کے دل کو شگفتہ کر دیا اور اُس نے اپنے تفکرات کو دل کے ایک گوشہ میں چھپا لیا۔

مریض جب اچھا ہو جاتا ہے تو اس کی بھوک بڑھ جاتی ہے۔ اور اُسے محسوس ہونے لگتا ہے

کہ دنیا کی لذتوں سے لطف اٹھانے کا یہی موقع ہے۔ اسی طرح اتنے دنوں بعد بھوپتی کے دل میں ایک غیر معمولی جوش پیدا ہو گیا۔ اپنے دوستوں سے بلکہ چارو سے بھی چھپا کر وہ اشعار پڑھنے لگا۔ دل ہی دل میں اس نے کہا "اخبار کے بند ہو جانے اور بہت تکلیف برداشت کرنے کے بعد اپنی بی بی کو میں اب سمجھ سکا"

بھوپتی نے چارو سے کہا "چارو تم نے آج کل مضمون لکھنا بالکل چھوڑ دیا"

چارو نے کہا "میں لکھتی کیا تھی؟"

بھوپتی: "یہ میں سچ کہتا ہوں۔ آج کل بنگالی لکھنے والوں میں تمھارے مقابل کا تو کوئی نہیں ہے۔ 'بشو بندھو' نے جو لکھا ہے میری بھی وہی رائے ہے"

چارو: "ارے ــــــ جاؤ بھی"

"اچھا تم ہی دیکھو" اتنا کہہ کر بھوپتی 'سشور رودھو' کا ایک پرچہ نکال کر امل اور چارو کے لکھے ہوئے مضامین کا موازنہ کرنے لگا۔ چارو کا چہرہ سرخ ہو گیا۔ اس نے بھوپتی کے ہاتھ سے اس رسالے کو لے کر اپنے آنچل میں لپیٹ لیا۔

بھوپتی نے سوچا مضمون نگاری میں اگر کوئی ساتھی نہ ہو تو لکھا نہیں جاتا۔ پھر دل ہی میں کہا "اب مجھے بھی لکھنے کی مشق کرنی پڑے گی۔ پھر تو رفتہ رفتہ چارو میں بھی لکھنے کا شوق پھر پیدا ہو جائے گا"

بھوپتی نے نہایت پوشیدہ طور پر لکھنا شروع کر دیا۔ لغت دیکھنے میں۔ بار بار کانٹ چھانٹ کر کے پھر اس کی نقل کرنے میں بھوپتی کے بیکاری کے دن آسانی سے گزر جاتے۔ مضامین لکھنے میں اسے اتنی کوشش اور محنت کرنی پڑی کہ اسے اپنے لکھے ہوئے مضامین سے الفت ہو گئی۔ اور وہ یہ بھی خیال کرنے لگا کہ اس نے اچھا لکھا ہے۔ اس کے بعد اس نے اپنے مضمون کو ایک دوست سے نقل کرا کے اپنی بی بی کو لا کر دیا اور کہا "میرے ایک دوست نے یہ مضمون لکھا ہے۔ انھوں نے ابھی حال ہی میں لکھنا شروع کیا ہے۔ میں تو کچھ سمجھتا نہیں۔ تم اسے ایک دفعہ پڑھ کر دیکھنا تو کیسا

لکھا ہے۔"

اُس مسودہ کو چارو کے ہاتھ میں دینے کے بعد اطمینان کی سانس لیتا ہوا بھوپتی باہر چلا گیا۔ سادہ لوح بھوپتی کی اس چال کو سمجھنے میں چارو کو دیر نہ لگی۔

چارو نے اُسے پڑھا۔ لکھنے کا طرز اور مضمون کے عنوان کو دیکھ کر وہ قدرے ہنسی۔ ایک طرف وہ اپنے شوہر کی عزت و احترام کرنے کی انتہی کوشش کر رہی ہے۔ دوسری طرف اس کا شوہر اس قسم کے لڑکپن کا اظہار کر کے اس کی عقیدت کو پاش پاش کئے دیتا ہے۔ چارو سے داد حاصل کرنے کے لئے وہ کیوں اتنا بے چین ہو رہا ہے؟۔ اگر وہ کچھ بھی نہ کرتا اور چارو کی توجہ اپنی طرف مبذول کرانے کی فکر میں ہر وقت لگا نہ رہتا تو چارو کے لئے اپنے شوہر کی پرستش آسان ہو جاتی۔ چارو کی یہ دلی خواہش تھی کہ بھوپتی کوئی ایسی حرکت نہ کر بیٹھے جس کی وجہ سے وہ چارو سے نیچا ہو جائے۔

اس کاغذ کو موڑ کر اور تکیے سے ٹیک لگا کر چارو بہت دیر تک اپنے سامنے کی طرف دیکھتی رہی اور سوچتی رہی۔ امل بھی اپنا مضمون اُسے پڑھنے کو دیا کرتا تھا۔

بھوپتی چارو کی رائے معلوم کرنے کے لئے بے تاب ہو رہا تھا۔ چنانچہ سر شام اپنی خواب گاہ کے سامنے کے برآمدے پر رکھے ہوئے پھول کے گملوں کی نگرانی میں وہ مصروف ہو گیا۔ چارو سے کچھ دریافت کرنے کی ہمت اُسے نہیں ہو رہی تھی۔

چارو نے خود ہی کہا "یہ کیا تمھارے دوست کا پہلا مضمون ہے؟" بھوپتی بولا "ہاں"

چارو:۔ "ایسا اچھا ہے کہ اُن کا پہلا مضمون معلوم ہی نہیں ہوتا۔"

بھوپتی کو بڑی خوشی ہوئی۔ وہ سوچنے لگا کہ اس فرضی مضمون نگار کی جگہ اس کا اپنا نام کیونکر ظاہر کیا جائے۔ اس کی کاپی بڑی تیزی کے ساتھ بھرنے لگی۔ اس کے نام کے ظاہر ہونے میں بھی دیر نہ لگی۔

سترھواں باب

ولایت سے کس دن خط آتا ہے اس کی خبر چارو کو برابر رہا کرتی۔ پہلے بھوپتی کے نام امل کا ایک خط عدن سے آیا۔ اس میں امل نے اپنی بھابی کو سلام لکھا تھا۔ سوئیز سے بھی بھوپتی کے پاس خط آیا۔

اس میں بھی بھابی کو سلام تھا۔ پھر مالٹا سے خط آیا۔ اس میں بھی خط کے آخر میں ایک جملہ بڑھا کر بھابی کو سلام پہنچایا گیا تھا۔ چارو کے نام امل کا ایک خط بھی نہ آیا۔ بھوپتی کے نام آئے ہوئے خطوط کو اس نے اُلٹ پلٹ کر غور سے دیکھا تو سلام کے سوا اس کا کہیں کچھ بھی ذکر نہ تھا۔

چارو نے اپنے غم کو سکون کے ساتھ برداشت کرنے کے لئے اِدھر کچھ عرصہ سے حسن شامیانہ کے نیچے پناہ لی تھی وہ امل کی اس بے اعتنائی سے پھٹ کر ٹکڑے ٹکڑے ہو گیا۔ پھر چارو کا دل ہچکولے کھانے لگا اور اس کے خانہ داری کے انتظام میں خلل پڑ گیا۔

کبھی کبھی رات کو اُٹھ کر بھوپتی چارو کو پلنگ پر نہ پاتا۔ تلاش کرتا تو چارو کو دکھن طرف کے کمرے میں دریچے پر بیٹھا ہوا پاتا۔ اسے دیکھ کر چارو جلدی سے اُٹھ کر کہتی "آج کمرے میں بڑی گرمی ہے اس لئے تھوڑی سی ہوا کے لئے یہاں آگئی ہوں"۔

بھوپتی متردّد ہوا اور اس نے کمرے میں پنکھا کھینچنے کا بندوبست کر دیا۔ بھوپتی کو ہر وقت اس کا خیال رہتا کہ چارو کی صحت کہیں خراب نہ ہو جائے۔ چارو ہنس کر کہتی "میں بالکل اچھی ہوں تم کیوں فضول تردّد کر رہے ہو"۔ اس طرح تھوڑا سا ہنس دینے کے لئے چارو کو اپنے سارے تن من کا زور لگانا پڑتا۔

امل ولایت پہونچ گیا۔ چارو نے سوچا تھا کہ راستے میں اس کو علیحدہ چٹھی لکھنے کا موقع نہ ملا ہوگا۔ ولایت پہونچ کر امل اس کو ایک لمبا خط لکھے گا۔ لیکن وہ لمبا خط نہ آیا۔

ولایتی ڈاک کے آنے کے دن چارو اپنے سارے کام کاج اور بات چیت کے درمیان بھی اندر ہی اندر بے قرار رہا کرتی۔ کہیں بھوپتی کہہ نہ بیٹھے "تمھارے نام کوئی خط نہیں آیا"۔ اسی ڈر سے اُس بارے میں وہ کچھ پوچھتی نہ تھی۔

ایسی حالت میں ایک روز ولایتی ڈاک کے آنے کے دن بھوپتی نے خراماں خراماں اندر آ کر اور تھوڑا سا ہنس کر کہا "میں ایک چیز لایا ہوں دیکھو گی"۔

چارو نے بے قرار ہو کر کہا "لاؤ دیکھیں"

بھوپتی نے دل لگی میں اُسے دکھانا نہ چاہا۔ چارو نے بے تاب ہو کر بھوپتی کی چادر کے اندر سے اُس

مطلوبہ شئے کو چھین لینے کی کوشش کی۔

اس نے اپنے دل میں کہا "صبح ہی سے میرا دل کہہ رہا ہے آج امل کا خط ضرور آئے گا۔ یہ بات کبھی غلط نہیں ہو سکتی۔"

بھوپتی میں دل لگی کرنے کی خواہش رفتہ رفتہ بڑھتی گئی۔ وہ چارو سے بچتے ہوئے پلنگ کے چاروں طرف گھومنے لگا۔ تب چارو روٹھ کر پلنگ پر بیٹھ گئی اور اس کی آنکھوں میں آنسو بھر آئے۔ چارو کے اس قدر اشتیاق ظاہر کرنے پر بھوپتی بہت خوش ہوا اور اپنی چادر کے اندر سے اپنے لکھے ہوئے مضامین کا پلندہ نکال کر چارو کی گود میں ڈال دیا اور کہا "خفا نہ ہو چارو، یہ لو۔"

اٹھّارواں باب

اگرچہ امل نے بھوپتی کو لکھا تھا کہ اُسے پڑھنے لکھنے میں اس قدر مصروف رہنا پڑے گا کہ بہت دنوں تک خط لکھنے کی فرصت اُسے نہیں ملے گی۔ پھر بھی جب ولایتی ڈاک آتے ہوئے کئی دن گزر گئے اور امل کا کوئی خط نہ آیا تو گھر کی زمین چارو کو ایک خاردار فرش کی طرح چبھنے لگی۔

شام کے وقت باتوں باتوں میں چارو نے ایک بے تعلقی کا اظہار کرتے ہوئے کہا "اچھا۔ ایک تار ولایت بھیج کر امل کی خیریت دریافت کی جائے تو کیسا ہو؟" بھوپتی نے کہا "دو ہفتہ ہوئے اس کا خط آیا تھا۔ ابھی وہ پڑھنے میں مصروف ہے۔"

چارو: "اچھا! تو پھر رہنے دو۔ میں نے سوچا تھا پردیس میں ہے کہیں اس کی طبیعت خراب تو نہیں ہو گئی۔ کچھ کہا تو نہیں جا سکتا۔"

بھوپتی: "وہ اگر بیمار ہوتا تو خبر مل ہی جاتی۔ ولایت تار بھیجنے میں تو خرچ کم نہیں ہو گا۔"

چارو: "یہ بات ہے۔ میں نے سمجھا تھا وہ ایک روپے خرچ ہوں گے۔"

بھوپتی: "کیا کہہ رہی ہو۔ ایک سو روپیہ کے قریب خرچ ہو گا۔"

چارو: "پھر تو تار بھیجنے کی کوئی ایسی ضرورت نہیں۔"

دو دن کے بعد چارو نے بھوپتی سے کہا "میری بہن آج کل چنسرا میں ہے۔ ایک بار جا کر تم اُسے

دیکھ آتے۔"

بھوپتی:۔"کیوں۔ کیا اس کی طبیعت خراب ہے؟"

چارو:۔"نہیں۔ وہ بیمار نہیں ہے۔ تم تو جانتے ہو تمھارے جانے سے وہ لوگ کتنا خوش ہوتے ہیں۔"

چارو کے کہنے پر بھوپتی ایک گاڑی پر سوار ہو کر ہوڑہ اسٹیشن کی طرف روانہ ہو گیا۔ راستے میں بیل گاڑیوں کی ایک قطار بیچ میں آجانے سے اس کی گاڑی کو رکنا پڑا۔ اتنے میں تار گھر کے ہرکارہ نے جو اُسے پہچانتا تھا ایک ٹیلیگرام دیا۔ ولایت کا ٹیلیگرام دیکھ کر بھوپتی خوف زدہ ہو گیا۔ اُسے ڈر ہوا کہ کہیں اَمل بیمار تو نہیں پڑ گیا۔ ڈرتے ڈرتے ٹیلیگرام کھول کر پڑھا۔ اس میں لکھا تھا "میں اچھا ہوں۔"

اس کا کیا مطلب؟ غور سے دیکھا تو پیشگی محصول دیتے ہوئے ٹیلیگرام کا جواب ہے۔

ہوڑہ جانے کا ارادہ اس نے ترک کیا۔ گاڑی لوٹا کر گھر آگیا اور اس ٹیلیگرام کو چارو کے ہاتھ میں دے دیا۔ بھوپتی کے ہاتھ میں ٹیلیگرام دیکھ کر چارو کا چہرہ فق ہو گیا۔

بھوپتی نے کہا "میں اس کا مطلب نہیں سمجھا۔ پوچھ گچھ کی تو مطلب اُن کی سمجھ میں آگیا۔ چارو نے اپنا زیور گروی رکھ کر روپیہ قرض لیا تھا اور اُسی سے ٹیلیگرام بھیجا تھا۔

بھوپتی نے سوچا ایسا کرنے کی کیا ضرورت تھی؟ چارو اگر اصرار کرتی تو میں ہی ٹیلیگرام بھیج دیتا۔ نوکر کے ذریعہ خفیہ طور پر بازار میں زیور گروی رکھوانا۔ یہ تو اچھی بات نہیں۔ رہ رہ کر بھوپتی کے دل میں یہ سوال پیدا ہونے لگا کہ چارو نے کیوں اتنی زیادتی کی۔ ایک دھندلا سا شبہ اندر ہی اندر اُسے ڈسنے لگا۔ اُس شبہ سے آنکھ ملانے کی ہمت بھوپتی میں نہ تھی۔ اُس نے اس کو بھول جانے کی کوشش کی۔ لیکن بلی کر بے نے اس کا پیچھا نہ چھوڑا۔

اُنیسواں باب

اَمل کی طبیعت اچھی ہے پھر بھی وہ خط نہیں لکھتا ہے۔ اتنی شدید مفارقت کیونکر ہو گئی۔ جی چاہتا ہے

اس کے پاس جاکر اس بات کو دریافت کر آؤں مگر بیچ میں سمندر حائل ہے۔ پار ہونے کی کوئی صورت نہیں کیسی دردناک مفارقت ہے یہ؟ اس مفارقت کے رفع ہونے کی کوئی امید نظر نہیں آتی۔ بلکہ رفع ہونے کا کوئی سوال ہی پیدا نہیں ہوتا!

چارو اپنے آپ کو سنبھال نہ سکی۔ اس کے کام یوں ہی پڑے رہنے لگے۔ کام میں اکثر بھول ہونے لگی۔ نوکر چاکر چوری کرنے لگے۔ چارو کی اس قابلِ رحم حالت کو دیکھ کر لوگ سرگوشیاں کرنے لگے مگر اُسے کسی طرح ہوش نہ آیا۔ چارو کی ایسی حالت ہوگئی کہ رہ رہ کر وہ چونک اٹھتی۔ بات کرتے کرتے اس کی آنکھیں ڈبڈبا جاتیں اور تھوڑا سا رو لینے کے لئے اُسے اٹھ کر چلا جانا پڑتا۔ امل کا نام سنتے ہی اُس کا چہرہ بگڑ جاتا۔

بھوپتی نے سب کچھ دیکھا اور جس بات کو ایک لمحہ کے لئے بھی اس نے اپنے دل میں جگہ نہ دی تھی۔ اس پر بھی اس نے غور کیا۔ اس کو اپنا گھر بار بالکل بے رونق ویران اور اجاڑ نظر آنے لگا۔ ادھر کچھ دنوں تک مسرت کی نقلی شکل دیکھ کر وہ اپنی آنکھیں کھو بیٹھا تھا۔ آج انھیں دنوں کی یاد سے اُسے شرم آنے لگی۔ جو ناواقف بندر ہیرا نہیں پہچانتا کیا اُسے اس طرح جھوٹا پتھر دکھا کر دھوکا دینا ٹھیک ہے؟ چارو کی جن باتوں سے، جس اخلاق سے اور جس پیار و محبت کے اظہار سے بھوپتی نے دھوکا کھایا تھا اُن کی یاد اُسے ''اُلو اُلو'' کہہ کر چڑانے لگی۔

اس کے بعد جب اس کو اپنے بڑی محنت سے لکھے ہوئے مضامین کی یاد آئی تو اس کا جی چاہا کہ زمین شق ہو جائے اور اس میں سما جائے۔ چابک کھاتے ہوئے گھوڑے کی طرح اُس نے فوراً چارو کے پاس جاکر کہا ''میرے وہ مضامین کہاں ہیں؟'' چارو نے کہا ''میرے ہی پاس ہیں''

بھوپتی:- ''وہ مجھے دے دو''

چارو اُس وقت بھوپتی کے لئے انڈے کی کچوریاں تل رہی تھی۔ اس نے پوچھا ''کیا ابھی چاہئیں؟''

بھوپتی نے کہا ''ہاں! ابھی چاہئیں''

چارو نے چولھے پر سے کڑھائی اُتار کر رکھ دی اور الماری کے اندر سے وہ کاغذات نکال لائی۔

بھوپتی نے بے صبری کے ساتھ اُس کے ہاتھ سے اُن کاغذات کو لے کر چولھے میں ڈال دیا۔ چارو نے متحیر ہو کر اُن کاغذات کو آگ کے اندر سے نکالنے کی کوشش کرتے ہوئے کہا "یہ تم نے کیا کیا؟"

بھوپتی نے چارو کے ہاتھ کو پکڑ لیا اور گرج کر کہا "چھوڑو۔ جلنے دو۔"

چارو ہکا بکا رہ گئی۔ سارے لکھے ہوئے کاغذات جل کر خاک ہو گئے۔

چارو سمجھ گئی۔ اس نے ایک لمبی سانس کھینچی۔ کچوری تلنا چھوڑ کر وہ وہاں سے آہستہ آہستہ اٹھ کر چلی گئی۔

بھوپتی کا ارادہ نہ تھا کہ اس طرح چارو کو دکھا کر اُن کاغذات کو ضائع کرے۔ لیکن اپنے سامنے ہی جلتی ہوئی آگ کو دیکھ کر اُس پر جنون سوار ہو گیا۔ اپنے آپ کو وہ سنبھال نہ سکا اور ایک فریب کھائے ہوئے احمق کی طرح اپنی اتنی محنت مشقت سے حاصل کی ہوئی چیز کو دھوکا دینے والے کے سامنے خود ہی آگ میں جھونک دیا۔ کاغذ کے جل کر راکھ ہو جانے پر جب بھوپتی کا فوری اشتعال ٹھنڈا پڑ گیا تو اُسے چارو کے اس طرح جرم کا بوجھ اپنے سر پر لئے اپنی گردن جھکائے غم زدہ، آہستہ آہستہ گم سم رہنے کی بات یاد آ گئی۔ اس نے سامنے نظر اٹھا کر دیکھا کہ کچوریاں اُسے بہت پسند ہیں اس لئے چارو اپنے ہاتھ سے تل رہی تھی۔

بھوپتی برآمدے میں ریلنگ پر کھڑا ہو گیا۔ اس نے سوچا کہ اس کے لئے چارو کا اس طرح انتھک محنت کرنا اور اس کی یہ جان توڑ دھوکے بازیاں . . . . کیا اس سے زیادہ افسوس ناک بات کبھی دنیا میں ہوئی ہے! اس قسم کی دھوکہ بازی محض کسی معمولی دھوکا دینے والی کی بناوٹی چیز نہیں ہے۔ اس طرح دھوکا دینے کے لئے اپنے مجروح دل کے زخم کو کچو کے دے کر اس بدنصیب کو ہر روز، ہر لمحہ خون جگر پینا پڑتا ہو گا۔ اس نے اپنے دل میں کہا "ہائے ری کم سمجھ عورت! ہائے ری دکھیاری! مجھے ان چیزوں کی کوئی ضرورت نہ تھی۔ اتنے دنوں تک میں نے کسی سے محبت نہ پائی تھی۔ لیکن مجھے اس نہ پانے کا احساس کبھی نہ تھا صرف اخبار میں مضامین لکھ کر اور اس کا پروف دیکھ کر میرے دن گزرے جا رہے تھے۔ میرے لئے یہ ڈھونگ رچانے کی کوئی ضرورت نہ تھی۔"

اس کے بعد اپنی زندگی کو چارو کی زندگی سے علیٰحدہ ہٹا کر ٹھیک اس طرح جیسے ایک ڈاکٹر کسی خطرناک بیماری کے مریض کو دیکھتا ہے بھوپتی نے بے تعلقی کے ساتھ چارو کی زندگی پر غور کرنا شروع کیا۔ اس نحیف عورت کے دل کو دیکھو جس پر ایک بڑے سنسار کے چاروں طرف سے حملہ ہو رہا ہے۔ کوئی ایسا شخص نہیں ہے جس کے سامنے وہ اپنی ساری باتیں ظاہر کر سکے۔ باتیں ایسی نہیں ہیں جو کہی جا سکیں۔ کوئی ایسی جگہ نہیں ہے جہاں جا کر وہ دل کھول کر ماتم کر سکے۔ ایک ناقابل اظہار ناگزیر اور لاعلاج غم واندوہ کا بوجھ اپنے کاندھوں پر لئے ہوئے ایک بے لاگ شخص کی طرح اپنے صحیح المزاج پڑوسیوں کے مانند اسے گھر کے روزمرّہ کا کام انجام دینا پڑ رہا ہے۔

بھوپتی نے اپنی خواب گاہ میں جا کر دیکھا جنگلے کا ڈنڈا پکڑ کر اپنی آنسوؤں سے خالی آنکھوں کو بغیر جھپکاتے چارو باہر کی طرف ٹکٹکی لگائے بیٹھی ہے۔ بھوپتی آہستہ آہستہ اس کے پاس جا کر کھڑا ہو گیا۔ کچھ بولا نہیں۔ صرف اس کے سر پر اپنا ہاتھ رکھ دیا۔

بیسواں باب

دوست نے بھوپتی سے پوچھا "بات کیا ہے۔ اتنی بے چینی کس بات کی ہے؟"

بھوپتی نے کہا "اخبار"

دوست: "پھر اخبار؟ کیا گھر بار کو اخبار میں لپیٹ کر گنگا کے پانی میں بہا دینا چاہتے ہو؟"

بھوپتی: "نہیں۔ میں خود اخبار نہیں نکال رہا ہوں"

دوست: "تو پھر"

بھوپتی: "میسور سے ایک اخبار نکلنے والا ہے۔ مجھے اس کی ادارت کے لئے بلایا ہے۔"

دوست: "اپنا گھر چھوڑ کر اتنی دور میسور چلے جاؤ گے۔ چارو کو ساتھ لے جا رہے ہو؟"

بھوپتی: "نہیں۔ میرے ماموں مع اپنے گھر والوں کے اسی مکان میں آکر رہیں گے۔"

دوست: "ایڈیٹری کا نشہ تم چھوڑ نہیں سکتے۔"

بھوپتی: "آدمی کے لئے کوئی نہ کوئی نشہ ہونا تو چاہئے۔"

بھوپتی کے رخصت ہوتے وقت چارو نے پوچھا "کب لوٹو گے"؟

بھوپتی نے کہا "تم اگر اپنے آپ کو اکیلی محسوس کرو تو مجھے لکھنا میں چلا آؤں گا"۔ اتنا کہہ کر اس سے رخصت ہو کر بھوپتی جب دروازے تک جا پہنچا تو چارو نے یکایک دوڑ کر اس کا ہاتھ پکڑ لیا اور کہا "مجھے ساتھ لے چلو۔ مجھے یہاں مت چھوڑ جاؤ"۔ بھوپتی ٹھہر گیا اور چارو کی طرف دیکھنے لگا۔ رفتہ رفتہ چارو کی انگلیوں کی گرفت ڈھیلی پڑ گئی اور بھوپتی کا ہاتھ چھوٹ گیا۔ بھوپتی چارو کے پاس سے ہٹ کر برآمدے میں آ کر کھڑا ہو گیا۔ بھوپتی سمجھ گیا کہ جنگل میں آگ لگ جانے پر ہرنی جیسے وہاں سے بھاگ نکلتی ہے۔ امل کی غیر حاضری کی یاد نے جس مکان کو آگ کے شعلوں کی طرح گھیر رکھا ہے اسے چھوڑ کر چارو بھی بھاگ جانا چاہتی ہے۔ لیکن میرے بارے میں تو اس نے ایک دفعہ بھی سوچا نہیں۔ میں کہاں جاؤں۔ جو بی بی ہر گھڑی اپنے دل میں دوسرے مرد کی پوجا کر رہی ہو پردیس میں جا کر بھی وہ اس کو بھول نہ سکے گی۔ مسافرت میں تن تنہا بے یار و مددگار مجھے اس بی بی کے لئے ایک ساتھی مہیا کرنا پڑے گا۔ دن بھر محنت کرنے کے بعد شام کو جب میں گھر آؤں تو ایک اداس غمزدہ عورت کو دیکھوں! وہ شام کیا ہی خوفناک ہو گی! جس کا دل ناقابلِ برداشت بوجھ سے دبا ہوا ہے اس کو اپنے سینے سے لگائے رہنا۔ یہ میں کتنے دنوں تک کر سکوں گا اور کتنے سال ہر روز اسی طرح جینا پڑے گا۔ جو آشیانہ اجڑ چکا ہے اس کے بکھرے ہوئے تنکوں کو چھوڑ نہ جاؤں تو انہیں اپنے کاندھے ہی پر ڈھوتے ڈھوتے پھرنا پڑے گا۔

اس نے چارو سے کہا "نہیں۔ یہ میں نہیں کر سکتا"۔

دفعتاً چارو کا خون خشک ہو گیا۔ اس کا چہرہ کاغذ کی طرح سفید ہو گیا۔ اس نے اپنی مٹھی میں پلنگ کی پٹی پکڑ لی۔ بھوپتی نے فوراً کہا "چلو چارو۔ میرے ساتھ ہی چلو"۔

چارو نے کہا "نہیں۔ یہیں رہنے دو"۔

پوشیدہ دولت

اماوس کے دن آدھی رات گئے مرتنجے اپنے گھر کے قدیمی دیوتا جئے کالی کی پوجا میں مصروف تھا۔ اس نے پوجا ختم کی تو قریب کے آم کے باغ سے کوؤں کے علی الصباح بولنے کی پہلی آواز سنائی دی۔ مرتنجے نے پیچھے مڑ کر دیکھا کہ مندر کا دروازہ بند ہے۔ تب اس نے دیوی کے قدم پہ اپنا سر جھکا کر اس کا آسن ہٹا دیا۔ اس آسن کے نیچے سے کٹھل کی لکڑی کا ایک صندوقچہ نکالا۔ اس کے جینو میں کنجی بندھی تھی۔ اس کنجی سے مرتنجے نے صندوقچہ کو کھولا۔ کھولتے ہی وہ چونک پڑا اور اپنا سر پیٹنے لگا۔

مرتنجے کے مکان کے اندر کا باغ پختہ دیواروں سے گھرا تھا۔ اس باغ کے کنارے بڑے بڑے درختوں کے زیر سایہ اندھیرے میں یہ چھوٹا سا مندر تھا۔ جئے کالی کی مورت کے سوا اس مندر میں اور کچھ بھی نہ تھا۔ اس میں داخل ہونے کا صرف ایک ہی دروازہ تھا۔ مرتنجے نے بہت دیر تک اس صندوقچہ کو الٹ پلٹ کر دیکھا۔ مرتنجے کے کھولنے سے پہلے وہ صندوقچہ بند ہی تھا۔ کسی نے بھی اسے توڑا نہ تھا۔ مرتنجے نے بیس دفعہ اس مندر کے چاروں طرف گھوم کر ڈھونڈھا لیکن کچھ بھی نہ ملا۔ پھر دیوانہ وار اس نے مندر کا دروازہ کھول دیا۔ اس وقت صبح تڑکے کی روشنی ظاہر ہو رہی تھی۔ مرتنجے مندر کے چاروں طرف جھوٹی امید پر تلاش کرنے لگا۔ جب آفتاب پوری طرح نکل آیا تو مرتنجے باہر نکل کر مندر کے دالان میں بیٹھ گیا۔ اور اپنے سر پہ ہاتھ رکھ کر سوچنے لگا۔ رات بھر جاگنے کی وجہ سے وہ تھک گیا تھا۔ اسے اونگھ آگئی۔ یکایک "جئے ہو بابا" کی آواز کان میں پڑتے ہی اس کی آنکھ کھل گئی۔

اس نے اپنے سامنے انگنائی میں ایک جٹا دھاری سنیاسی کو کھڑا پایا۔ مرتنجے نے بڑی عقیدت کے ساتھ اس کو پرنام کیا۔ سنیاسی نے اس کے سر پہ ہاتھ دھر کر اسے دعا دی اور کہا "بابا تم اپنے دل میں بیکار غم کر رہے ہو۔ اتنا سن کر مرتنجے بول اٹھا" آپ ضرور انتر جامی ہیں ورنہ آپ کو میرے غم کی خبر

کیونکر ہوئی۔ میں نے تو کسی سے کبھی اس کا ذکر نہیں کیا۔" سنیاسی نے کہا۔" بیٹا میں کہتا ہوں تمھاری جو چیز کھو گئی ہے اُس کے لیے تم خوشی مناؤ غم نہ کھاؤ۔" مرتنجے نے اُن کے دونوں پیروں کو پکڑ کر کہا" آپ نے تو سب ہی جان لیا ہے۔ کس طرح وہ گم ہوتی ہے اور اُسے کہاں جا کر واپس پاؤں گا۔ یہ مجھے بتا دیجئے ورنہ میں آپ کے قدم نہ چھوڑوں گا۔"

سنیاسی نے کہا" میں اگر تمھاری بُرائی چاہتا تو بتا دیتا۔ لیکن دُرگا مائی نے جس چیز کو از روئے عنایت تم سے لے لیا ہے اُس کے لئے غم نہ کرو۔"

مرتنجے نے سنیاسی کو خوش کرنے کے لئے دن بھر اس کی خاطر تواضع کی۔ دوسرے دن وہ بڑے تڑکے اُٹھا اور اپنے ہاتھ سے گائے دوہ کر پھین سمیت دودھ لے کر آیا تو دیکھا سنیاسی چل دیا ہے۔

(۲)

جب مرتنجے بچہ تھا اس کا دادا ہری ہر ایک دن اسی دالان میں بیٹھ کر حقہ کا دم لگا رہا تھا۔ اُس وقت اسی طرح ایک سنیاسی "جیتے رہو بابا" کہہ کر اسی انگنائی میں آ کر کھڑا ہو گیا تھا۔ ہری ہر نے اس سنیاسی کو کئی روز تک اپنے ہاں رکھ کر اس کی باقاعدہ خاطر تواضع کی تھی۔ سنیاسی خوش ہو گیا تھا۔

چلتے وقت جب سنیاسی نے ہری ہر سے پوچھا" بیٹا تو کیا چاہتا ہے" تو ہری ہر نے کہا" بابا اگر آپ خوش ہوتے ہیں تو میری حالت ذرا سنئے۔ ایک زمانہ تھا کہ اس گاؤں میں سب سے زیادہ ہم ہی لوگوں کا بول بالا تھا۔ میرے دادا نے کسی دور شہر کے ایک عالی خاندان برہمن سے اپنی ایک لڑکی کی شادی کی تھی۔ اُن کی اسی لڑکی کی اولاد میں کچھ ایسے لوگ پیدا ہوئے جو ہم لوگوں کو ٹھگ کر رئیس بن بیٹھے۔ آج ہم لوگوں کی حالت اچھی نہیں ہے۔ اس لئے ہم کو اُن لوگوں کے متکبرانہ برتاؤ کو برداشت کرنا پڑتا ہے۔ لیکن اب تو سہا نہیں جاتا۔ کیونکر ہمارا خاندان پھر اپنی اگلی شان واپس پائے اس کی ترکیب بتا دیجئے اور اُسی کی دعا کیجئے۔"

سنیاسی نے تھوڑا سا ہنس کر کہا" بابا۔ غریب رہ کر خوش رہو۔ امیر اور مالدار ہونے کی کوشش میں بھلائی نہیں دکھائی دیتی۔" لیکن ہری ہر نے اُسے چھوڑا نہیں۔ اپنے خاندان کو بڑا کرنے کے لئے وہ سب کچھ برداشت کرنے پر راضی تھا۔ تب سنیاسی نے اپنی جھولی کے اندر سے موٹی کاغذ پر لکھا اور کپڑے

میں لپٹا ہوا ایک نوشتہ نکالا۔ وہ نوشتہ بہت لمبا تھا اور جنم پتری کی طرح لپٹا ہوا تھا۔ سنیاسی نے اُسے زمین پر بچھا دیا۔ ہری ہر نے دیکھا اس میں مختلف قسم کے چکر اور علامات بنے ہیں اور اخیر میں شعر شاعری کی تک بندی ہے جس کی ابتدا اس طرح ہوئی ہے:۔

پا پکڑے اُس کے سادھو نے (۱)　　　(۱) التجا کرنے نے
راہ نہیں دی رادھا نے (۲)　　　(۲) کچھ بولی نہیں
آخر اُس نے دے دی را
پاگل نے تب چھوڑے پا
الٹی وبڑھ ... سڑک
بکھن چل دئے بے دھڑک
اُتر پورب نظر اٹھاؤ
دیبی مندر دیکھ پاؤ

وغیرہ وغیرہ

ہری ہر نے کہا "بابا میں تو کچھ بھی نہیں سمجھا۔" سنیاسی نے کہا "اپنے پاس رکھ لو اور دیوی کی پوجا کرو۔ اُن کی کرپا سے تمھارے خاندان کا کوئی نہ کوئی شخص اس نوشتہ کی رمز کو سمجھ سکے گا تب اُسے اتنی دولت ملے گی جس کی نظیر دُنیا میں نہیں ہے۔" ہری ہر نے بڑی عاجزی سے پوچھا "تو کیا بابا آپ سمجھا نہ دیں گے۔"

سنیاسی نے کہا "نہیں۔ اس کو عبادت و ریاضت کے ذریعہ سمجھنا پڑے گا۔"

اتنے میں ہری ہر کا چھوٹا بھائی شنکر آموجود ہوا۔ اُس کو دیکھ کر ہری ہر نے اُس نوشتہ کو چھپانے کی کوشش کی۔ سنیاسی نے کہا "بڑے ہونے کے راستے میں جو دُکھ ہے وہ ابھی سے شروع ہو گیا لیکن اس کو چھپانے کی کوئی ضرورت نہیں ہے کیونکہ اس کا بھید صرف ایک ہی شخص جان سکے گا اور ہزار کوشش کرنے پر بھی کوئی دوسرا اُسے سمجھ نہ سکے گا۔ تمھارے اندر وہ کون ہے یہ کسی کو نہیں معلوم۔ لہذا

تم اُسے سب کے سامنے کھول کر رکھ سکتے ہو۔"

سنیاسی چلا گیا۔ لیکن ہری ہر اِس نوشتہ کو چھپائے بغیر نہ رہ سکا کہیں کوئی دوسرا اُس سے نفع نہ اٹھالے کہیں اس کے چھوٹے بھائی شنکر ہی کو اس کا فائدہ حاصل ہو جائے۔ اسی خدشے سے ہری ہر نے اس نوشتہ کو ایک کٹھل کے صندوقچہ میں رکھ کر اپنے گھریلو دیوتا جیئے کالی کے آسن کے نیچے چھپا کر رکھ دیا۔ ہر اماوس کے دن رات گئے وہ دیوی کی پوجا کرنے کے بعد ایک دفعہ اس نوشتہ کو اس اُمید پر دیکھا کرتا کہ شاید دیوی خوش ہو کر اُسے اس نوشتہ کے سمجھنے کی عقل دیدے۔

شنکر نے ہری ہر سے بڑی منّت سماجت سے کہا "دادا (بڑے بھیّا) مجھے اُس کاغذ کو ایک دفعہ اچھی طرح دیکھنے دو" اس نے کہا "دور پاگل۔ وہ کاغذ کیا میں نے رکھ چھوڑا ہے۔ وہ دغا باز سنیاسی اس میں انٹ شنٹ گھسیٹ کر مجھ کو دھوکا دے گیا ہے۔ میں نے اُسے جلا ڈالا ہے۔"

شنکر چُپ ہو رہا۔ یکایک ایک دن شنکر گھر سے غائب ہو گیا۔ پھر اس کا پتہ نہ چلا۔

ہری ہر کا سب کام پڑا رہ گیا۔ اس پوشیدہ دولت کا دھیان وہ ایک لمحہ کے لئے بھی چھوڑ نہ سکا مرتے وقت وہ اپنے بڑے بیٹے شاما پد کو اُس سنیاسی کے دئے ہوئے کاغذ کو دے گیا۔ اُس کاغذ کو پاتے ہی شاما پد نے نوکری چھوڑ دی۔ جیئے کالی کی پوجا میں اور اُس نوشتہ کو بار بار پڑھ کر دیکھنے دیکھتے کیونکر اُس کی زندگی گذر گئی اُسے پتہ نہ چلا۔

مرتنجے شاما پد کا بڑا لڑکا ہے۔ اپنے باپ کے مرجانے پر اُس پوشیدہ نوشتہ کا وہ مالک ہو گیا۔ اُس کی حالت جتنی بگڑتی گئی اتنا ہی وہ اس نوشتہ کی رمز کو دریافت کرنے میں مصروف ہوتا گیا۔ اتنے میں گذشتہ اماوس کی رات کو دیوی کی پوجا کے بعد جو اُس نے دیکھا تو وہ نوشتہ نہ تھا سنیاسی کبھی نہ معلوم کہاں غائب ہو گیا۔

مرتنجے نے اپنے دل میں کہا "جس طرح بھی ہو اُس سنیاسی کو ڈھونڈھ کر نکالنا ہی پڑے گا۔ اسی سے ساری خبریں ملیں گی۔" چنانچہ وہ سنیاسی کی تلاش میں گھر سے نکل کھڑا ہوا۔ سال بھر راستے راستے مارا پھرا۔

(۳)

آخر مرتنجے ایک دیہات میں پہنچا جس کا نام تھا دھار اگل۔ وہ ایک بنیئے کی دکان پر بیٹھا تمباکو پی رہا تھا

اور بے خیالی کے ساتھ اِدھر اُدھر کی باتیں سوچ رہا تھا۔ وہاں سے کچھ دُور کھیت کے کنارے سے ایک سنیاسی گزر گیا۔ پہلے تو مرتنجئے نے اس کی طرف توجہ نہ کی۔ تھوڑی دیر بعد یکایک اس کو خیال آیا کہ جو شخص کھیت کے پاس سے گزر رہا سنیاسی تھا۔ جلدی سے حقہ رکھ بنیئے کو متحیر چھوڑ وہ وہاں سے چل دیا۔ لیکن اس سنیّاسی کا پتہ پھر بھی نہ ملا۔ شام کا اندھیرا چھا گیا تھا۔ ایسے وقت اُس بے جانی پہچانی جگہ میں اس سنیّاسی کو کدھر ڈھونڈنے جائے یہ نہ سمجھ سکا۔ دُکان پر لوٹ آیا اور بنیئے سے پوچھا "یہ جو بڑا سا جنگل نظر آرہا ہے وہاں کیا ہے؟" مودی نے کہا "ایک زمانے میں وہ جنگل ایک شہر تھا۔ اگست رشی (ایک ہندو درویش ——— مترجم) کی بددعا سے وہاں کے راجہ اور پرجا سب کے سب وبا میں مر گئے تو وہ شہر تباہ ہو گیا۔ لوگ کہتے ہیں وہاں بہت دولت دفن ہے جسے آج بھی ڈھونڈھ کر نکالا جا سکتا ہے۔ لیکن دن دہاڑے بھی کسی کو اس جنگل میں جانے کی ہمت نہیں ہوتی جو گیا وہ پھر واپس نہیں آیا۔

مرتنجئے کا دل دھڑکنے لگا۔ رات کو اسی بنیئے کی دکان پر ایک چٹائی بچھا کر وہ پڑ رہا۔ رات بھر مچھر اُسے ستاتے اور وہ پڑا پڑا اُس جنگل کی اُس سنیّاسی کی اور اس کھوئے ہوئے نوشتہ کی باتیں سوچتا رہا۔

بار بار پڑھتے پڑھتے وہ نوشتہ مرتنجئے کو ازبر ہو گیا تھا۔ چنانچہ رات بھر نیند نہ آنے پر اُسے صرف یہی یاد آنے لگا۔

پا یکڑے اُس کے سادھانے
را نہیں دی رادھانے
آخر اُس نے دے دی را
پاگل نے تب چھوڑے پا

اُس کے اوسان خطا ہونے لگے۔ ان دونوں اشعار کو وہ کسی طرح اپنے دماغ سے نکال نہ سکا۔ صبح ہوتے ہوتے اس کی آنکھ لگ گئی۔ خواب میں اِن اشعار کا مطلب اس کی سمجھ میں آ گیا۔

"راہ نہیں دی رادھا نے" سے یہ پتہ چلتا ہے کہ "رادھا" میں کا "را" نہ رہے تو صرف "دھا" رہ جاتا ہے۔ آخر اس نے دیدی را"۔ چنانچہ اب "دھا" کے ساتھ "را" کو ملانے پر ہوا "دھارا"۔ "پاگل نے تب چھوڑے پا"۔ "پاگل" سے پا چھوٹ جانے پر صرف "گل" رہ جاتا ہے۔ اب سب کو ملا کر ہوا "دھاراگل"۔ اس جگہ کا نام تو دھاراگل ہی ہے۔ آنکھ کھلتے ہی مرتنجے گھبرا کر اٹھ بیٹھا۔

(۴)

مرتنجے دن بھر جنگل میں چکر لگاتا رہا۔ پھر بڑی مشکلوں سے راستہ پہچان کر تھکا ماندہ بے آب و دانہ گرتے پڑتے اسی دیہات میں لوٹ آیا۔ دوسرے دن وہ اپنی چادر میں چڑوے باندھ کر پھر جنگل میں داخل ہوا۔ تیسرے پہر وہ ایک بڑے تالاب کے کنارے پہنچا۔ دیکھا کہ اس تالاب کے بیچ کا پانی بالکل صاف و شفاف ہے لیکن اس کے چاروں کناروں پر پدم پھول اور کنول کا جنگل لگا ہے۔ ایک پتھر کا بنا ہوا پختہ گھاٹ ٹوٹ پھوٹ گیا ہے۔ وہیں اس نے چڑوے بھگو کر کھا لئے۔ پھر اس تالاب کے چاروں طرف چکر لگاتا اور غور سے دیکھتا رہا۔

اس تالاب کے پچھم کنارے پر مرتنجے یکایک ٹھہر گیا۔ دیکھا کہ ایک املی کے درخت کو ایک بڑ کا درخت گھیرے ہوئے ہے۔ فوراً اسے یاد آگیا۔

املی و برڑ سے ملی سڑک
دکھن چل دیئے بے دھڑک

دکھن طرف کچھ دور جاتے ہی ایک گھنے جنگل میں جا گھسا۔ وہاں بید کی جھاڑیوں کے اندر سے گزرنا دشوار تھا۔ بہرحال مرتنجے نے دل میں طے کر لیا کہ وہ اس درخت کو اپنی نظر سے اوجھل نہ ہونے دے گا اسی درخت کی طرف لوٹتے وقت مرتنجے کو جھاڑیوں کے اندر سے ایک مندر کا گنبد دکھائی دیا۔ اس گنبد کو نظر کے سامنے رکھ کر وہ آگے بڑھتا گیا۔ چلتے چلتے ایک شکستہ مندر کے پاس آموجود ہوا۔ دیکھا کہ قریب ہی ایک چھوٹا سا چولھا ہے اور اس کے پاس کچھ جلی ہوئی لکڑیاں اور راکھ پڑی ہے۔ بہت ہی سنبھل سنبھل کر اس نے مندر کے ٹوٹے ہوئے دروازے سے اندر جھانک کر دیکھا۔

وہاں کوئی بھی نہ تھا۔ کوئی مورت بھی نہ تھی۔ صرف ایک کمنڈل اور ایک جبّہ وہاں پڑا تھا۔

شام ہونے کو ہے۔ گاؤں بہت دور ہے۔ اندھیرے میں راستہ دیکھ کر جا سکے گا یا نہیں۔ اُسے تشویش ہونے لگی۔ ایسی حالت میں وہاں کسی آدمی کے بود و باش کی نشانی دیکھ کر مرتنجے کو کسی قدر اطمینان ہوا۔ اسی مندر کا ٹوٹا ہوا ایک بڑا سا پتھر دروازے کے سامنے پڑا تھا۔ اُس پتھر پر بیٹھ کر مرتنجے سر جھکائے سوچ رہا تھا۔ یکایک اُسے نظر آیا کہ اُس پتھر پر کچھ لکھا ہے۔ غور سے دیکھا تو پتہ چلا کہ اُس پر ایک نقش بنا ہے۔ اس کا کچھ حصہ پڑھا جا رہا ہے اور کچھ مٹ گیا ہے۔ جہاں تک اُس کی سمجھ میں آیا اُسے معلوم ہوا کہ اُس پتھر پر ذیل کا نقش بنا ہوا ہے۔

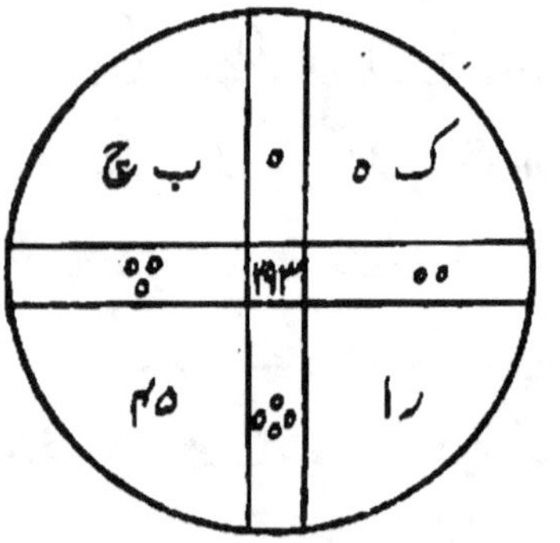

اِس نقش سے مرتنجے واقف تھا۔ لوبان کی خوشبو سے معطر، اور گھی سے جلتے ہوئے چراغ سے روشن مندر کے اندر رومی کاغذ پر بنے ہوئے اسی نقش پر جھک کر اس کے بھید کو جاننے کے لئے مرتنجے نے اپنی گھریلو دیوی کی پوجا میں نہ معلوم کتنی ہی اماوس کی راتیں گزاری تھیں۔ آج اس خیال سے اس کی اتنی مدت کی تمنا پوری ہونے کے اس قدر قریب ہے اس کا دل کانپنے لگا۔ ایسا نہ ہو کہ کنارے آکر ناؤ ڈوب جائے۔ ایسا نہ ہو کہ تھوڑی سی غلطی کی وجہ سے کام بگڑ جائے۔ یا ایسا نہ ہو کہ وہ سنیاسی پہلے ہی آکر سب نکال لے گیا ہو۔ اسی فکر اور اندیشے نے اس کے اندر ہیجان پیدا کر دیا۔ اب اس کو کیا کرنا چاہئے اس کی سمجھ میں نہ آتا تھا۔ اس کے دل میں آیا شاید وہ اپنی مدفون دولت کے بھنڈار پر ہی بیٹھا ہے اور اس کو کچھ بھی پتہ نہیں۔ وہ بیٹھا بیٹھا کالی نام جپنے لگا۔ شام کی تاریکی بڑھتی گئی اور جھینگروں کی آواز سے جنگل کی زمین پر شور مچنے لگا۔

(۵)

اتنے میں کچھ دور گھنے جنگل کے اندر آگ کے شعلے دکھائی دیئے۔ مرتنجے اپنا پتھر کا آسن

چھوڑ کر اُٹھ کھڑا ہوا۔ اور اُسی آگ کے شعلے کی طرف چلنے لگا۔

بڑی مشکلوں سے آگے بڑھ کر وہ ایک پیپل کے درخت کے قریب جا پہنچا۔ اس درخت کی آڑ سے اس نے صاف دیکھا کہ اس کا وہی پہچانا ہوا سنیاسی ایک نوشتہ کو جو مومی کاغذ پر ہے آگ کی روشنی میں پھیلا کر یکسوئی کے ساتھ راکھ پر کچھ لکیریں بنا رہا ہے۔ یہ وہی مومی کاغذ پر نوشتہ ہے جو نسلاً بعد نسلاً مرتنجئے کے مکان میں محفوظ تھا۔ ارے بھو کے باز چور۔ اسی لئے اس نے مرتنجئے کو غم کرنے سے منع کیا تھا۔

سنیاسی بار بار راکھ پر حساب کرتا ہے پھر ایک لکڑی لے کر زمین کو ناپتا ہے۔ کچھ دور تک زمین ناپ کر مایوسی سے سر ہلا کر لوٹ آتا ہے اور پھر حساب کرنے میں لگ جاتا ہے۔

اسی طرح وہ حساب کرتا تھا اور زمین ناپتا تھا جب رات ختم ہونے کو آئی اور پو پھٹنے پر ٹھنڈی ہوا کے چلنے سے درختوں کے پتوں کی سرسراہٹ سنائی دی تو سنیاسی اس کاغذ کو سمیٹ کر چل دیا۔

مرتنجئے سوچ کر فیصلہ نہ کر سکا کہ اب اُسے کیا کرنا چاہئے۔ اتنا تو اس نے صاف سمجھ لیا کہ اُس سنیاسی کی مدد کے بغیر وہ کسی طرح اس نوشتہ کو حل نہ کر سکے گا۔ یہ بھی اس نے سوچا کہ وہ لالچی سنیاسی کبھی اُس کی مدد نہ کرے گا۔ لہذا سنیاسی کی نقل و حرکت پر پوشیدہ نگاہ رکھنے کے سوا اس کے لئے کوئی دوسرا راستہ نہیں ہے۔ لیکن رات میں ایک دفعہ گاؤں میں نہ جائے تو کھائے گا کیا؟ اس لئے بکل صبح ایک مرتبہ اُسے گاؤں جانا ہی پڑے گا۔

رات کی تاریکی زائل ہوتے ہی بہت تڑکے وہ درخت پر سے اُتر آیا۔ جہاں سنیاسی راکھ پر نقش بنا رہا تھا۔ وہاں جا کر دیکھا تو کچھ اس کی سمجھ میں نہ آیا۔ چاروں طرف غور سے دیکھا تو جنگل کے دوسرے حصّوں سے وہاں کوئی فرق نہ پایا۔

جنگل کی تاریکی جب کم ہونے چلی تو مرتنجئے رک رک کر ادھر اُدھر دیکھتے ہوئے دیہات کی طرف چلنے لگا وہ ڈر رہا تھا کہ کہیں سنیاسی اُسے دیکھ نہ لے۔

جس دکان پر مرتنجئے ٹھہرا تھا اس کے قریب ہی ایک کایستھ کی بیوی رہتی تھی۔ اس دن وہ اپنی کوئی منت چڑھا رہی تھی اور برہمن بھوج کرا رہی تھی۔ مرتنجئے کو وہیں کھانا مل گیا۔ ادھر کئی دنوں سے اُسے ٹھیک سے کھانا میسر نہ ہونے کی وجہ سے آج اس نے کچھ زیادہ کھا لیا۔ بھر پیٹ کھانا کھا کر اسے تمباکو کا دم لگا کر مرتنجئے دکان

کی چٹائی پر لیٹ گیا۔ رات بھر کا جاگا ہوا تھا اس لئے لیٹتے ہی اُسے نیند آ گئی۔

مرتنجئے نے سوچا تھا کہ آج جلدی کھانے سے فارغ ہو کر دن رہتے ہی وہ جنگل میں داخل ہو جائے گا۔ ٹھیک اس کا برعکس ہو گیا جب اس کی آنکھ کھلی تو آفتاب غروب ہو چکا تھا پھر بھی مرتنجئے ہمت نہ ہارا۔ اندھیرے ہی میں وہ جنگل میں داخل ہو گیا۔

رفتہ رفتہ رات کی تاریکی بڑھتی گئی۔ درختوں کے سائے تلے کچھ نظر نہیں آ رہا تھا۔ جنگل میں راستہ نہیں مل رہا تھا۔ وہ کدھر جا رہا تھا اس کا اُسے کچھ پتہ نہ تھا۔ رات جب ختم ہو گئی تو مرتنجئے نے دیکھا کہ جنگل کے کنارے ایک ہی جگہ چکّر لگا کر اُس نے ساری رات گزار دی ہے۔

کوّے بولتے ہوئے دیہات کی طرف اڑ گئے۔ اُن کی آواز سے مرتنجئے کو ایسا معلوم ہوا کہ کوئی اُس کی ہنسی اڑا رہا ہے۔

(۶)

گنتی میں بار بار غلطی کرنے اور پھر اُسے سُدھارنے کے بعد آخر سنیاسی کو سُرنگ میں جانے کے راستے کا پتہ مل گیا۔ ایک مشعل ہاتھ میں لے کر وہ سُرنگ میں داخل ہو گیا۔ پختہ دیوار پر کائی جمی ہوئی ہے کہیں کہیں پانی رس رہا ہے کہیں کہیں بہت سے مینڈک تلے اوپر ڈھیر ہو کر سو رہے ہیں۔ اسی پھسلن والے راستے پر کچھ دور آگے بڑھ کر سنیاسی نے دیکھا سامنے ایک دیوار کھڑی ہے اور آگے راستہ بند ہے۔ اُس کی کچھ سمجھ میں نہ آیا۔ ایک لوہے کے ہتھوڑے سے ٹھونک کر دیکھا تو اُس دیوار کے چاروں طرف بالکل ٹھوس کچھ بھرا ہوا ہے کہیں بھی کوئی سوراخ نہیں ہے۔ اب اس میں کوئی شک نہ رہا کہ وہ راستہ یہیں آ کر رک گیا ہے۔

پھر وہ اس کاغذ کو اپنے سامنے پھیلا کر سوچنے لگا۔ وہ رات اسی میں گزر گئی۔ دوسرے دن پھر حساب لگا کر وہ سُرنگ میں داخل ہوا۔ ایک پوشیدہ نشانی کو مدِّ نظر رکھ کر وہ آگے بڑھتا گیا۔ ایک جگہ جا کر اس نے ایک پتھر کو ہٹا کر دیکھا تو ایک تنگ راستہ نظر آیا۔ اس راستے پر چلتے چلتے ایک جگہ پھر راستہ بند ہو گیا۔ آج کسی طرح غلطی نہ ہو گی"۔

راستہ نہایت پیچیدہ ہے۔ اس کی شاخوں کی بھی انتہا نہیں کہیں کہیں راستہ اس قدر تنگ ہے کہ

گھٹنوں کے بل چلنا پڑ رہا ہے۔ بہت احتیاط کے ساتھ مشعل ہاتھ میں لے کر چلتے چلتے سنیاسی ایک گول کمرے کی سی جگہ پر آ پہنچا۔ اُس کمرے کے اندر ایک بڑا سا اندارہ ہے۔ مشعل کی روشنی میں اندارے کی تہہ دکھائی نہ دی۔ کمرے کی چھت سے ایک موٹی اور لمبی سی زنجیر اندارے کے اندر لٹک رہی ہے۔ سنیاسی نے اپنا پورا زور لگا کر اُس زنجیر کو تھوڑا سا ہلا دیا تو اندارے کے اندر ٹن سے ایک آواز ہوئی اور سارے کمرے میں گونج اٹھی۔ سنیاسی خوشی کے مارے زور سے چلا اٹھا "میں پا گیا"

سنیاسی کے اتنا کہتے ہی اسی کمرے کی شکستہ دیوار کا ایک پتھر اُس کے پاس لڑھک کر آ پڑا اور اس کے ساتھ کوئی جاندار شے بھی دھپ سے گری اور زور سے چیخ اُٹھی۔ اس ناگہانی آواز سے سنیاسی چونک اٹھا اور اُس کے ہاتھ سے مشعل گر کر گل ہو گئی۔

سنیاسی نے پوچھا "تم کون ہو" کوئی جواب نہ ملا تو اِس اندھیرے میں ٹٹو لتے ہوئے سنیاسی کا ہاتھ کسی انسان کے بدن پر جا پڑا۔ اس نے اس کو ہلا کر پوچھا "تم کون ہو" کوئی جواب نہ ملا۔ وہ شخص بے ہوش ہو گیا ہے۔ پھر سنیاسی نے بڑی مشکلوں سے چقماق رگڑا اور اس سے آگ نکال کر مشعل جلائی۔ اتنے میں اُس شخص کو بھی ہوش آ گیا۔ اُس نے اٹھنے کی کوشش کی اور درد کی وجہ سے کراہنے لگا۔

سنیاسی نے کہا "ارے مرتنجئے! تمھیں یہ کیا سوجھی"

مرتنجئے نے کہا "بابا معاف کرو۔ خدا نے مجھے سزا دے دی ہے۔ میں تمھیں پتھر پھینک کر مارنے کو تھا مگر خود سنبھل نہ سکا۔ دیوار کی کائی پر میرا پیر پھسل گیا اور میں پتھر سمیت گر پڑا۔ میرا پیر ضرور ٹوٹ گیا ہے"

سنیاسی نے کہا "مجھے مار کر تمھیں کیا فائدہ ہوتا"

مرتنجئے نے کہا "فائدے کے بارے میں جو تم نے دریافت کیا تو سنو۔ تم کس لالچ سے میرے پوجا گھر کے صندوقچے سے اس نوشتہ کو چرالائے اور اب اس سرنگ کے اندر چکر لگا رہے ہو۔ تم چور ہو۔ تم دغا باز ہو۔ میرے دادا کو جس سنیاسی نے یہ نوشتہ دیا تھا انھوں نے کہا تھا کہ ہمارے ہی خاندان کا کوئی شخص اس نوشتہ کے معمہ کو حل کر سکے گا۔ یہ چھپی ہوئی دولت ہمارے ہی خاندان کی ملکیت ہے۔ اسی لئے اُدھر کتنے دن سے میں بے آب و دانہ اور بے خواب سایہ کی طرح تمھارا تعاقب کر رہا ہوں۔ آج جب تم بول اُٹھے

میں پا گیا" تو مجھ سے رہا نہ گیا۔ میں تمہارے پیچھے اسی غار میں چھپ کر بیٹھ گیا۔ وہاں سے ایک پتھر اٹھا کر تم کو مارنے کو بڑھا۔ لیکن کمزوری کی وجہ سے اور یہاں پھسلن بھی بہت ہے۔ میں گر پڑا۔ اب چاہے تم مجھے مار ڈالو میں دولت کے بھوت کی طرح اس خزانے سے چمٹا رہوں گا۔ اور اس کی نگہبانی کروں گا۔ لیکن تم اسے کسی طرح بھی لے نہ سکو گے۔ اگر تم اسے لینے کی کوشش کرو تو جان لو میں برہمن ہوں اور تمہیں بد دعا دے کر اسی اندھارے میں کود کر اپنی جان دے دوں گا۔ پھر یہ دولت تمہارے لئے برہمن کے خون بلکہ گئو ماتا کے خون کی مانند ہو جائے گی۔ اس دولت سے تم کبھی فائدہ حاصل نہ کر سکو گے۔ ہمارے باپ دادا نے اسی دولت کی فکر میں اپنی جانیں دے دی ہیں۔ اس دولت کے حاصل کرنے کی تمنا میں ہم لوگ تباہ ہو گئے ہیں۔ اسی دولت کی تلاش میں اپنے بی بی بچوں کو بے یار و مددگار چھوڑ کر میں دیوانہ وار در بدر مارا پھر رہا ہوں۔ اس دولت کو تم میری آنکھوں کے سامنے کبھی بھی نہیں لے جا سکتے"۔

سنیاسی نے کہا "تو پھر سنو مرتنجے۔ تمہیں ساری باتیں بتا دوں۔ تم جانتے ہو کہ تمہارے دادا کا ایک چھوٹا بھائی تھا جس کا نام تھا شنکر"۔

مرتنجے نے کہا "ہاں عرصہ ہوا وہ گھر چھوڑ کر چلے گئے ہیں اور اب تک مفقود الخبر ہیں"

سنیاسی نے کہا "میں وہی شنکر ہوں"

مرتنجے نے مایوس ہو کر ایک لمبی سانس کھینچی۔ اب تک اسے یقین تھا کہ اس پوشیدہ دولت کا وہی واحد حق دار ہے۔ آج اسی کے خاندان کا ایک شخص اس کے اس حق میں خلل انداز ہو گیا۔

شنکر نے کہا "سنیاسی کے دئے ہوئے نوشتہ کو میرے دادا (بڑے بھائی) برابر مجھ سے باقاعدہ چھپا رکھنے کی کوشش کرنے لگے۔ لیکن ان کے اس طرح چھپا رکھنے کی کوشش سے میری تشویش اور بھی بڑھتی گئی۔ انھوں نے اس نوشتہ کو ایک صندوقچہ میں رکھ کر دیوی کے آسن کے نیچے چھپا رکھا تھا مجھے اس کا پتہ لگ گیا۔ اس صندوقچہ کی ایک اور کنجی بنا کر اس نوشتہ کو میں روز تھوڑا تھوڑا کر کے نقل کرنے لگا۔ جس دن پورا نقل کر چکا اسی دن اس دولت کی تلاش میں گھر چھوڑ کر نکل پڑا۔ میں بھی گھر پر اپنی بی بی اور ایک بچے کو کس مپرسی کی حالت میں چھوڑ آیا تھا۔ آج ان دونوں میں کوئی بھی زندہ نہیں ہے۔

"کہاں کہاں میں دربدر پھرتا رہا اس کی تفصیل بیان کرنا بیکار ہے۔ سنیاسی کے دیئے ہوئے نوشتہ کو ضرور کوئی سنیاسی مجھے سمجھا سکے گا۔ اسی اُمید پر بہت سے سنیاسیوں کی میں نے خدمت کی ہے۔ ایک ایسے دغاباز سنیاسی سے بھی مجھے پالا پڑا۔ جس نے میرے پاس سے اس نوشتہ کو چرا لینے کی کوشش کی تھی اس طرح پے در پے کتنے برس گزر گئے۔ مجھے ایک لمحہ بھی چین ملا نہ آرام۔

"آخر کار اپنے اگلے جنم کی نیکی کی بدولت کمایوں پہاڑ پر باباشروپانند شامی کی سنگت مجھے نصیب ہوئی انھوں نے مجھ سے کہا" بابا طمع دور کرو پھر سارے جہاں کی لازوال دولت خود ہی تمہارے ہاتھ آجائے گی۔" انھوں نے میرے دل کی جلن کو ٹھنڈا کر دیا۔ اُن کی توجہ سے آسمان پر کی روشنی اور زمین کا سبزہ زار سب ہی میرے نزدیک شاہنشاہ کی دولت کے مانند ہو گئے۔ ایک دن جاڑے کے اختتام میں اس پہاڑ کے نیچے بابا کی مقدس انگیٹھی میں آگ جل رہی تھی۔ میں نے اسی آگ میں اپنے اس نوشتہ کے کاغذ کو سپرد کر دیا۔ بابا تھوڑا سا ہنسے اُن کی ہنسی کا مطلب اُس وقت میں سمجھا نہ تھا۔ آج سمجھ رہا ہوں۔ انھوں نے ضرور اپنے دل میں کہا تھا کہ اس کاغذ کو جلا کر راکھ کر دینا آسان ہے۔ لیکن دل کی ہوس اس قدر جلدی دفع نہیں ہوتی۔

"جب وہ کاغذ جل کر بالکل راکھ ہو گیا اور کوئی نشان باقی نہ رہا تو گویا میرے چاروں طرف جو طلسم کا بندھن تھا وہ بالکل ٹوٹ گیا۔ آزادی کی غیر معمولی خوشی سے میرا دل لبریز ہو گیا۔ میں نے سمجھا آج سے مجھے کسی بات کا ڈر نہ رہا۔ اب مجھے دنیا میں کچھ بھی نہیں چاہیئے۔

"پھر میں سنیاسی ہو کر بے تعلقی کے ساتھ گھومتا پھرتا رہا۔ اسی حالت میں کتنے برس گزر گئے اُس نوشتہ کی بات میں قریب قریب بھول ہی گیا۔"

"اتنے میں ایک دن اسی دھاراگل دیہات میں داخل ہو کر ایک شکستہ مندر میں پناہ گزیں ہوا۔ دو ایک دن وہاں رہنے کے بعد یکایک دیکھا کہ اس مندر کی دیوار پر مختلف قسم کے نقش بنے ہوئے ہیں وہ نقش میرے پہچانے ہوئے تھے۔ ایک زمانے میں بہت دنوں تک میں جس کی تلاش میں سرگرداں رہا اس کا سراغ مل رہا ہے۔ اس میں مجھے شبہ نہ رہا۔ میں نے کہا "یہاں اب رہنا ٹھیک نہیں۔ اس جنگل کو چھوڑ کر چل نکلوں لیکن چھوڑ کر جا نہ سکا۔ دل میں آیا چلو ایک دفعہ دیکھ ہی لیا جائے کہ وہ ہے کیا۔ اپنے شوقِ تجسس کو بالکل

زائل کردینا ہی اچھا ہے۔ میں نے اُن کندہ کاریوں کو حل کرنے کی بہت کوشش کی مگر کامیاب نہ ہوا۔ بار بار دل میں آنے لگا کیوں اس کاغذ کو میں نے جلا ڈالا۔ اُسے اگر رکھ چھوڑتا تو کیا نقصان تھا۔

"تب پھر اپنے دیہات میں گیا۔ اپنے آبائی مکان کی بہت ہی فرسودہ حالت دیکھ کر میں نے سوچا کہ میں تو سنیاسی ہوں۔ مجھے دولت کی کوئی ضرورت نہیں ہے۔ لیکن یہ غریب لوگ تو گھر بار والے ہیں۔ اس پوشیدہ دولت کو اگر ان لوگوں کے لئے حاصل کیا جائے تو کوئی حرج کی بات نہیں۔"

"رونوشتہ کہاں تھا مجھے معلوم تھا۔ اُسے نکال لانا میرے لئے کچھ مشکل نہ تھا۔ اُس کے بعد ایک سال تک اس کاغذ کو اپنے ہاتھ میں لے کر اس سنسان جنگل میں حساب لگاتا رہا اور ڈھونڈھتا رہا اُس کے سوا مجھے اور کوئی فکر نہ تھی۔ میرے کام میں جتنی دشواری ہوتی گئی میرا اشتیاق اتنا ہی بڑھتا گیا۔ رات دن ایک ہی دھن میں دیوانہ وار لگا رہا۔ اس عرصے میں تم نے کب سے میرا پیچھا کیا ہے۔ یہ میں معلوم نہ کرسکا۔ میں اگر اپنی اصلی حالت پر رہتا تو تم مجھ سے چھپ کر نہ رہ سکتے۔ لیکن میں اس قدر منہمک تھا کہ باہر کیا ہو رہا ہے اس کی طرف میری توجہ ہوتی ہی نہ تھی۔

"اس کے بعد جس چیز کی مجھے تلاش تھی اس کا سراغ آج ابھی ابھی مجھ کو ملا ہے۔ یہاں جتنی دولت پوشیدہ ہے کسی راجہ مہاراجہ کے یہاں بھی اتنی نہیں ہے۔ بس اب ایک ہی مرحلہ طے کرنا باقی رہ گیا ہے پھر وہ دولت میرے ہاتھ لگ جائے گی۔ یہ مرحلہ سب سے زیادہ دشوار ہے۔ لیکن اپنے دل میں اس مرحلے کو بھی میں طے کرچکا ہوں۔ اسی لئے مارے خوشی کے میں "پا گیا" کہہ کر چلا اٹھا تھا۔ میں چاہوں تو ایک لمحہ کے اندر اس سونے اور جواہرات کے بھنڈار کے بیچ میں جا کھڑا ہو سکتا ہوں۔"

مرتیونجے نے شنکر کے پیر پکڑ کر کہا "تم سنیاسی ہو تم کو تو دولت کی کوئی حاجت نہیں۔ مجھے اس بھنڈار میں لے چلو۔ مجھے محروم نہ کرو۔"

شنکر نے کہا "آج میرا آخری بندھن بھی ٹوٹ گیا ہے۔ تم نے جو پتھر اٹھا کر مجھے مارا تھا اُس سے میرے جسم کو چوٹ نہیں لگی ہے۔ لیکن اس نے میری دھوکے کی ٹٹی کو توڑ دیا ہے۔ ہوس کی ہیبت ناک صورت میری آنکھوں کے سامنے آگئی۔ میرے گرو کی خفیف سی پُراسرار ہنسی نے اتنے دنوں کے بعد میرے

فلاحیت کے چراغ میں ایک غیر فانی فتیلہ جلا دیا ہے۔"

مرتنجئے نے پھر شنکر کے پیر پکڑ کر کہا "تم آزاد منش ہو۔ میں آزاد نہیں ہوں اور میں آزادی چاہتا بھی نہیں۔ مجھے تم اس دولت سے محروم نہ کر سکو گے۔"

سنیاسی نے کہا "بیٹا! تم اپنے رشتہ کو لے لو۔ اگر دولت ڈھونڈھ نکال سکو تو لے لینا۔" اتنا کہہ کر اپنی چھڑی اور اس رشتہ کو مرتنجئے کے پاس رکھ کر سنیاسی چلا گیا۔ مرتنجئے نے کہا "مجھ پر رحم کرو۔ مجھے چھوڑ نہ جاؤ۔ مجھے سب دکھا دو۔"

کوئی جواب نہ ملا۔

تب مرتنجئے نے اُس چھڑی کو ٹیک کر ٹٹولتے ہوئے سُرنگ کے باہر نکلنے کی کوشش کی۔ لیکن راستہ نہایت پیچیدہ تھا۔ وہ گویا ایک بھول بھلیاں تھی۔ مرتنجئے کو بار بار رکاوٹ پیش آنے لگی۔ آخر کار وہ چکر لگاتے لگاتے تھک گیا اور ایک جگہ لیٹ گیا۔ اُسے نیند آتے دیر نہ لگی۔

جب اس کی آنکھ کھُلی تو اس کو پتہ نہ چلا کہ دن ہے یا رات، یا کونسا وقت ہے۔ اُسے بڑی بھوک لگی تھی۔ اپنی چادر میں بندھے ہوئے چِڑوے نکال کر کھالئے۔ پھر ایک مرتبہ ٹٹول کر سُرنگ سے باہر نکلنے کا راستہ ڈھونڈھنے لگا۔ لیکن ہر طرف رکاوٹ پاکر وہ بیٹھ گیا۔ پھر اس نے چلّا کر پکارا "او سنیاسی تم کہاں گئے"

اس کی آواز سے سرنگ کے چاروں جانب صدائے بازگشت گونج اٹھی۔ تھوڑی ہی دور سے آواز آئی "میں تمھارے قریب ہی ہوں۔ کہو کیا چاہتے ہو؟"

مرتنجئے نے عاجزی سے کہا "وہ دولت کہاں ہے دکھاؤ۔"

پھر کوئی آواز سنائی نہ دی۔ مرتنجئے نے بار بار پکارا۔ کوئی جواب نہ ملا۔

زمین کے نیچے اس مستقل اندھیرے میں جہاں منٹ کا پتہ چلتا تھا نہ گھنٹے کا، مرتنجئے نے اور ایک مرتبہ نیند لی۔ پھر اُسی اندھیرے ہی میں نیند سے جاگ اٹھا۔ اُس نے چلّا کر پکارا "اجی! کیا تم چلے گئے؟" قریب ہی سے جواب آیا "میں یہیں ہوں۔ کیا چاہتے ہو؟"

مرتنجئے نے کہا "میں اور کچھ نہیں چاہتا۔ مجھ کو اس سرنگ کے اندر سے نکال لے چلو۔"

. . .

سنیاسی نے پوچھا "تم دولت نہیں چاہتے"

مرتنجئے بولا "نہیں۔ میں نہیں چاہتا"

سنیاسی نے کہا "تب آؤ مرتنجئے۔ اس سُرنگ کے باہر چلیں۔"

مرتنجئے نے غم آلود آواز میں کہا "بابا کیا یہ ساری محنت برباد ہی جائے گی۔ کیا اتنی تکلیف اور پریشانی کے بعد بھی وہ دولت نہ ملے گی؟"

فوراً مشعل بُجھ گئی۔ مرتنجئے نے کہا "کتنا ظالم ہے یہ" اتنا کہہ کر وہیں بیٹھ گیا اور سوچنے لگا۔ وقت کا کوئی حساب نہیں۔ تاریکی کی کوئی انتہا نہیں۔ مرتنجئے کا جی چاہنے لگا کہ اپنے تن من کا سارا زور لگا کر اس تاریکی کو توڑ پھوڑ کر چکنا چور کر ڈالے۔ روشنی، آسمان اور سارے جہان کی رنگارنگی دیکھنے کے لئے اس کا دل بے قرار ہونے لگا۔ وہ بولا "اجی سنیاسی۔ او ظالم سنیاسی۔ میں دولت نہیں مانگتا۔ مجھے یہاں سے نجات دلاؤ۔" سنّیاسی نے پوچھا "دولت نہیں مانگتے ہو تو میرا ہاتھ پکڑ و۔ میرے ساتھ چلو۔"

اس دفعہ روشنی نہیں جلی۔ ایک ہاتھ سے چھڑی اور دوسرے سے سنیاسی کا جبہ پکڑ کر مرتنجئے دھیرے دھیرے چلنے لگا۔ دیر تک بہت ٹیڑھے ترچھے راستوں کے اندر سے چکّر لگاتے ہوتے ایک جگہ آکر سنّیاسی نے کہا "ٹھیرو" مرتنجئے ٹھہر گیا۔ اس کے بعد ایک زنگ آلود لوہے کے دروازے کے کھولنے کی ناگوار آواز سُنائی دی۔ سنّیاسی نے مرتنجئے کا ہاتھ پکڑ کر کہا "آؤ۔" مرتنجئے آگے بڑھا۔ اس کو ایسا معلوم ہوا کہ وہ ایک کمرے کے اندر داخل ہوا۔ پھر چقماق رگڑنے کی آواز سنائی دی۔ کتھوڑی دیر بعد جب مشعل جل اُٹھی تو کیا ہی حیرت انگیز منظر سامنے آیا۔ سونے کی موٹی موٹی چادریں دیوار سے لگی ہوئی چاروں طرف لٹک رہی ہیں۔ ایسا معلوم ہوتا ہے کہ سورج کی چمکتے شعاعوں کا جھرمٹ زمین کے اندر مدفون ہے۔ مرتنجئے کی آنکھیں چُندھیا گئیں۔ وہ پاگل کی طرح بول اٹھا "یہ سونا میرا ہے۔ میں اسے کسی طرح چھوڑ کر نہ جاسکوں گا۔" سنیاسی نے کہا "اچھی بات ہے۔ چھوڑ کر نہ جاؤ۔ یہ مشعل رہا اور یہ ستو چڑوے اور ایک لوٹا پانی رکھ کر میں جارہا ہوں۔" دیکھتے ہی دیکھتے سنّیاسی باہر نکل گیا اور وہ لوہے کا دروازہ بند ہوگیا۔

مرتنجئے بار بار اُس سونے کے انبار کو اپنے ہاتھوں سے چھونے لگا اور اس کمرے کے چاروں طرف طواف کرنے لگا۔ سونے کے چھوٹے چھوٹے ٹکڑوں کو وہ کھینچ کر زمین پر جمع کرنے لگا۔ انہیں اٹھا کر اپنی گود میں لینے لگا۔ سونے کے ایک ٹکڑے کو دوسرے ٹکڑے پر ٹھونک کر اُس سے آواز نکالنے لگا۔ اپنے سارے جسم کو اُن سے مس کرنے لگا پھر تھک کر سونے کی چادر بچھا کر اُسی پر لیٹ کر سو گیا۔

جب جاگا تو دیکھا کہ چاروں طرف سونا چمک رہا ہے۔ سونے کے سوا وہاں اور کچھ بھی نہیں ہے مرتنجئے سوچنے لگا کہ اوپر کی دنیا میں شاید اب تک صبح ہوتی ہوگی۔ مویشی درندے اور سب ہی جانور خوش خوش اُٹھ گئے ہوں گے۔ اُس کے اپنے گھر کے سامنے تالاب کنارے کے باغ سے صبح کو جو دلآویز خوشبو برآمد ہو رہی ہے مرتنجئے کے تصور میں وہ خوشبو اُس کی ناک میں آنے لگی۔ اس نے گویا صاف دیکھا کہ صبح کے وقت ساری پالی ہوئی بطیں اپنے بدن کو ہلاتی شور مچاتی تالاب کے اندر جا کر گر رہی ہیں۔ اور اس کے گھر کی خادمہ 'باما' بہت سے پیتل و تانبے کے کٹورے اور تھالیوں کو پھیلائے ہوئے اپنے ہاتھ پر رکھ کر گھاٹ پر لئے آ رہی ہے۔

مرتنجئے دروازے پر ٹھکا دے کر پکارنے لگا "اے سنیاسی ٹھاکر کیا یہاں ہو!"

دروازہ کھل گیا۔ سنیاسی نے پوچھا "کیا چاہتے ہو"

مرتنجئے نے کہا "میں باہر جانا چاہتا ہوں۔ لیکن کیا اپنے ساتھ سونے کی دو ایک چادریں بھی نہ لے جا سکوں گا؟"

سنیاسی نے اس کا کوئی جواب نہ دے کر ایک نئی مشعل جلائی۔ ایک بھرا ہوا کمنڈل اور اپنے جبّے کے اندر سے دو چار مٹھی چیڑ رے زمین پر رکھ کر باہر نکل گیا۔ دروازہ بند ہو گیا۔

مرتنجئے نے سونے کی ایک پتلی سی چادر کو لے کر ٹکڑے ٹکڑے کر ڈالا۔ اور اُن سونے کے ٹکڑوں کو مٹی کے ڈھیلوں کی طرح پھینکنے لگا۔ کبھی تو وہ سونے کی پتلی چادر کو اپنے دانت سے دبا کر اُس پر نشان بنانے لگا۔ کبھی اس کو زمین پر پٹک کر اس پر بار بار لات مارنے لگا۔ پھر اپنے دل میں کہنے لگا

دنیا میں کون ایسا بادشاہ ہے جو اس طرح سونے کو اِدھر اُدھر پھینک سکتا ہے۔ مرتنجئے پر گویا توڑنے پھوڑنے کا جنون سوار ہو گیا۔ اس کا جی چاہنے لگا کہ اُس سونے کے انبار کو چُور چُور کر کے اُسے گرد کی طرح جھاڑو سے جھاڑ کر پھینک دے اور سونے پر فدا ہونے والے سارے راجہ مہاراجوں کو وہ اس طرح نیچا دکھائے۔ جب تک ہو سکا مرتنجئے اُن سونے کے ٹکڑوں کو اِدھر سے اُدھر پھینکتا رہا۔ پھر تھک کر سو گیا۔ نیند سے بیدار ہو کر وہ اپنے چاروں طرف سونا ہی سونا دیکھنے لگا۔ تب اس نے دروازے پر دھکا دے کر زور سے پکارا "اجی سنیاسی میں یہ سونا نہیں چاہتا۔"

لیکن دروازہ نہ کھلا۔ پکارتے پکارتے مرتنجئے کا گلا خشک ہو گیا لیکن دروازہ نہ کھلا۔ اُس نے سونے کے ڈھیلوں کو اٹھا کر بار بار دروازے پر دے مارا۔ کوئی نتیجہ نہ نکلا۔ مرتنجئے کا دل بیٹھ گیا۔ تو کیا اب سنیاسی نہیں آئے گا۔ کیا اس کو اسی سونے کے زندان میں رفتہ رفتہ گھُل کر مر جانا پڑے گا۔

تب سونے کی اُن چادروں کو دیکھ کر اس کے دل میں دھڑکن ہونے لگی۔ اُسے ایسا معلوم ہونے لگا کہ اس کے چاروں طرف یہ سونے کے انبار ایک خاموش دہشت ناک تمسخر کی صورت اختیار کئے ہوئے ہیں۔ اس میں کوئی حرکت نہیں۔ کوئی تبدیلی نہیں۔ مرتنجئے کا دل جو کانپ رہا ہے۔ بے چین ہو رہا ہے اس سے اُن کو کوئی تعلق نہیں۔ اس کے دکھ درد کے ساتھ اُن کا کوئی لگاؤ نہیں۔ اُن سونے کے ڈھیلوں کو روشنی کی ضرورت ہے نہ آسمان کی۔ وہ ہوا نہیں چاہتے۔ جان کی اُن کو ضرورت نہیں۔ وہ آزادی نہیں چاہتے۔ وہ برابر اس مستقل اندھیرے میں بے حس و حرکت خود ہی چمکتے ہوئے اپنے دن گزار رہے ہیں۔

کیا اس وقت دنیا میں شام کا جھٹ پٹا دکھائی دیا؟ ہائے رے اُس جھٹ پٹے کا سنہرا پن۔ وہ سنہرا پن صرف لمحہ بھر کے لئے آنکھوں کو خوش کر کے تاریکی کی آڑ میں رخصت لے کر روتا ہوا چلا جاتا ہے۔ اس کے بعد جھونپڑے کی انگنائی میں شام کا تارا نکل کر ٹکٹکی لگائے رہتا ہے۔ گھر کی بہو مکان کے کونے میں شام کا چراغ روشن کرتی ہے۔ مندر کا گھنٹہ بجنے لگتا ہے۔

اپنے گاؤں کی نہایت خفیف اور معمولی سی باتیں بھی مرتنجئے کے تصور کی آنکھوں کے سامنے نمایاں معلوم ہونے لگیں۔ مرتنجئے کے گھر کا کتّا 'بھولا' جو سرِ شام اپنے دم اور سر کو ملجا کر کے انگنائی میں سو رہتا ہے اس کی یاد بھی آج اُسے ستانے لگی۔ اُسے خیال آیا کہ دھارا گل کے جس بنئے کی دکان پر اس نے دو ایک دن ڈیرا اٹھا لا تھا۔ وہ رات کو چراغ بجھا کر اور دکان کو بند کر کے آہستہ آہستہ گھر کی طرف کھانا کھانے کو جا رہا ہے۔ اس بات کا خیال آتے ہی مرتنجئے نے اپنے دل میں کہا "بنیا کیا ہی خوش نصیب ہے"۔ پھر اس نے سوچا" آج کونسا دن ہے۔ اگر آج اتوار ہے تو اب تک ہاٹ میں گئے ہوئے لوگ اپنے اپنے گھر لوٹ رہے ہیں۔ اور اپنے پچھڑے ہوئے ساتھیوں کو بلند آواز سے پکار رہے ہیں۔ اُن میں کے کچھ لوگ اکٹھا ہو کر مُسافر کشتی پر پار جا رہے ہیں۔ کھیت کے راستے پر سے اور فصل بھری زمینوں کی حد بندیوں پر سے اور زمین پر پڑے ہوئے بانس کے سوکھے پتوں پر سے کسان لوگ اپنے ہاتھ میں دو ایک مچھلیاں لٹکائے اور سر پہ ٹوکری رکھے آسمان کے تاروں کی خفیف سی روشنی میں ایک گاؤں سے دوسرے گاؤں جا رہے ہیں۔

مُنیا کی اس سدا بہار پنچ رنگی زندگی کے اندر ایک حقیر ترین جز و بن کر اپنے کو شامل کر دینے کے لئے زمین کے سینکڑوں طبقوں کے اندر سے آتی ہوئی دھرتی پر بسنے والوں کی دعوت اس کے پاس پہنچنے لگی۔ وہ آسمان وہ روشنی وہ زندگی اس دنیا کے سارے ہیرے اور جواہرات سے زیادہ قیمتی معلوم ہونے لگے۔ اُسے تمنا ہونے لگی کہ اگر میں ایک لمحہ کے لئے ایک مرتبہ اُس نیلے کھلے آسمان کے نیچے اپنی گندمی رنگ کی دھرتی ماتا کی گردبھری گود میں بیٹھ کر درختوں کی خوشبو لئے ہوئی ہوا میں آخری سانس لے کر جان بچتی ہو سکوں تو خود کو بھاگوان سمجھوں گا۔

اتنے میں دروازہ کھُل گیا۔ سنیاسی نے کمرے میں داخل ہو کر پوچھا "مرتنجئے کیا چاہتے ہو"۔ وہ بول اُٹھا "میں اور کچھ نہیں چاہتا۔ میں اس سُرنگ سے اس تاریکی سے اس بھول بھلیاں سے اس سونے کے قید خانے سے باہر نکلنا چاہتا ہوں۔ میں روشنی چاہتا ہوں۔ آسمان چاہتا ہوں۔ آزادی چاہتا ہوں"۔

...

سنیاسی نے کہا "اس سونے کے بھنڈار سے کہیں قیمتی جواہرات کا بھنڈار یہاں ہے۔ کیا وہاں ایک دفعہ نہ جاؤ گے؟ مرتنجے نے کہا "نہیں۔ نہ جاؤں گا۔"

سنیاسی نے کہا "کیا اُسے ایک مرتبہ دیکھ آنے کو بھی تمہارا جی نہیں چاہتا؟"

مرتنجے نے کہا "نہیں۔ میں دیکھنا بھی نہیں چاہتا۔ مجھے اگر لنگوٹی باندھ کر بھیک مانگنا بھی پڑے تب بھی میں ایک لمحہ بھی یہاں رہنا نہیں چاہتا۔"

سنیاسی نے کہا "اچھا تو پھر آؤ میرے ساتھ"

مرتنجے کا ہاتھ پکڑ کر سنیاسی اس گہرے اندارے کے سامنے لے گیا۔ پھر اس کے ہاتھ میں اس نوشتہ کے کاغذ کو دے کر کہا "اس کو لے کر تم کیا کرو گے؟"

مرتنجے نے اس کاغذ کو لے کر ٹکڑے ٹکڑے کر ڈالا۔ اور اُن ٹکڑوں کو اسی اندارے کے اندر پھینک دیا۔

—— ❁ ——

ناآشنا

میری عمر آج صرف ستائیس سال کی ہوئی۔ یہ زندگی نہ تو لمبائی کے حساب سے بڑی ہے نہ کسی خاص خوبی کی وجہ سے ممتاز ہے۔ پھر بھی اس میں ایک بات ہے۔ یہ اس پھول کی طرح ہے جس پر بھونرا آکر بیٹھا ہو اور اُسی نقشِ پا کی کہانی اس پھول کی زندگی میں ایک پھل کی گٹھلی بن کر اُگی ہو۔ کہانی مختصر ہے اور اُسے مختصر طور پر ہی لکھوں گا۔ جو لوگ چھوٹی چیزوں کو خفیف سمجھنے کی غلطی نہیں کرتے اُن کو اس میں لطف حاصل ہوگا۔

کالج کے جتنے امتحان پاس کئے جاسکتے ہیں میں پاس کرچکا تھا۔ بچپن میں میرے حسن کی وجہ سے پاٹھ شالا کے پنڈت جی کو مجھے کبھی سیمل کا پھول، کبھی مکال کا پھل (جو صرف دیکھنے کے ہوتے ہیں مگر کسی کام میں نہیں آتے ——— مترجم) کہہ کر اپنی خوش طبعی کے اظہار کا موقع مل جاتا۔ اس وقت مجھے بڑی شرم معلوم ہوتی۔ بڑے ہوکر میں نے دل میں کہا کہ اگر آواگون برحق ہے تو میرے چہرے کا یہ رُوپ اور پنڈت جی کا یہ طنز دوسرے جنم میں بھی میرے ساتھ ہوگا۔

اپنی ابتدائی زندگی میں میرے والد غریب آدمی تھے۔ وکالت کے ذریعہ سے انھوں نے بہت دولت کمائی لیکن اُس سے لُطف اندوز ہونے کا موقع اُنھیں بالکل نہ ملا۔ آخری سانس لینے کے بعد ہی اُن کو روپیہ کمانے کی فکر سے نجات ملی۔

اُس وقت میرا سن بہت کم تھا۔ میری والدہ ہی نے میری پرورش کی۔ میری والدہ غریب گھرانے کی لڑکی تھیں۔ اس لئے وہ خود بھی یہ بھول نہ سکتیں اور مجھے بھی بھولنے نہ دیتیں کہ ہم لوگ دولت مند ہیں۔ میں بچپن میں گود ہی میں پلا۔ شاید اسی وجہ سے جوانی تک میں صحیح معنی میں سنِ شعور کو

پہنچ نہ سکا۔ آج بھی مجھے دیکھ کر معلوم ہوگا کہ میں دُرگا مائی کی گود میں گنیش جی کا چھوٹا بھائی ہوں۔

میرے ماموں میرے اصل سرپرست تھے۔ وہ مجھ سے زیادہ سے زیادہ چھ برس بڑے ہوں گے۔ لیکن جیسے ریت پانی کو اپنے اندر کھینچ لیا کرتی ہے۔ اسی طرح ہمارے سارے گھربار کو انھوں نے اپنے اندر جذب کرر کھا تھا۔ اُن کو کُریدے بغیر اُس گھربار کا ایک قطرہ رس نکالنا بھی مشکل تھا۔ اس لئے مجھے کسی بات کی بھی فکر کرنا نہیں پڑتی تھی۔

ہر لڑکی کے باپ کو ماننا ہی پڑے گا کہ میرے ایسا اچھا دولھا ملنا مشکل تھا۔ میں تمباکو تک نہیں پیتا۔ نیک بخت ہونے میں کوئی دشواری نہ تھی۔ اس لئے میں نہایت نیک خصلت ہوگیا۔ ماتا جی کے حکم پر چلنے کی اہلیت مجھ میں تھی۔ بلکہ یوں سمجھئے کہ اُن کا حکم نہ ماننے کی طاقت ہی مجھ میں نہ تھی۔ عورتوں کے حکم کی تعمیل کرنا ہی میں نے سیکھا تھا۔ اگر آج کل بھی سوئمبر کی رسم جاری رہتی تو لڑکیاں مجھ جیسے نیک خصلت کی طرف ضرور متوجہ ہوتیں۔

بڑے بڑے گھرانوں سے میری نسبت آنے لگی۔ لیکن میرے ماموں جو اس دُنیا میں میری تقدیر کے بنانے اور بگاڑنے والے کے ایجنٹ تھے، شادی کے بارے میں اپنی ایک خاص رائے رکھتے تھے کسی دولت مند کی لڑکی انھیں پسند نہ تھی۔ ہمارے یہاں جو لڑکی آئے وہ اپنا سر نیچا کئے ہوئے آئے۔ یہ تھی میرے ماموں کی خواہش۔ حالانکہ روپے کا لالچ اُن کے رگ و ریشہ میں حلول کر چکا تھا۔ وہ ایسا سمدھی چاہتے تھے کہ جو دولت مند نہ ہو مگر روپیہ دینے میں بھی کسر نہ کرے۔ یعنی جس سے روپیہ اینٹھا جا سکے مگر جب وہ ہمارے یہاں آئے تو فرشی حقہ کی جگہ اس کو گڑ گڑی دی جائے تو شکایت نہ کر سکے۔

میرا دوست ہریش کانپور میں کام کرتا تھا۔ اُس نے چھٹی میں کلکتہ آکر میرے دل کو بے چین کر دیا۔ اُس نے کہا "لڑکی تو وہ ہے جسے میں نے دیکھا ہے۔ میں بیان نہیں کر سکتا کیسی شاندار لڑکی ہے۔"

میں ایم، اے پاس کر چکا تھا۔ اب جہاں تک نظر جا سکتی تھی چھٹی ہی چھٹی تھی۔ نہ اب کوئی امتحان دینا تھا نہ نوکری کی تلاش کرنی تھی نہ کسی سے کوئی توقع نہ حاجت۔ اپنی جائداد کی دیکھ بھال کی بھی فکر نہ تھی، نہ اس کام کو میں جانتا تھا نہ جاننے کی خواہش تھی۔ لے دے کے اندر تھیں والدہ اور باہر تھے میرے ماموں۔ اس فرصت کے ریگستان میں مجھے ایک نسوانی حسن کا سراب سارے جہان کو گھیرے ہوئے نظر آنے لگا۔ آسمان پر اس کی نگاہ ہوا کی سرسراہٹ میں اس کی سانس اور پتوں کے کھڑکنے میں اس کی پوشیدہ سرگوشیاں تھیں۔

اتنے میں ہریش نے آکر کہا "لڑکی تو وہ ہے ...." میرا تن من بسنتی ہوا میں بکول کے درختوں کے تازہ پتوں کی طرح کانپ کر کبھی دھوپ اور کبھی چھاؤں کا سماں بنانے لگا۔ ہریش آدمی ظریف تھا اور ظریفانہ انداز میں باتوں کے بیان کرنے کی اس کو مہارت تھی۔ میرا دل پیاسا تھا۔ میں نے ہریش سے کہا "ماموں کے پاس جا کر ذرا ذکر کر کے دیکھو۔" ہریش آسانی سے اپنی باتوں میں دلچسپی پیدا کر سکتا تھا۔ اس لئے ہر جگہ اس کی خاطر مدارات ہوا کرتی۔ میرے ماموں بھی اسے پا جاتے تو جلدی چھوڑتے نہ تھے۔ ان ہی کی بیٹھک میں بات چھڑی لڑکی سے زیادہ لڑکی کے باپ کی چودھری ان کی نظر میں زیادہ اہم تھی۔ لڑکی کے باپ کی حالت وہ جیسا چاہتے تھے وہ ویسی ہی تھی۔ ایک زمانہ تھا کہ ان کے یہاں دولت کا بھنڈار بھرپور تھا۔ لیکن اس وقت تو اسے بالکل ہی سونا کہا جا سکتا تھا۔ پھر بھی تہہ میں کسی قدر کھرچن باقی رہ گئی تھی۔ اپنے وطن میں پرانا خاندانی وقار رکھنا مشکل ہو گیا تھا تو انھوں نے پچھم کے ایک شہر میں بود و باش اختیار کر رکھی تھی۔ وہاں سادہ زندگی بسر کر رہے تھے۔ ان کی صرف یہی ایک لڑکی ہی تھی۔ اس لئے دولت کے بھنڈار میں جو کچھ بچا کھچا تھا۔ اس لڑکی کی خاطر اسے صاف کر دینے میں کوئی چیز مانع نہ تھی۔

یہ سب تو ٹھیک تھا مگر لڑکی کا سن پندرہ برس کا ہو چکا تھا۔ یہ سن کر میرے ماموں کسی قدر متردد ہوئے۔ خاندان میں کوئی نقص تو نہیں؟ نہیں۔ نقص تو کوئی نہیں۔ باپ کو لڑکی کے لائق

...

لڑکا مل نہیں رہا تھا۔ یوں تو لڑکوں کی قلت تھی ہی۔ اس پر جہیز کا ناقابلِ برداشت بوجھ۔ مجبوراً باپ کو انتظار کرنا ہی پڑا۔ مگر لڑکی کا سن تو انتظار نہیں کر سکتا۔

ہریش کی میٹھی باتوں میں تاثیر تھی۔ ماموں کا دل نرم ہو گیا۔ شادی کے مرحلے کی تمہید بغیر کسی رکاوٹ کے طے پا گئی۔ دُنیا کا جو خِطّہ کلکتہ سے باہر ہوتا اس کو میرے ماموں جزیرۃ انڈیمان کے متصل ہی سمجھتے تھے۔ اپنی زندگی میں کسی خاص کام سے وہ ایک دفعہ کونِ نگر (کلکتہ سے نو میل کا فاصلہ ——— مترجم) تک گئے تھے۔ میرے ماموں اگر منو ہوتے تو اپنی شاستر کی کتاب میں ہوڑہ کا پل پار کرنا ناجائز قرار دیتے۔ جی چاہتا تھا کہ خود ہی جا کر لڑکی کو دیکھ آؤں۔ مگر تحریک کرنے کی ہمّت نہ ہوئی۔

لڑکی کو دیکھ کر آشیرباد دینے کے لئے جن کو بھیجا گیا وہ بنیو دادا میرے پھپیرے بھائی تھے۔ بنیو دادا۔ کے حُسنِ مذاق اور اُن کی دانائی پر مجھے پورا بھروسہ تھا۔ بنیو دادا واپس آکر بولے "بُری نہیں ہے۔ کھرا سونا ہے۔" بنیو دادا کسی کی تعریف کے معاملے میں خود محتاط تھے۔ جہاں ہم لوگ کہتے "بہت عُمدہ" تو وہ کہتے "ہاں کام چل سکتا ہے۔"

میں نے دیکھا کہ میری تقدیر کے بارے میں بیاہ اور عشق کے دیوتاؤں کے درمیان کوئی تصادم نہ ہوگا۔ جس سے شادی ہوگی اُس سے عشق بھی کیا جا سکے گا۔

(۲)

یہ کہنا غیر ضروری ہے کہ شادی کے انجام کے لئے لڑکی والوں کو ہی کلکتہ آنا پڑا تھا۔ لڑکی کے باپ سمبھوناتھ بابو کو ہریش کی باتوں پر کتنا اعتبار تھا۔ اُس کا اندازہ اس سے ہو سکتا ہے کہ شادی سے محض تین دن پہلے وہ مجھے دیکھنے آئے اور آشیرباد دے گئے۔ اُن کا سن چالیس سال کے لگ بھگ تھا۔ سر کے بال سیاہ ہی تھے مگر مونچھوں کے دو چار بال سفید ہو چلے تھے۔ آدمی شکیل تھے۔ اُن کی صورت شکل ایسی تھی کہ اگر آدمیوں کی بھیڑ میں ہوتے تو لوگوں کی نظر پہلے اُنھیں پر پڑتی۔

اُمید ہے مجھے دیکھ کر وہ خوش ہوئے ہوں گے۔ مگر سمجھنا مشکل تھا۔ کیونکہ وہ بڑے کم سخن تھے۔ جو بھی وہ چار باتیں کہتے اُسے بھی زور دے کر نہ کہتے۔ میرے ماموں مسلسل بولے چلے جا رہے تھے۔ دولت اور رُتبے میں ہم لوگ شہر کے کسی شخص سے کم نہ تھے۔ اسی بات کو وہ مختلف پیرائے میں بیان کر رہے تھے۔ سمبھو ناتھ بابو نے اُن کی باتوں میں کسی قسم کی دلچسپی کا اظہار نہ کیا۔ نہ کہیں "ہاں" کہی نہ "نا"۔ ماموں کی جگہ میں ہوتا تو اُن کی سرد مہری دیکھ کر چُپ ہو جاتا لیکن ماموں تو اتنی جلدی ہار ماننے والے نہ تھے۔ سمبھو ناتھ بابو کے برتاؤ سے انھوں نے یہی سمجھا کہ یہ شخص بالکل ہی مردہ دل ہے۔ اور اس میں کوئی جان نہیں ہے۔ میرے ماموں کے خیال کے مطابق سمدھیوں میں اور کوئی بات قابلِ اعتراض ہو یا نہ ہو، اُن کا چالاک ہونا بڑی عیب کی بات تھی۔ اس لئے سمبھو بابو کی بے دلی دیکھ کر میرے ماموں خوش ہوئے۔ سمبھو ناتھ بابو جب اٹھ کھڑے ہوئے تو میرے ماموں نے رسمی طور پر اوپر ہی سے اُن کو رخصت کر دیا اور گاڑی پر سوار کرنے کے لئے نیچے نہ گئے۔

جہیز کے بارے میں طرفین کے اندر بات پکّی ہو گئی۔ میرے ماموں اپنے کو غیر معمولی طور پر ہوشیار سمجھتے تھے۔ بات چیت میں انھوں نے کہیں کوئی کسر نہیں چھوڑی تھی۔ روپیہ کی مقدار تو ٹھیک ہو ہی گئی تھی۔ کتنے وزن کا گہنا ہوگا اور سونا کس قیمت کا ہوگا اس کا بھی فیصلہ ہو چکا تھا۔ میں ان باتوں میں شریک نہ تھا۔ لین دین کے بارے میں مجھے کوئی خبر نہ تھی۔ میں جانتا تھا کہ یہ ادنیٰ بات بھی شادی کے معاملے میں اہم صورت اختیار کر لیتی ہے۔ اور اس کی ذمہ داری جن پر تھی اُن کو کوئی کوڑی بھر بھی ٹھگ نہیں سکتا۔ در حقیقت غیر معمولی چالاکی اور ہوشیاری کے سبب سے سارے گھر میں میرے ماموں باعثِ فخر سمجھے جاتے تھے۔ جس کسی بات سے ہم لوگوں کا تعلق ہو اور جس میں عقل سے کام لینے کی ضرورت ہو اس میں وہ برابر کامیاب ہوں گے۔ یہ مانی ہوئی بات تھی۔ اس لئے اگر ہم لوگوں کو حاجت نہ بھی ہو اور دوسرے فریق کو کافی تنگی ہو، پھر بھی ہماری بات رہنا چاہیے۔ گھر کے لوگوں کی یہی ضد تھی۔ اس میں چاہے

لوئی جیتے یا مرے۔

منگنی کا سامان بڑی دھوم سے بھیجا گیا۔ باربردار اتنے گئے کہ اُن کے شمار کے لئے ایک مُنیم کی ضرورت ہوتی۔ اتنے لوگوں کو رخصت کرتے ہوئے دُلہن والوں کا ناک میں دم آجائے گا۔ اسی تصور سے میری ماتاجی اور ماموں دل کھول کر ہنس بھی لئے۔

انگریزی بینڈ اور مختلف قسم کے فرمائشی باجوں کی آواز کو اکٹھا کر کے بے انتہا شوروغل مچاتے ہوئے اور بربریت کے مست ہاتھی کے پیروں تلے راگنی دیوی کے چمن کے بیل بوٹوں کے روندتے ہوئے برات کے ہمراہ لڑکی کے مکان پر میں جا موجود ہوا۔ زری زینت سے آراستہ اور انگوٹھیاں اور ہار پہن کر مجھے ایسا معلوم ہوتا تھا کہ گویا کسی جوہری کی دکان نیلام پر چڑھائی گئی ہے۔ ہونے والے داماد کی قدر و قیمت کتنی ہے گویا اُسے اپنے بدن پر لکھ کر ہونے والے سُسر سے مقابلہ کرنے کو میں چلا تھا۔

میرے ماموں شادی کے مکان میں داخل ہو کر خوش نہ ہوئے۔ ایک تو انگنائی میں برات کے لئے جگہ کافی نہ تھی اُس پر سارا انتظام اوسط درجے کا تھا۔ سمبھوناتھ بابو کا برتاؤ بھی بہت خشک تھا اور اُن کا انکسار غایت درجے کا نہ تھا۔ کم سخن تو تھے ہی۔ ایک تن و توش کے وکیل بابو جو سمبھوناتھ بابو کے دوست تھے اور جن کا رنگ بالکل سیاہ اور سر گنجا تھا انھوں نے اپنے کمر میں دھوتی لپیٹ کر بھرائی ہوئی آواز میں بینڈ بجانے والوں سے لے کر برات کے سرداروں تک ہر شخص کو ہاتھ جوڑ کر انتہائی انکسار کے ساتھ سر ہلاتے ہوئے گلاب میں شرابور کر دیا تھا۔ اگر وہ ایسا نہ کرتے تو شروع ہی میں معاملہ دگرگوں ہو جاتا۔

میرے محفل میں بیٹھنے کے تھوڑی دیر بعد ہی ماموں سمبھوناتھ بابو کو قریب کے کمرے میں بُلا کر لے گئے۔ کیا باتیں ہوئیں نہیں معلوم۔ تھوڑی دیر بعد سمبھوناتھ بابو نے مجھ سے آ کر کہا "بیٹا تم ذرا اِدھر آؤ۔" بات یہ تھی کہ کچھ لوگ ایسے ہیں جن کا زندگی میں ایک خاص اصول ہوا کرتا ہے۔ شاید اوروں میں نہ ہو مگر میرے ماموں کا یہی اصول تھا کہ کوئی اُن کو ٹھگ نہ لے۔ اُن کو اندیشہ تھا

کہ اُن کے سمدھی زیور کے بارے میں اُن کو دھوکا دے سکتے ہیں۔ شادی انجام ہو جانے کے بعد اس کی تلافی کی کوئی صورت باقی نہ رہ جائے گی۔ گھر کا کرایہ۔ سوغات۔ لوگوں کی رخصتی وغیرہ کے بارے میں جس تنگ دلی سے سمبھوناتھ بابو نے کام لیا تھا اُس حساب سے ماموں نے ٹھیک ہی کیا تھا۔ لین دین کے معاملہ میں صرف باتوں پر بھروسہ کرنے سے کام نہیں چل سکتا۔ اس لئے ماموں اپنے یہاں کے سُنار کو ساتھ لے آئے تھے۔ اُس کمرے میں جا کر میں نے دیکھا کہ ماموں ایک تخت پر بیٹھے ہیں اور سُنار اپنی ترازو اور کسوٹی وغیرہ لئے ہوئے نیچے بیٹھا ہے۔

سمبھوناتھ بابو نے مجھ سے کہا "تمہارے ماموں کہتے ہیں شادی ہونے سے پہلے وہ دُلہن کے سارے زیوروں کی جانچ کر لینا چاہتے ہیں۔ اس میں تمہاری کیا رائے ہے۔"

میں سر جھکائے چپ کھڑا رہا۔ ماموں نے کہا "وہ کیا بولے گا۔ میں جو کہوں گا وہی ہوگا۔"

سمبھوناتھ بابو نے میری طرف دیکھ کر کہا "تو یہی ٹھیک ہے۔ یہ جو کچھ کہیں گے وہی ہوگا۔ اس میں تمہیں کچھ کہنا نہیں ہے۔"

میں نے تھوڑا سا سر ہلا کر اشارے سے بتایا کہ ان باتوں میں مجھے کوئی دخل نہیں ہے۔

"اچھا تو بیٹھو۔ میں لڑکی کے بدن سے سارا گہنا کھول کر لاتا ہوں۔" یہ کہہ کر سمبھوناتھ بابو اُٹھ کھڑے ہوئے۔

ماموں نے کہا "اَنوپم کیا کرے گا۔ وہ محفل میں جا کر بیٹھے۔" سمبھوناتھ بابو نے کہا "نہیں محفل میں نہیں۔ اُسے یہیں بیٹھنا ہوگا۔"

تھوڑی دیر بعد ایک انگوچھے میں بندھا ہوا گہنا لا کر انھوں نے تخت پر پھیلا دیا۔ سب ہی اُن کی دادی کے زمانے کے زیور تھے۔ آج کل کے فیشن کا سا باریک کام نہ تھا۔ جیسا موٹا تھا ویسا ہی بھاری بھی تھا۔ سُنار نے گہنا ہاتھ میں لیتے ہی کہا "اسے کیا دیکھوں گا۔ اس میں کھوٹ اور ملاوٹ نہیں ہے۔ آج کل ایسے سونے کا گہنا نہیں بنتا۔" یہ کہہ کر اُس نے مگر مچھ کی

شکل کا ایک موٹا کنگن اٹھا کر دکھایا کہ ذرا دبانے سے ہی وہ دب جاتا ہے۔

ماموں نے فوراً اپنی نوٹ بک نکال کر گہنوں کی فہرست بنالی تاکہ جو دکھایا گیا تھا اُس میں کا کوئی گہنا کم نہ ہو جائے۔ انھوں نے حساب کر کے دیکھا کہ جتنا گہنا دینے کی بات تھی گنتی میں۔ وزن میں اور قیمت میں اُس سے کہیں زیادہ تھا۔ اُن گہنوں کے اندر ایک جوڑی بالی تھی سمبھوناتھ بابو نے اُسے اُٹھا کر سنار کو دیا اور کہا "اِسے پرکھ کر دیکھو" وہ بولا "یہ ولایتی مال ہے۔ اس میں سونے کی مقدار بہت کم ہے۔" سمبھوناتھ بابو نے اُن بالیوں کو اُٹھا کر میرے ماموں کو دیا اور کہا "اسے آپ ہی رکھ لیجئے۔" ماموں نے بالیوں کو ہاتھ میں لے کر دیکھا کہ لڑکی کو آشیرباد دیتے وقت اُن کی طرف سے وہ بالیاں دی گئی تھیں۔ ماموں کا چہرہ سُرخ ہو گیا۔ یہ مفلوک الحال آدمی اُن کو دھوکا دینے کی کوشش کرے گا۔ مگر انھیں ٹھگ نہ سکے گا۔ اُن کی یہ شیخی تو کرکری ہو گئی۔ مزید برآں عقل بھی ٹھکانے آ گئی۔

منھ پُھلا کر بولے "اَنوپم۔ جاؤ محفل میں جاکر بیٹھو۔"

سمبھوناتھ بابو نے کہا "نہیں، ابھی محفل میں بیٹھنے کی ضرورت نہیں۔ چلئے پہلے آپ لوگوں کو کھانا کھلا دیا جائے۔"

ماموں نے کہا "یہ کیسی بات ہے۔ لگن ٹل ...." سمبھو بابو بول اٹھے "اس کی کوئی فکر نہ کیجئے۔ آئیے! اُٹھئے۔"

آدمی سیدھے سادے تھے مگر اُن کی باتوں میں کافی زور تھا۔ ماموں کو اٹھنا ہی پڑا براتیوں نے بھی کھا لیا۔ کھانے میں طمطراق کا اظہار نہ تھا۔ مگر عمدہ پکا ہوا تھا اور بہت صاف ستھرا تھا۔ لوگوں نے رغبت کے ساتھ کھایا۔

براتیوں کا کھانا ختم ہو جانے کے بعد سمبھوناتھ بابو نے مجھ سے کھانے کے لئے کہا۔

ماموں بولے "یہ کیسی بات ہے۔ شادی سے پہلے دُولھا کیسے کھا سکتا ہے؟"

ماموں کی بات کی طرف بالکل ہی التفات نہ کرتے ہوئے انھوں نے مجھ سے کہا تمھاری

کیا رائے ہے۔ کھا لینے میں مضائقہ کیا ہے۔"؟

میری والدہ کے حکم کی مجسّم صورت میرے ماموں موجود تھے۔ ان کی عدول حکمی مجھ سے ناممکن تھی۔ میں کھانے کے لئے بیٹھ نہ سکا۔

تب سمبھو ناتھ بابو نے ماموں سے کہا "آپ لوگوں کو بڑی تکلیف ہوئی۔ ہم لوگ تو رئیس نہیں ہیں۔ آپ لوگوں کے لائق سامان کر نہ سکے۔ معاف کیجئے گا۔ رات ہو گئی ہے۔ آپ کی تکلیف میں اضافہ کرنا نہیں چاہتا۔ تو پھر ...."

ماموں بول اٹھے "تو محفل میں چلئے۔ ہم لوگ تو تیار ہیں۔"

سمبھو بابو نے کہا "تو آپ لوگوں کے لئے گاڑی منگوا دیں۔"

ماموں نے متحیر ہو کر کہا "کیا آپ مذاق کر رہے ہیں؟"

سمبھو بابو بولے "مذاق تو آپ ہی نے کر رکھا ہے۔ مذاق کے رشتے کو قائم کرنا میں نہیں چاہتا۔"

ماموں آنکھیں پھاڑ کر دیکھتے رہے۔ سمبھو ناتھ بابو نے کہا "جو لوگ یہ سمجھتے ہیں کہ میں اپنی لڑکی کا زیور چرا لوں گا۔ میں اُن کے ہاتھ میں اپنی لڑکی نہیں دے سکتا۔"

مجھ سے ایک بات بھی کہنے کی ضرورت انھوں نے محسوس نہ کی۔ کیونکہ یہ ثابت ہو چکا تھا کہ میں کچھ بھی نہیں ہوں۔

اس کے بعد جو کچھ گزرا وہ میں کہنا نہیں چاہتا۔ جھاڑ فانوس کو توڑ کر اور مال و اسباب کو تہ و بالا کر کے براتی شور و ہنگامہ مچاتے ہوئے گھر سے باہر نکل پڑے۔ گھر لوٹتے وقت بینڈ۔ روشن چوکی اور مختلف قسم کے باجوں کے ایک ساتھ بجنے کی آواز سنائی نہ دی۔ اللہ ابرق کے جھاڑ اپنے فرض منصبی کو آسمان کے تاروں پر چھوڑ کر نہ معلوم کہاں روپوش ہو گئے کہ اُن کا پتہ نہ ملا۔

گھر کے سب لوگ آگ ببھوکا ہو گئے۔ لڑکی کے باپ کا اتنا غرور۔ کل جگ پوری طرح

آ موجود ہوا۔ سبھوں نے کہا "دیکھیں لڑکی کی شادی کیسے کرتے ہیں۔" لیکن لڑکی کی شادی ہو چاہے نہ ہو، اس بات کی جسے پرواہ نہیں اس کو سزا دینے کی کیا صورت ہو سکتی تھی۔

سارے بنگال میں صرف میں ہی ایک ایسا شخص ہوں جسے شادی کی محفل سے لڑکی کے باپ نے خود ہی لوٹا دیا۔ نہ معلوم کس منحوس ستارے نے اتنی دھوم دھام سے روشنی جلا کر باجا بجا کر ایسے قدر و قیمت والے دولھا کی پیشانی پر اتنا بڑا کلنک کا ٹیکہ لگا دیا۔

براتی یہی افسوس کر رہے تھے کہ شادی ہوئی نہیں اور ہم لوگوں کو دھوکا دے کر کھانا کھلا دیا۔ کھانے سمیت اپنے پیٹ کی آنتیں نکال کر وہیں پھینک سکتے تو غم غلط ہوتا۔

شادی طے پا چکنے کے بعد اس کے خلاف کام کرنا اہم ہتک کرنا۔ اِن دونوں باتوں کا عدالت میں دعویٰ کیا جائے گا۔ یہ منصوبہ ظاہر کر کے ماموں بہت شور و غوغا کرنے لگے۔ دوستوں نے سمجھایا کہ پھر تو تماشے کا جو حِصّہ باقی رہ گیا ہے وہ بھی پُورا ہو جائے گا۔

ظاہر ہے مجھے بھی غصّہ آ گیا تھا۔ کوئی ایسا موقع آئے کہ سمبھوناتھ کسی مصیبت میں گرفتار ہو کر ہم لوگوں کے پاؤں پڑیں، اپنی انگلیوں سے مونچھوں کو اینٹھتے ہوئے میں بھی تمنا کرنے لگا۔

لیکن اس عداوت کی گندی نالی کے پہلو بہ پہلو ایک اور نہر بہہ رہی تھی جس کے پانی کا رنگ ذرا بھی کالا نہ تھا۔ میرا دل اس نا آشنا کی طرف پوری طرح کھنچ گیا تھا۔ اور اب تک اس کو کسی طرح چھڑا کر واپس بھی نہ لا سکا تھا۔ ارے وہ تو دیوار کی آڑ میں رہ گئی۔ اُس کی پیشانی پر چندن کے نقش۔ لال ساڑھی پہنے ہوئے چہرہ شرم سے سُرخ۔ اُس کے دل میں کیا تھا کیونکر کہوں،؟ میری خیالی دُنیا کی پھولوں کی ڈالیاں موسم بہار کے سارے پھولوں کو میرے حوالے کر دینے کے لئے جھک پڑی تھیں۔ ہوا آنے لگی تھی۔ خوشبو پہنچنے لگی تھی۔ پتّوں کی آواز سنائی دینے لگی تھی۔ بس ایک قدم اور صرف ایک قدم آگے بڑھنے کی دیر تھی۔ اتنے میں اسی ایک قدم کا فاصلہ ایک لمحے کے اندر لامحدود ہو گیا۔

میں نے تو اتنے دنوں روز شام کو بینو دادا کے یہاں جا جا کر اُن کو تنگ کر رکھا تھا چونکہ بینو دادا بہت اختصار کے ساتھ بات کرتے تھے اس لئے اُن کے ہر لفظ نے شرارے کی طرح میرے دل کے اندر آگ لگا دی تھی۔ میں سمجھ گیا تھا کہ لڑکی کا حُسن غیر معمولی ہے لیکن نہ اُسے آنکھوں سے دیکھ سکا نہ اس کی تصویر دیکھی۔ تصور ہی دُھندلا رہ گیا۔ نگاہوں کی گرفت میں تو وہ آئی ہی نہیں۔ میں اُسے دل میں بھی نہ لا سکا۔ اس لئے اس دن اُس شادی کی محفل میں میرا دل بھوت کی طرح دیوار کے باہر لمبی سانس کھینچتا ہوا چکر لگاتا رہا۔

میں نے ہریش سے سُنا تھا کہ لڑکی کو میرا فوٹو دکھایا گیا ہے۔ ضرور اُس نے پسند کیا ہوگا۔ نہ کرنے کی تو کوئی وجہ نہ تھی۔ میرا دل کہتا ہے اُس تصویر کو اُس نے اپنے کسی بکس میں چھپا رکھا ہے۔ کیا کبھی کبھی دوپہر کے وقت تنہائی میں وہ اُسے نکال کر دیکھتی نہ ہوگی؟ جب وہ جھک کر دیکھتی ہوگی تو کیا اُس کے سر کے کھلے ہوئے بال اس کے چہرے کے دونوں طرف سے لٹک کر اُس تصویر پر گرتے نہ ہوں گے؟ یکایک کسی کے آنے کی آہٹ پا کر کیا وہ جھٹ پٹ اُس تصویر کو اپنے خوشبو میں بسے ہوئے آنچل کے اندر چھپا نہ لیتی ہوگی؟

دن گزرتے گئے۔ ایک سال گزر گیا۔ میرے ماموں تو شرم کے مارے میری شادی کی بات زبان پہ لا ہی نہ سکتے تھے۔ والدہ کی خواہش تھی کہ جب لوگ میری رسوائی کو بھول جائیں گے تو شادی کی کوشش کی جائے گی۔

ادھر خبر ملی کہ لڑکی کی ایک بہت اچھی بات آئی تھی مگر اس نے عہد کر لیا ہے کہ شادی کرے گی ہی نہیں۔ یہ سُن کر میرے دل میں مسرت کی لہر دوڑ گئی۔ میں تصور کی آنکھوں سے دیکھنے لگا۔ کہ وہ اچھی طرح کھاتی پیتی نہیں ہے۔ سورج چھپنے کو جا رہا ہے مگر وہ اپنے سر کے بالوں کو سنوارنا بھولی ہوئی ہے۔ اس کے والد اُسے دیکھ کر سوچتے ہیں "میری لڑکی دن بدن ایسی کیوں جا رہی ہے؟" یکایک کسی دن اس کے کمرے میں آ کر وہ دیکھتے ہیں کہ لڑکی کی دونوں آنکھوں میں آنسو بھر آئے ہیں۔ پھر پوچھتے ہیں "تمھیں ہوا کیا ہے مجھے بتاؤ" لڑکی جھٹ پٹ اپنے آنسو

پونچھ کر کہتی ہے "نہیں تو۔ کچھ بھی نہیں ہوا بابا" باپ کی وہ اکلوتی لڑکی ہے۔ بڑے لاڈ سے پلی ہے۔ خشکی کے دنوں کے پھول کی کلی کی طرح جب وہ بالکل ہی مرجھا گئی تو باپ سے رہا نہ گیا پھر تو خودداری کو بالائے طاق رکھ کر وہ ہم لوگوں کے پاس دوڑے آئے۔ اس کے بعد؟ اس کے بعد دل کے اندر جو گندی نالی موجزن تھی، وہ زہریلے سانپ کا روپ اختیار کر کے غرّا اٹھی۔ بولی "اچھا تو پھر ایک دفعہ شادی کی محفل آراستہ کی جائے۔ چراغ روشن کئے جائیں۔ دیس بدیس کے لوگوں کو دعوت دی جائے۔ اس کے بعد تم نوشاہ کی ٹوپی کو اپنے سر سے اتار کر پیر تلے روندتے ہوئے برات کے انبوہ کثیر کو اپنے ساتھ لے کر محفل سے اٹھ کر چلے آؤ۔" لیکن دل کی وہ نہر جو آنسو کی طرح سفید تھی ایک راج ہنس کا روپ اختیار کر کے بول اٹھی "جس طرح میں ایک دن دمینتی کے باغیچے میں گئی تھی اسی طرح مجھے اڑ کر جانے دو۔ میں ایک دفعہ اس بیمارِ عشق کے کانوں میں جا کر مژدۂ بہار دے آؤں۔ اس کے بعد؟۔ اس کے بعد دکھ کی رات ختم ہوئی۔ نئے برسات کا پانی پڑا۔ وہ کملایا ہوا پھول کھل گیا۔ اس دفعہ دنیا کے باقی سب لوگ اس دیوار کے باہر رہ گئے صرف ایک ہی شخص داخل ہوا۔ اس کے بعد؟ اس کے بعد میری کہانی ختم ہو گئی۔

(۴)

لیکن اس طرح بات تو ختم نہ ہوئی۔ جہاں تک آ کر بات رُک گئی اس کے بعد کا واقعہ تھوڑا سا بیان کر کے اپنی داستان ختم کروں گا۔

میں والدہ کو ساتھ لے کر تیرتھ کو جا رہا تھا۔ یہ کام مجھے ہی کرنا تھا۔ کیونکہ میرے ماموں اس دفعہ بھی ہوڑہ کا پُل پار نہ ہوئے۔ ریل گاڑی پر سوار ہو رہا تھا۔ ہچکولے کھاتے کھاتے سر کے اندر بے ترتیب خوابوں کا باجہ جھما جھم بج رہا تھا۔ یکایک کسی اسٹیشن پہ آ کر آنکھ کھل گئی۔ روشنی اور تاریکی میں ملا ہوا گویا وہ بھی ایک خواب تھا۔ صرف آسمان کے اوپر جو ستارے تھے وہی ہمیشہ کے جانے پہچانے تھے۔ باقی سب ہی کچھ انجان اور دھندلا معلوم ہو رہا تھا۔

اسٹیشن کی روشنیاں کھمبوں کے سر پر جلتی ہوئی گویا یہی بتا رہی تھیں کہ یہ دُنیا کتنی اجنبی ہے اور جو کچھ اپنے چاروں طرف نظر آرہا ہے اس میں کس قدر دُوری ہے۔ ماں سو رہی تھیں۔ روشنی کے نیچے ایک سبز پردہ لگا ہوا تھا۔ بکس، صندوقچہ اور باقی سامان بکھرے ہوئے ایک دوسرے پر پڑے تھے۔ ایسا معلوم ہوتا تھا کہ خواب کی دُنیا میں وہ اُلٹ پلٹ کیا ہوا اسباب ہے جو جھٹ پٹے کی سبز روشنی میں رہنے نہ رہنے کی درمیانی حالت میں بے ترتیب پڑا ہوا ہے۔

اِتنے میں اُس نرالی دنیا میں کوئی غیر معمولی آواز میں بول اُٹھا "جلدی آؤ۔ اِس گاڑی میں جگہ ہے۔"

ایسا معلوم ہوا کہ گانا سُن رہا ہوں۔ بنگالی لڑکی کی زبان سے بنگلہ زبان کس قدر شیریں معلوم ہوتی ہے اس کا اندازہ وہی کر سکتا ہے جس نے کسی غیر جگہ اچانک اُسے سُنا ہو۔ اُسے صرف ایک لڑکی کی آواز کہہ کر اور عورتوں کی آواز کے زمرہ میں داخل کر کے ایک ہی طرح کی چیز بنا کر ٹال دینا نامناسب ہوگا۔ اُسے ایک مخصوص انسان کی آواز ہی کہنا درست ہوگا۔ سُنتے ہی دل کہہ اُٹھا ایسی آواز تو کبھی بھی نہیں سُنی۔ آدمی کے گلے کے سُر کو میں برابر ایک حقیقت سمجھتا آیا ہوں جس کا درجہ بھی کافی بڑا ہے۔ لیکن انسان کے دل کی تہہ میں جو راگنی رہتی ہے اور جو ناقابلِ بیان ہے میں سمجھتا ہوں آواز ہی اس کا ظہور ہے۔ میں نے فوراً گاڑی کی کھڑکی سے اپنا منھ نکال کر دیکھا کچھ دکھائی نہ دیا۔ پلیٹ فارم کے اندھیرے میں کھڑے ہو کر گارڈ نے اپنی یک چشمی لالٹین ہلادی۔ گاڑی چل پڑی۔ میں کھڑکی کے پاس بیٹھا رہا۔ میری آنکھوں کے سامنے کوئی صورت نظر نہ آئی۔ لیکن میں اپنے دل کے اندر کسی کے دل کی تصویر دیکھنے لگا۔ گویا اُس تاروں سے بھری ہوئی رات کی طرح وہ خود تو دوسروں کو ڈھک لیتی ہے مگر اُسے پکڑا نہیں جا سکتا۔ اے سُریلی آواز نا آشنا گلے کی میٹھی راگنی۔ چشمِ زدن میں تو میرے سامنے جانے پہچانے آسن پر آ کر بیٹھ گئی۔ تو یہ صفت موصوف ہے۔ میرے چنچل دنوں کے مجروح دل پر تو پھول کی طرح کھِل گئی۔ لیکن اُس دل کے اندر اُٹھتی ہوئی موجیں اس پھول کی ایک بھی پنکھڑی گرا نہ سکیں اور اُس کی نادکی بہ تو غبار

بھی نہ آسکا۔

گاڑی لوہے کی مرونگ پر تال دیتی ہوئی چلی جارہی تھی۔ میں دل ہی دل میں اُس رسیلی آواز کا لطف اُٹھارہا تھا۔ "گاڑی میں جگہ ہے۔" یہ تھا اُس کا ٹیپ کا بند۔ جگہ ہے؟ کہاں جگہ ہے۔؟ جگہ تو ملتی نہیں۔ کوئی کسی کو پہچانتا نہیں۔ یہ ناشناسائی تو ایک کہرا ہے۔ یہ تو محض مایا ہے۔ اُس کے چھٹ جانے پر شناسائی کی دھوپ نکھر آئے گی۔ اے شیریں لغمے! کیا وہ دل میرا برابر کا پہچانا ہوا نہیں ہے جس کی تم موہنی مورت ہو؟ جگہ ہے۔ ہاں ہے۔ تم نے جلدی بلایا ہے۔ جلدی ہی آیا ہوں۔ پل بھر بھی دیر نہ کی۔

رات کو اچھی طرح نیند نہ آئی۔ تقریباً ہر اسٹیشن پر میں نے کھڑکی سے باہر سر نکال کر دیکھا یہ دھڑکا تھا کہ جسے دیکھ نہ پایا کہیں وہ رات کو اُتر کر چلی نہ جائے۔

دوسرے دن ایک بڑے اسٹیشن پر گاڑی بدلنی تھی۔ ہمارے پاس فرسٹ کلاس کا ٹکٹ تھا۔ اُمید تھی بھیڑ نہ ہوگی۔ اُتر کر دیکھا کسی صاحب کے کتنے اردلی پلیٹ فارم پر سامان لئے گاڑی کا انتظار کررہے ہیں۔ کوئی بڑا فوجی افسر دورے پر جانے والا ہے۔ دو تین منٹ بعد گاڑی آگئی۔ میں نے دیکھا کہ فرسٹ کلاس میں جگہ کی کوئی اُمید نہیں۔ مجھے تردّد ہونے لگا کہ ماتا جی کو لے کر کس درجے میں سوار ہوں۔ ہر درجے میں بھیڑ تھی۔ جگہ کی تلاش میں ہر ہر ڈبے کے اندر جھانک کر دیکھنے لگا۔ اتنے میں ایک سیکنڈ کلاس ڈبے سے ایک لڑکی نے میری والدہ کو مخاطب کر کے کہا۔ "آپ لوگ ہماری گاڑی میں آجائیے۔ یہاں جگہ ہے۔"

میں تو چونک پڑا۔ وہی ہوش رُبا آواز۔ وہی دل نواز الفاظ "جگہ ہے۔" میں نے دم بھر بھی دیر نہ کی۔ والدہ کو ساتھ لے کر گاڑی پر سوار ہو گیا۔ اسباب چڑھانے کے لئے کافی وقت باقی نہ تھا۔ میرے ایسے ناکارہ آدمی شاید دنیا میں نہیں ہوتے۔ اُسی لڑکی نے چلتی گاڑی میں قلیوں کے ہاتھ سے ہمارا اسباب گاڑی کے اندر اُٹھالیا۔ میرا فوٹو گرافی کا کیمرہ اسٹیشن پر ہی

چھُوٹ گیا۔ میں نے کوئی پرواہ نہ کی۔

اس کے بعد ــــــ کیا لکھوں سمجھ میں نہیں آتا۔ میرے دل کے اندر بھرپور خوشی کی تصویر ہے۔ اُسے کدھر سے شروع کروں اور کہاں پر ختم کروں؟ بیٹھے بیٹھے باتوں کو ترتیب دینے کو جی نہیں چاہتا۔

اب اُس نغمے کو اپنی آنکھوں سے دیکھ لیا۔ اُس وقت بھی وہ ایک نغمہ معلوم ہو رہی تھی۔ والدہ کو دیکھا کہ وہ بھی ٹکٹکی باندھے ہیں۔ لڑکی کا سن سولہ یا سترہ ہوگا لیکن نئی جوانی کا بوجھ نہ اُس کے بشرہ سے عیاں تھا نہ اس کے بدن سے۔ اُس کے طور طریق میں نہ کوئی بناوٹ تھی نہ اُس میں نمائشی چمک دمک تھی۔ اُس کے حسن کی پاکیزگی حیرت انگیز تھی۔ اس میں کسی قسم کا رُوکھاپن یا سیٹھاپن نہ تھا۔

میں دیکھ رہا ہوں کہ تفصیل کے ساتھ کچھ بیان کرنا میرے لئے ناممکن ہے۔ یہاں تک کہ وہ کس رنگ کی ساڑھی پہنے ہوئے تھی اور اُسے کس ڈھنگ سے اس نے پہنا تھا۔ یہ بھی میں ٹھیک طرح سے بتا نہیں سکتا۔ ہاں اتنا کہنا بالکل ہی درست ہوگا کہ اس کے لباس اور بناؤسنگھار میں کوئی ایسی بات نہ تھی کہ کوئی شخص خود اُس کو نظر انداز کر کے اُنھیں دیکھنے لگے۔ اپنے آس پاس کی ہر چیز پر اُسے فوقیت تھی۔ گُلِ شبّو کے سفید پھول کی طرح جس درخت پر وہ شگفتہ ہوئی تھی اُس سے بالکل بے نیاز ہو کر پروان چڑھی تھی۔ اس کے ساتھ دو تین چھوٹی چھوٹی لڑکیاں تھیں جن سے وہ مسلسل ہنستی اور باتیں کرتی چلی جا رہی تھی۔ میں اپنے ہاتھ میں ایک کتاب لے کر اسی طرف کان لگائے تھا۔ جو کچھ کان میں آتا تھا وہ بچّوں کے ساتھ بچّوں کی سی باتیں تھیں۔ اس میں خصوصیت صرف اتنی تھی کہ اُن میں سِن کا کوئی فرق نہیں معلوم ہو رہا تھا۔ بچّوں کے ساتھ وہ بلا تکلف خوشی خوشی بچّہ بنی ہوئی تھی۔ اس کے پاس بچّوں کی کہانیوں کی تصویروالی چند کتابیں تھیں۔ اُن میں کی کسی خاص کہانی کو سُنانے کے لئے لڑکیاں ضد کر رہی تھیں۔ اُس کہانی کو ضرور وہ بیس پچیس مرتبہ سُن چکی ہوں گی۔ لڑکیاں اُس کہانی کو سننے کے لئے کیوں اصرار کر رہی

تھیں یہ میری سمجھ میں آ گیا۔ اُس شیریں آواز کی طلائی طلسمی چھڑی کی مس سے ساری باتیں سونا ہی ہو جاتیں۔ اُس کا تن من زندگی سے لبریز تھا اُس کے خرام ناز سے۔ اس کی گفتگو سے، اُس کے چھو جانے سے دل میں جان پڑ جاتی۔ جب لڑکیاں اُس کی زبان سے کہانی سنتیں تو کہانی نہیں سنتیں بلکہ اُسی کو سنتیں اور اُن کے دلوں میں زندگی کا فوارہ اُبل پڑتا۔ اس دن اُس کی زندگی کی لہر سے میرے آفتاب کی شعاؤں میں جان پیدا ہو گئی۔ مجھے معلوم ہونے لگا کہ جس خلقت نے اپنے آسمان سے مجھے گھیر رکھا تھا وہ محض اُسی دوشیزہ کی سرگرم اور تازہ زندگی کا عالمگیر پھیلاؤ تھا۔ اسٹیشن آتے ہی اُس نے بہت سی دال موٹھ خریدی اور ان لڑکیوں کے ساتھ بالکل ہی بچوں کی طرح آواز سے ہنستی بولتی ہوئی بلا جھجک اس کو کھانے لگی۔ میری فطرت تو تہذیب کے جال سے گھری ہوئی تھی۔ یہ مجھ سے کیوں نہ ہو سکا کہ میں بھی ہنستے ہوئے بے تکلّف اُس سے تھوڑی سی دال موٹھ مانگ لیتا۔ میں نے ہاتھ بڑھا کر کیوں اپنے لالچ کا اقرار نہیں کیا۔

میری والدہ کو اُس کی کچھ باتیں بھلی لگ رہی تھیں اور کچھ بُری۔ وہ تذبذب میں تھیں گاڑی کے اندر ایک غیر مرد بیٹھا تھا پھر بھی وہ بغیر کسی جھجک کے لالچی کی طرح کھاتی جا رہی تھی۔ یہ انھیں پسند نہیں آ رہا تھا۔ تاہم وہ اُسے بے حیائی کہنا نہیں چاہتی تھیں۔ انھوں نے سوچا لڑکی کا سن آ گیا ہے مگر تعلیم اچھی نہیں ہوئی۔ میری والدہ جلدی کسی سے میل ملاپ پیدا نہیں کر لیتی تھیں۔ وہ الگ تھلگ رہنے کی عادی تھیں۔ وہ چاہتی تھیں کہ اس لڑکی سے اس کا حال دریافت کریں لیکن اپنی فطرت سے مجبور تھیں۔ اِس پر وہ قابو نہیں پا رہی تھیں۔

اتنے میں گاڑی ایک بڑے اسٹیشن پر آ کر رُکی اُس فوجی افسر کے کچھ ساتھ والے اِس اسٹیشن سے اُسی گاڑی پر سوار ہونے والے تھے۔ پوری ٹرین میں کہیں بھی جگہ نہ تھی۔ بار بار وہ لوگ ہماری گاڑی کے سامنے سے آتے گئے۔ میری والدہ تو ڈر کے مارے سہمی ہوئی تھیں مجھے بھی چین نہ تھا۔

گاڑی چھوٹنے کے قریب تھی کہ ریل کے ایک ہندوستانی کارکن نے ہماری گاڑی کے اندر آکر دو بنچوں پر دو ناموں کے ٹکٹ لگا دیئے اور ہم لوگوں سے کہا کہ یہ دونوں بنچیں صاحب نے پہلے سے ریزرو کر رکھی تھیں۔ آپ لوگوں کو دوسرے ڈبے میں جانا ہوگا۔

میں تو جھٹ پٹ گھبرا کر کھڑا ہو گیا۔ اس لڑکی نے ہندی زبان میں کہا "ہم لوگ اس ڈبے سے نہیں جائیں گے۔" ریل کے بابو نے ڈپٹ کر کہا "جانا ہی پڑے گا۔"

لیکن لڑکی کا اپنی جگہ سے ہٹنے کا کوئی ارادہ نہ دیکھ کر وہ گاڑی پر سے اُتر گیا اور انگریز اسٹیشن ماسٹر کو بلا لایا۔ انھوں نے آکر مجھ سے کہا "مجھے بہت افسوس ہے مگر......" اتنا سُنتے ہی میں "قلی قلی" پکارنے لگا۔ اُس لڑکی نے اُٹھ کر آنکھیں لال پیلی کر کے مجھ سے کہا "آپ نہیں جا سکتے۔ جیسے بیٹھے ہیں ویسے ہی بیٹھے رہئے۔"

یہ کہہ کر اس نے گاڑی کے دروازے پر جا کر اسٹیشن ماسٹر سے انگریزی میں کہا "یہ گاڑی پہلے سے ریزرو کی گئی ہے، یہ جھوٹ بات ہے۔" اتنا کہہ کر اس نے نام لکھے ہوئے دونوں ٹکٹوں کو نکال کر پلیٹ فارم پر پھینک دیا۔

اتنے میں اردلی سمیت وردی پہنے ہوئے ایک صاحب دروازے پر آکر کھڑے ہو گئے گاڑی پر اسباب چڑھانے کے لئے انھوں نے پہلے اپنے اردلی کو اشارہ کیا۔ پھر لڑکی کی طرف دیکھ کر۔ اس کی باتیں سُن کر اور اس کا انداز سمجھ کر اسٹیشن ماسٹر کو الگ لے جا کر نہ معلوم کیا کہا۔ ٹرین کے چلنے کا وقت گزر گیا۔ اُس میں اور ایک گاڑی جوڑ دی گئی تب وہ روانہ ہوئی۔

اُس لڑکی نے اپنے ساتھیوں کے ساتھ مِل کر پھر دال موٹھ کھانا شروع کر دی۔ اور میں شرم کے مارے کھڑکی سے باہر اپنا مُنھ نکالے باہر کا سماں دیکھنے لگا۔

گاڑی کانپور پہونچی۔ لڑکی اپنا سامان اکٹھا کئے تیار تھی۔ اسٹیشن پر ایک پہاڑی نوکر آکر اُس کا اسباب اُتارنے لگا۔

میری والدہ سے نہ رہا گیا۔ انھوں نے پوچھا "بیٹی تمہارا کیا نام ہے؟"

لڑکی نے کہا "میرا نام کلیانی ہے"۔

یہ سُن کر میری والدہ اور میں دونوں چونک اٹھے۔

"تمھارے بابا......"

"وہ یہاں ڈاکٹر ہیں۔ اُن کا نام سمبھوناتھ سین ہے"

اس کے بعد سب لوگ اُتر کر چلے گئے۔

خُلاصہ

ماموں کا کہنا نہ مان کر اور والدہ کی عدول حکمی کر کے میں کانپور آیا۔ کلیانی اور اس کے والد سے ملاقات ہوئی۔ ہاتھ جوڑے۔ سر جھکایا۔ سمبھوناتھ بابو کا دل نرم ہوا۔ کلیانی نے کہا "میں شادی کروں گی ہی نہیں"۔

میں نے پوچھا "کیوں"

بولی "ماں کا حکم"

خیر تو ہے۔ اُدھر بھی کیا کوئی ماموں ہیں؟"

پھر سمجھ میں آ گیا کہ دیس، ماتا کو کہہ رہی ہے۔ اس شادی کے ٹوٹ جانے کے بعد کلیانی نے عہد کر لیا تھا کہ لڑکیوں کی تعلیم میں اپنی زندگی گزار دے گی۔ لیکن میں آس نہ چھوڑ سکا وہ سُر تو میرے دل میں آج بھی بج رہا ہے۔ وہ گویا کہیں دُور اُس پار کی بانسری تھی جو میری اپنی دُنیا کے باہر سے آئی تھی۔ سارے سنسار کے باہر سے اُس نے مجھے بُلایا۔ اور اُس اندھیری رات میں جو "جگہ ہے" کی آواز میرے کان میں پڑی تھی وہ تو میری زندگی کے گانے کا آخری بند ہو گئی ہے۔ اُس وقت میرا سن تھا تیئیس اور آج ہے ستائیس۔ اب تک اُمید کا دامن چھوڑ نہ سکا۔ مگر ماموں کو چھوڑ دیا ہے۔ ماں کا ایک ہی لڑکا ہوں۔ اس وجہ سے وہ مجھے نہ چھوڑ سکیں۔ کیا آپ

سمجھتے ہیں کہ میں شادی کی اُمید رکھتا ہوں۔ نہیں۔ ہرگز نہیں۔ میرے دل میں رہ گیا ہے۔ وہی اندھیری رات والا دلآویز شہر اور اُس کا اُمید دلاتا ہوا فقرہ "جگہ ہے۔" ضرور ہے۔ ورنہ میں کہاں جاؤں گا چنانچہ سال کے بعد سال گزرتا جاتا ہے۔ میں جہاں پر تھا وہیں پر ہوں۔ ملاقات ہوتی ہے۔ وہی آواز سنتا ہوں۔ جب کبھی موقعہ ملتا ہے تو اُس کا کچھ کام بھی کر دیتا ہوں۔ دل کہتا ہے بس جگہ تو مل گئی۔ اے نا آشنا تجھے پوری طرح اب تک پہچان نہ سکا۔ شاید کبھی پوری طرح پہچان بھی نہ سکوں گا۔ لیکن میری تقدیر اچھی ہے۔ میری جگہ تو مجھے مل گئی۔

(ختم)

بھارت کی قربانی

سُنتی ہوں آج کل اکثر بنگالی لڑکیوں کو اپنے لئے آپ ہی شوہر ڈھونڈھنا پڑتا ہے۔ ایک طرح میں نے بھی یہی کیا۔ لیکن اپنی کوشش سے نہیں۔ دیوتاؤں کی مدد سے۔ بچپن ہی سے میں نے برت نئے برت رکھنے اور شیوجی کی پوجا کرنی شروع کردی تھی۔

ابھی میں آٹھ برس کی بھی نہ ہوئی تھی کہ میری شادی ہوگئی۔ لیکن اگلے جنم کے گناہوں کی وجہ سے مجھے ایسا اچھا سوامی ملا بھی، پھر بھی پوری طرح نہ ملا۔ تری نینی دیوی (آنکھوں کی دیوی) نے میری دونوں آنکھیں لے لیں۔ اور زندگی کے آخر لمحہ تک اپنے سوامی کو دیکھتے رہنے کی سعادت مجھے نصیب نہ ہوسکی۔

بچپن ہی سے میری صبر آزما مصیبتوں کا آغاز ہوگیا۔ ابھی میں پوری چودہ برس کی بھی نہ ہونے پائی تھی کہ میرے ایک مرا ہوا بچہ پیدا ہوا۔ موت میرے سر پر منڈلائی۔ مگر جسے دُکھ سہنا ہو وہی مر جائے تو کارخانہ چلے کیسے۔ جو چراغ جلنے کے لئے روشن کیا جاتا ہے۔ اس میں تیل کم نہیں ہوتا۔ ساری رات جل کر بجھتا ہے۔ یہی اس کی نجات ہے۔ میں بچ تو گئی۔ لیکن جسم کی کمزوری یا دل کی کلفت یا کسی اور وجہ سے میری آنکھ میں کوئی مرض پیدا ہوگیا۔ میرے شوہر اُن دنوں ڈاکٹری پڑھ رہے تھے۔ نیا علم سیکھنے کے جوش میں جب کبھی اُن کو کسی کا علاج کرنے کا کوئی موقع مل جاتا تو وہ بہت خوش ہوتے۔ انھوں نے خود ہی میرا علاج شروع کردیا۔

بڑے بھیا کالج میں پڑھ رہے تھے اور اُسی سال بی۔ ایل کا امتحان دینے والے تھے انھوں نے ایک دن آکر میرے سوامی سے کہا "یہ کیا کر رہے ہو۔ کیا کُومُو کی آنکھوں کا ستیاناس کر ڈالو گے۔ کسی اچھے ڈاکٹر کو دکھاؤ۔" میرے سوامی نے جواب دیا "اچھا ڈاکٹر آکر کونسا نیا علاج کرلے گا۔ دوا تمیں تو

سب معلوم ہی ہیں!" بھیّا نے کسی قدر بگڑ کر کہا "پھر تو تم میں اور تمھارے کالج کے بڑے ڈاکٹر صاحب میں کوئی فرق نہیں!"

میرے سوامی نے کہا "تم قانون پڑھ رہے ہو۔ ڈاکٹری کیا سمجھو گے۔ تم جب شادی کرو گے اور تمھاری بی بی کی جائداد کے بارے میں کوئی مقدمہ پیش آئے گا تو کیا تم میری صلاح کے مطابق کام کرو گے؟"

میں دل ہی دل میں سوچ رہی تھی کہ لڑیں راجہ راجہ، پسے غریب پرجا۔ تکرار ہو رہی تھی میرے سوامی کے ساتھ بھیّا کی مگر چوٹ دونوں طرف سے لگ رہی تھی مجھی کو۔ میں نے دل میں سوچا کہ جب بھائیوں نے مجھے دوسرے کو دے دیا ہے تو میرے بارے میں بھیّا کی کوئی ذمہ داری باقی نہیں۔ وہ کیوں خواہ مخواہ اُلجھ رہے ہیں۔ میرا دُکھ سُکھ۔ میری بیماری اور تندرستی کا ذمہ تو میرے شوہر ہی کے سر ہے۔

اس دن سے میری آنکھ کے علاج کے سلسلے میں میرے شوہر اور بھیّا کے درمیان شکر رنجی ہو گئی میری آنکھ سے پانی تو ویسے ہی بہا کرتا تھا، اُس دن اس میں اور بھی زیادتی ہو گئی۔ اس کی اصل وجہ اس وقت نہ بھیّا سمجھے نہ میرے سوامی!

تیسرے پہر جب میرے سوامی کالج میں تھے بھیّا ایک ڈاکٹر کو ساتھ لے کر آ موجود ہوئے۔ ڈاکٹر نے دیکھ کر کہا کہ اگر احتیاط نہ برتی گئی تو مرض کے بہت خطرناک ہو جانے کا اندیشہ ہے۔ پھر جو دوائیں انھوں نے لکھیں فوراً بھیّا نے منگوا بھیجیں۔

ڈاکٹر کے چلے جانے کے بعد میں نے بھیّا سے کہا "بھیّا میں آپ کے پاؤں پڑتی ہوں۔ میرا جو علاج ہو رہا ہے اس میں کسی طرح کا آپ دخل نہ دیجیے۔"

بچپنے سے ہی میں بھیّا سے بہت ڈرا کرتی تھی۔ ان کے سامنے اس طرح زبان کھول کر باتیں کرنے پر خود مجھے بڑا تعجب ہو رہا تھا۔ لیکن یہ میں نے خوب سمجھ لیا تھا کہ میرے شوہر سے چھپا کر بھیّا میرا جو علاج کرانا چاہتے تھے اس میں میرے لیے بُرائی کے سوا بھلائی نہیں۔ بھیّا بھی شاید میری اس جسارت سے کسی قدر متحیر ہوئے۔ تھوڑی دیر خاموش بیٹھے رہے۔ پھر کہا "اچھا اب میں ڈاکٹر نہ لاؤں گا مگر جو دوا آئے گی اُسے ہدایت کے مطابق استعمال کرتی رہنا۔" دوا آنے پر مجھے اس کے استعمال کا طریقہ بتا کر بھیّا

چلے گئے۔ تبل اس کے کہ میرے سوامی کالج سے لوٹیں میں نے دوا کی سب ڈبیاں شیشیاں مع نسخے کے بڑی خوش اسلوبی کے ساتھ اگمنائی کے کنوئیں میں ڈال دیں۔

میرے سوامی اب گویا بھیّا کی ضد پر اور بھی انہاک کے ساتھ میرا علاج کرنے لگے۔ صبح شام دوائیں بدلی جانے لگیں۔ میں نے آنکھوں پر پٹی باندھی چشمہ بھی لگایا۔ قطرہ قطرہ دوائیں بھی ڈالیں مچھلی کا بدبودار تیل بھی پیا۔ جب بدبو سے آنتیں باہر نکل آنے لگتیں تو میں ضبط کیے رہتی۔ جب وہ پوچھتے "کہو اب کیسا معلوم ہوتا ہے" تو میں کہتی "پہلے سے تو اچھی ہی ہوں۔ میں یہ محسوس کرنے کی کوشش بھی کرتی رہتی کہ مرض اچھا ہو رہا ہے۔ جب آنکھوں سے پانی زیادہ جاری ہوتا تو سوچتی پانی کا نکل جانا ہی بہتر ہے۔ پھر جب پانی بہنا بند ہو جاتا تو سمجھتی کہ یہ مرض دور ہونے کی پہچان ہے۔

لیکن کچھ دن بعد برداشت سے زیادہ تکلیف ہونے لگی۔ میں دھندلا دیکھنے لگی۔ سر کے درد نے مجھے بے قرار کر دیا۔ میں نے دیکھا کہ میرے سوامی بھی کچھ کھلا سے گئے ہیں۔ اتنے دن بعد کس بہانے سے دوسرے ڈاکٹر کو لائیں۔ یہ ان کی سمجھ میں نہیں آ رہا تھا۔

میں نے ان سے کہا "بھیّا کی دلجوئی کے لئے ایک دفعہ کسی ڈاکٹر کے بلانے میں کیا ہرج ہے وہ خواہ مخواہ ناراض ہو رہے ہیں۔ اس سے میرا بھی دل دکھتا ہے۔ علاج تو تم ہی کروگے۔ ایک ڈاکٹر برائے نام رہے گا۔"

میرے سوامی نے کہا "ٹھیک تو کہہ رہی ہو" یہ کہہ کر اسی دن ایک انگریز ڈاکٹر کو لے آئے۔ ڈاکٹر نے نہ معلوم کیا کیا کہا۔ اندازہ سے اتنا پتہ چلا کہ صاحب نے میرے سوامی کو تھوڑی سی ملامت کی۔ وہ سر نیچا کئے لاجواب کھڑے رہے۔

ڈاکٹر کے چلے جانے کے بعد میں نے اپنے شوہر کا ہاتھ پکڑ کر کہا "کہاں سے تم گنوار گورے ڈاکٹر کو پکڑ لائے۔ کسی دیسی ڈاکٹر کو لاتے تو اچھا ہوتا۔ میری آنکھ کا مرض وہ کیا تم سے بہتر سمجھ سکتا ہے؟"

میرے سوامی نے کسی قدر تذبذب کے بعد کہا "آنکھ میں نشتر لگانا پڑے گا" میں نے غصّہ کی صورت بنا کر کہا "نشتر لگانا ہوگا۔ یہ تو تم جانتے ہی تھے۔ مگر تم نے اس بات کو برابر مجھ سے چھپا کیوں

رکھا تھا۔ کیا تم سمجھتے ہو میں نشتر سے ڈرتی ہوں!"

میں نے مذاقاً کہا "مرد صرف اپنی بی بی کے سامنے بہادر ہوتے ہیں۔"

میرے سوامی نے سنجیدہ ہو کر فوراً جواب دیا "تم ٹھیک کہتی ہو۔ مردوں میں صرف گھمنڈ ہی گھمنڈ ہے۔" میں نے اُن کی سنجیدگی کو دفع کرنے کے لئے کہا "گھمنڈ میں تم لوگ عورتوں کا مقابلہ نہیں کر سکتے اس میں بھی ہماری ہی جیت ہے۔"

اتنے میں بھیا آ گئے۔ میں نے اُنھیں الگ لے جا کر کہا "آپ کے ڈاکٹر کی ہدایت کے موافق دوا کے استعمال سے میری آنکھ اچھی ہو چلی تھی۔ ایک دن غلطی سے پینے کی دوا آنکھ میں لگائی۔ اس وجہ سے آنکھ کی حالت بہت خراب ہو گئی۔ میرے سوامی کہتے ہیں آنکھ میں نشتر لگانا پڑے گا۔"

بھیا نے کہا "میرا خیال تھا کہ تمہارے سوامی ہی کا علاج ہو رہا ہے۔ اس لئے غصہ سے میں اتنے دن نہیں آیا۔"

میں نے کہا "نہیں میں چھپا کر آپ ہی کے ڈاکٹر کی ہدایت کی پابندی کر رہی تھی۔ اپنے سوامی کی ناراضگی کے خوف سے میں نے اُن سے کچھ نہیں کہا۔"

عورت کو جنم لینے سے ہی کتنے جھوٹ بولنے پڑتے ہیں۔ میں نہ تو بھیا کا دل دکھا سکتی تھی اور نہ اپنے شوہر کی خوش نامی پر حرف آنے دے سکتی تھی۔ ماں ہو کر گود کے بچے کو بہلانا پڑتا ہے۔ بی بی ہو کر بچے کے باپ کو بہلانا پڑتا ہے۔ عورتوں کو کتنی مکاری کی ضرورت پڑتی ہے۔

میری اس دھوکہ بازی سے اتنا فائدہ تو ضرور ہوا کہ اندھی ہونے سے پہلے اپنے سوامی اور بھائی میں میل ملاپ دیکھ سکی۔ بھیا نے سمجھا کہ چھپا کر علاج کرنے کی وجہ سے یہ مصیبت آن پڑی۔ میرے شوہر نے سوچا شروع سے اگر بھیا کی رائے لیتے تو اچھا ہوتا۔ یہی خیال کر کے دونوں منفعل اور دل ہی دل میں معافی کے طالب ہو کر ایک دوسرے سے آملے۔ میرے شوہر بھیا سے صلاح لینے لگے۔ بھیا بھی میرے شوہر کی رائے کو ٹھیک سمجھنے لگے۔

آخرش ان دونوں کے مشورے سے ایک دن ایک انگریز ڈاکٹر نے آکر میری بائیں آنکھ میں نشتر لگایا۔ آنکھ کمزور ہو ہی چکی تھی اس صدمہ کو برداشت نہ کر سکی۔ اس کی خفیف سی روشنی بھی جاتی رہی۔ اس کے بعد رفتہ رفتہ دوسری آنکھ پر تاریکی چھا گئی۔ عنفوانِ شباب میں جو چندن لگی ہوئی مورت رونمائی کے

دن مجھے پہلے دکھائی دی تھی۔ اس پر ہمیشہ کے لئے پردہ پڑ گیا۔

ایک دن میرے شوہر نے میرے پلنگ کے پاس آ کر کہا "آیندہ میں جھوٹا گھمنڈ نہ کروں گا۔ تمھاری آنکھوں کو میں نے ہی برباد کر دیا ہے۔"

آواز سے معلوم ہوتا تھا کہ اُن کی آنکھوں میں آنسو بھر آئے ہیں۔ میں نے اُن کے داہنے ہاتھ کو اپنے دونوں ہاتھوں میں دبا کر کہا "اچھا ہی کیا ہے۔ تمھاری چیز تھی لے لی۔ سوچو۔ اگر کسی دوسرے ڈاکٹر کے ہاتھ سے میری آنکھیں خراب ہو جاتیں تو کیا مجھے اطمینان ہوتا۔ تقدیر جب اٹل ہے تو میری آنکھوں کو کوئی بھی نہ بچا سکتا۔ مجھے اپنی بے بصری میں بھی اس خیال سے تسکین ہے کہ وہ آنکھیں تمھارے ہاتھ سے ضائع ہوئی ہیں۔ جب پوجا کرتے وقت پھول کم پڑ گئے تو رامچندر جی اپنی دونوں آنکھیں نکال کر انھیں دیوتا کی خدمت میں نذر پیش کرنے گئے تھے۔ میں نے اپنے دیوتا کو اپنی بصارت نذر دی ہے۔ میری شب ماہ کی چاندنی۔ میری صبح کی روشنی۔ میرے آسمان کا نیلا پن۔ میری دنیا کی سرسبزی۔ سب میں نے تمھیں پیش کر دی ہے۔ جو چیز تمھیں بھلی لگے مجھ سے کہنا میں اُسے تمھاری آنکھوں کی دیکھی ہوئی نعمت سمجھ کر قبول کر لوں گی۔"

میں اتنی باتیں نہ کر سکتی تھی۔ اس طرح بولا بھی نہیں جا سکتا۔ ان سب باتوں کو میں نے پہلے سے سوچ رکھا تھا۔ کبھی کبھی جب افسردگی مجھے آگھیرتی اور ثابت قدمی میں لغزش ہونے لگتی اور ایسا معلوم ہونے لگتا کہ میں بدنصیب ہوں۔ دکھی ہوں اور مجھے معطل کر دیا گیا ہے تو میں اپنے دل سے یہی باتیں کر لیا کرتی تھی شانتی اور بھگتی کا سہارا لے کر میں اپنے دکھ سے زیادہ اپنے کو اعلیٰ وارفع سمجھنے کی کوشش کرتی۔ اس دن کچھ تو باتوں کے ذریعہ اور کچھ خاموشی سے شاید میں اُن کو اپنے دل کی بات سمجھا سکی تھی۔ انھوں نے کہا "اپنی حماقت سے تمھارا جو نقصان میں نے کیا ہے اس کی تلافی کسی طرح نہیں کر سکتا۔ لیکن جہاں تک ممکن ہوگا میں ہر وقت تمھارے ساتھ رہوں گا اور بے بصری کی تکلیف تمھیں محسوس نہ کرنے دوں گا۔"

میں نے کہا "یہ بھی کوئی بات ہے بھلا۔ اپنا کام کاج چھوڑ کر اپنے مکان کو اندھوں کا اسپتال بنائیے گے۔ یہ میں ہونے نہ دوں گی۔ تمھیں ایک اور شادی کرنا ہی پڑے گی۔"

کسی وجہ سے اُن کو شادی کی اشد ضرورت تھی اُسے اچھی طرح سمجھا کر کہنا چاہتی تھی کہ میرا گلا رُندھ سنے لگا۔ تھوڑا سا کھانس کر اور اپنے تئیں سنبھال کر کچھ کہنے کو ہی تھی اتنے میں وہ جوش میں آکر یوں اُٹھے "میں نالائق ہوں۔ ضدی ہٹی ہوں۔ جو بھی ہوں لیکن میں حیوان نہیں ہوں۔ اپنے ہاتھ سے تمہیں اندھا کر دینے کے بعد اسی اندھے پن کی وجہ سے تم کو چھوڑ کر دوسری شادی کر لوں تو میں اپنے گرو دیو گوپی ناتھ کی قسم کھا کر کہتا ہوں کہ میں سمجھوں گا کہ میں نے برہمن کا قتل کیا یا اپنے باپ کو قتل کیا۔"

اتنی بڑی قسم میں ان کو کھانے نہ دیتی۔ ضرور ان کو روک دیتی۔ لیکن دقت یہ پیش آئی کہ میرے آنسو میرے سینے پر سے بہہ کر میری آنکھوں کو دھندلا کرنا اور گلے کو گھونٹنا چاہ رہے تھے۔ اُن کے روکنے کی کوشش میں میرے لئے زبان ہلانا مشکل ہو گیا۔

جو کچھ وہ کہہ گئے اُسے سن کر خوشی کے مارے اپنے منہ میں چھپا کر رونے لگی میں اندھی ہوں۔ پھر بھی وہ مجھے نہ چھوڑیں گے۔ دکھی کے دکھ کی طرح وہ مجھے اپنے سینے سے لگتے رہیں گے۔ میری قسمت اتنی چمکے گی۔ اس کی مجھے امید نہ تھی۔ لیکن انسان کا دل تو خود غرض ہوا کرتا ہے۔

آخر میرے آنسو کی پہلی بوچھار ختم ہو جانے کے بعد میں نے اُن کے سر کو اپنے آغوش میں لے کر کہا "اس قدر خطرناک قسم تم نے کیوں کھائی۔ میں نے تم کو دوسری شادی کرنے کو اس لئے نہیں کہا تھا کہ تم کو عیش و نشاط حاصل ہو بلکہ سوتن کے ہاتھ سے میں اپنی غرض پوری کرنا چاہتی تھی۔ اندھی ہونے کی وجہ سے تمہارا جو کام میں خود نہیں کر سکتی اس سے کرا لیتی۔ یہ تھا میرا مطلب۔"

میرے شوہر نے کہا "کام تو خادمہ بھی کرتی ہے۔ کیا میں کام کے خاطر ایک خادمہ سے شادی کر کے اُسے اپنی دیوی کے ساتھ ایک ہی مسند پر بٹھا سکتا ہوں؟" اتنا کہہ کر انھوں نے میرے منھ کو اپنے دونوں ہاتھ میں لے کر اس کا بوسہ لیا۔ اس پاک اور بے لوث بوسے نے گویا میری تیسری آنکھ کھول دی اور دفعتہً اس نے جیسے مجھے دیوی کے آسن پر بٹھا دیا۔ میں نے دل ہی دل میں کہا "یہی ٹھیک ہے۔ جب میں اندھی ہو گئی ہوں مجھ سے خانہ داری کرتے نہ بن پڑے گا۔ میں گھر بار سے پرے رہ کر اپنے سوامی کی بہی خواہی کرتی رہوں گی۔ بس اب جھوٹ۔ دھوکا بازی یعنی یہ گھر والی کو کبھی کبھار جس عیاری اور جھوٹے سے

کام لینا پڑتا ہے وہ سب میرے پاس سے دُور ہو گئے۔

اس دن اپنے دل کے ساتھ دن بھر میری ایک کشمکش جاری رہی۔ اتنی بڑی قسم کھانے کے بعد میرے شوہر دوسری شادی کسی طرح بھی نہ کرسکیں گے اس بات کی خوشی گویا میرے دل میں بیٹھ گئی تھی کسی طرح بھی اپنے دل سے اُسے نکال نہ سکی۔ میرے اندر جس نئی دیبی کا ظہور ہوا ہے اس نے کہا ممکن ہے ایسا دن آئے جب کہ اس قسم کی پابندی کرنے کی بجائے دوسری شادی کرنے میں ہی تمھارے شوہر کی بہتری ہو۔ مگر میرے اندر جو پرانا جذبۂ نسوانی تھا اس نے کہا جو بھی ہو۔ وہ حلف اٹھا چکے ہیں تو پھر شادی نہیں کرسکتے۔ دیبی نے کہا۔ ہاں یہ تو ہے۔ مگر اس میں تمھارے لئے کوئی مسّرت کی بات نہیں ہے۔ بشریت نے کہا یہ تو میں سمجھتی ہوں لیکن جب وہ حلف اٹھا چکے وغیرہ وغیرہ۔ بار بار ایک ہی بات کہنے لگی۔ پھر تو دیبی نے کوئی جواب نہ دے کر تیوری چڑھالی۔ اور ایک دہشت ناک اندیشہ کے ہجوم سے میرے قلب پر تاریکی چھا گئی۔

میرے منفعل خاوند نوکروں اور خادمہ وغیرہ کو منع کرکے خود ہی میرا سب کام کرنے پر مستعد ہو گئے اس طرح مجبور ہوکر ذرا ذرا سی بات کے لئے اپنے شوہر کا دست نگر ہونا پہلے پہلے اچھا ہی لگتا۔ وجہ اس کی یہ تھی کہ اسی بہانے سے ہر وقت اُن کو اپنے پاس پایا کرتی۔ آنکھوں سے انھیں دیکھ نہ پاتی۔ اس لئے اُن کو ہر وقت اپنے پاس رکھنے کا شوق بہت بڑھ گیا۔ پتی کے سُکھ سے میری آنکھیں جو لُطف اُٹھایا کرتی تھیں اس کو باقی قوائے مُدرکہ آپس میں بانٹ کر اپنا اپنا حصّہ بڑھانے کی کوشش کرنے لگے اب میری یہ حالت ہوگئی کہ اگر میرے خاوند باہر کسی کام میں دیر تک لگے رہتے تو مجھے ایسا معلوم ہوتا کہ میں خلا میں بس رہی ہوں اور کسی چیز کو پکڑ نہیں سکتی۔ گویا میں سب کچھ کھو بیٹھی۔ اس سے پہلے جب کبھی میرے شوہر کو کالج سے واپس آنے میں دیر ہو جایا کرتی تو میں راستے کے قریب والی کھڑکی کو تھوڑا سا کھول کر ان کی راہ تکتی رہتی۔ جس دنیا میں وہ چلتے پھرتے اُسے میں آنکھوں کے ذریعہ اپنے ساتھ جکڑے رہتی۔ اب چونکہ میری آنکھیں جاتی رہی ہیں میرا سارا جسم ان کو ڈھونڈھتا رہتا ہے۔ اُن کی دنیا اور میری دنیا کے درمیان جو پُل تھا وہ آج منہدم ہو گیا ہے۔ اب تو میرے اور اُن کے بیچ میں

بے بصری کی ایک ناقابلِ عبور خلیج حائل ہو گئی ہے۔ میرے لئے سوائے اس کے کوئی چارہ نہیں رہا کہ اُن کا اس پار سے اس پار آنے کا بے چینی کے ساتھ انتظار کروں۔ اس لئے آج کل جب کبھی وہ مجھے چھوڑ کر کہیں جاتے ہیں تو میرا سارا وجود آنکھیں بن کر انھیں ڈھونڈھنے لگتا ہے اور نالہ و فریاد کرتا ہے۔

لیکن اتنا ارمان اور اتنا بھروسہ اچھی بات نہیں۔ یوں تو شوہر پر بی بی کا بار ہی کچھ کم بوجھ نہیں۔ اس پر میں اپنی بے بصری کا اتنا بھاری بوجھ نہیں ڈال سکتی۔ میں اپنی ابدی نابینائی کو خود ہی برداشت کروں گی۔ میں صدق دل سے عہد کرتی ہوں کہ اپنی اس دائمی بے بصری کے ذریعے اپنے خاوند کو اپنے ساتھ باندھ کر نہ رکھوں گی۔

تھوڑے ہی دنوں میں صرف سونگھ کر، سُن کر اور چھو کر میں اپنے اُن کاموں کو آسانی سے کرنے لگی جن کو برابر کرتی آتی تھی۔ بلکہ کسی کسی کام کو پہلے سے زیادہ سُبک دستی کے ساتھ کرنے لگی۔ ایسا معلوم ہونے لگا کہ قوتِ باصرہ ہمارے کام میں جتنی مدد کرتی ہے اس سے کہیں زیادہ اُلجھن میں ڈال دیتی ہے جس قدر دیکھنے سے کام اچھی طرح چل سکتا ہے آنکھ اس سے زیادہ دیکھتی ہے۔ آنکھ جب پہرے کا کام کرتی ہے تو کان آلکس کرنے لگتا ہے۔ جس قدر اُسے سُننا چاہیئے اُس سے کم سننے لگتا ہے تیز آنکھ کے نہ ہونے سے میرے باقی حواس بڑی سہولت کے ساتھ پوری طرح اپنا اپنا کام انجام دینے لگے۔

اب میں اپنے شوہر کو کوئی کام کرنے نہ دیتی اور ان کا سب کام خود ہی کرنے لگی۔ میرے خاوند نے کہا "تم مجھے اپنے گناہوں کا کفارہ دینے سے بھی روک رہی ہو۔" میں نے کہا "تمھارا کفارہ کس بات کا میں نہیں جانتی۔ لیکن میں اپنے گناہوں کا بوجھ کیوں بڑھاؤں؟"

چاہے جو بھی کہئے۔ جب میں نے اپنے خاوند کو رہائی دے دی تو ان کے دم میں دم آیا۔ اندھی بی بی کی خدمت کو اپنی زندگی کا مقصد قرار دینا مردوں کا کام نہیں۔

میرے شوہر ڈاکٹری پاس کر کے مجھے اپنے ساتھ دیہات لے گئے۔ دیہات میں آکر معلوم ہوا گویا میں اپنی ماں کے گود میں لوٹ آئی۔ آٹھ برس کے سِن میں دیہات چھوڑ کر میں شہر میں آئی تھی۔ اس دس برس کے عرصے میں میری جنم بھومی میری نظروں میں دھندلی سی معلوم ہونے لگی۔ جب تک آنکھیں تھیں کلکتہ کے شہر نے میرے

سارے پچھلے واقعات پر چاروں طرف سے پردہ ڈال رکھا تھا۔ جب آنکھیں جاتی رہیں تو پتہ چلا کہ کلکتہ صرف آنکھوں کو بھلا لگتا ہے۔ اس سے دل نہیں بھرتا۔ بصارت کے مفقود ہوتے ہی میرے بچپن کا دیہات میرے دل کے اندر اسی طرح روشن ہو گیا جیسے سرِ شام آسمان پر ستارے چمکتے ہیں۔

اگھن مہینے کے آخر میں ہم لوگ ہاشم پور آئے۔ نیا دیس۔ نہ معلوم دیکھنے میں کیسا تھا لیکن میرے بچپن کی جانی پہچانی خوشبو اور اسی زمانے کے تاثرات نے میرے سارے جسم کو چاروں طرف سے جکڑ لیا حال کے جوتے ہوئے اور اوس میں بھیگے ہوئے کھیتوں پر سے ہوا کا چلنا۔ ادھر کی سنہری بالیوں کی اور ہر طرف لہراتے ہوئے سرسوں کے پودوں کی میٹھی میٹھی باس۔ وہی چرواہوں کا گانا۔ یہاں تک کہ وہی ٹوٹے ہوئے رستے پر بیل گاڑی کے چلنے کی آواز۔ ان ساری چیزوں سے میری باچھیں کھل گئیں۔ میری ابتدائی زندگی کی گزری ہوئی باتوں نے اپنی غیر معین آواز اور بوباس سے مجھے اس طرح گھیر لیا کہ گویا وہ باتیں اب بھی ہو رہی ہیں۔ میری اندھی آنکھیں میرے اور اُن کے بیچ دیوار نہ بن سکیں۔ میں اپنے بچپنے کے زمانے میں لوٹ گئی۔ وہاں صرف اپنی ماں کو نہیں پایا۔ ہاں دل کی آنکھوں سے دیکھا کہ نانی اماں اپنے سر کے قلیل المقدار بالوں کو کھول کر دھوپ کی طرف پیٹھ کئے ہوئی انگنائی میں بیٹھ کر بیسن کی ٹکیہ بنا بنا کر پھیلا رہی ہیں۔ مگر وہ جو اپنی نحیف کانپتی ہوئی سُر میں ہمارے دیہات کے سادھو بھجن داس کی کیرتن گنگنایا کرتی تھیں وہ آواز سننے میں نہ آئی۔ شبنم سے نہاتے ہوئے جاڑے کے آسمان کے نیچے وہی نئے دھان کا جشن جاگ اٹھا۔ لیکن اس نئے دھان کے کوٹتے وقت ڈھینکی کے آس پاس میرے دیہات کی چھوٹی چھوٹی سہیلیوں کا ہجوم کدھر گیا۔ سرِ شام جب کہیں قریب گائے بیلوں کی بولی سنائی دیتی تو یاد آجاتا کہ میری ماں چراغ ہاتھ میں لئے گئو شالہ میں روشنی دکھانے کو جا رہی ہیں۔ ساتھ ہی بھیگی ہوئی سانی کی اور پیال جلانے کی دھوئیں کی مہک دل میں سما جاتی ہے۔ پھر تالاب کے اُس پار ودّیا النکار کے ٹھاکر دوارہ سے گھنٹہ بجانے کی آواز سنائی دینے لگتی ہے۔ ایسا معلوم ہونے لگا کہ گویا کسی نے میرے بچپن کے آٹھ سال کی ساری چیزوں کے اصل مادّے کو چھان کر صرف اُس کا رس اور خوشبو کو ہر طرف سے میرے چاروں طرف بکھیر دیا۔

پھر مجھے بچپنے کا عہد اور شیو جی کے پوجا کے لئے صبح کو پھول چننے کی بات بھی یاد آ گئی۔ یہ ماننا ہی پڑے گا کہ کلکتے کی بات چیت۔ بحث مباحثہ۔ آمد و رفت اور بھیڑ بھاڑ سے انسان کی عقل میں کچھ فتور آ ہی جاتا ہے۔ دھرم ریت میں، یا بھگتی اور عقیدت میں وہ سادگی وہ خلوص باقی نہیں رہتا۔ مجھے وہ دن یاد آتا ہے جس دن میں اندھی ہو گئی تو کلکتہ میں میرے ہی دیہات کی ایک سکھی نے مجھ سے آکر کہا تھا "کومو تمھیں غصّہ نہیں آتا۔ میں ہوتی تو ایسے شوہر کا منھ نہ دیکھتی"۔ میں نے کہا تھا "منھ دیکھنا تو آپ ہی بند ہو گیا ہے جس کے لئے مجھے اپنی بدنصیب آنکھوں پر غصّہ آتا ہے۔ لیکن اپنے شوہر پر کیوں بگڑنے لگی"۔ وقت پر ڈاکٹر نہ بلانے کی وجہ سے لابنّا میرے سوامی سے بہت برہم ہو گئی تھی اور مجھے بھی غصّہ دلانے کی کوشش کرنے لگی تھی۔ میں نے اُسے سمجھایا کہ دنیا داری کرنے میں جان بوجھ کر یا بے سمجھے۔ بالارادہ یا بلاارادہ غلطی سے یا غلط فہمی سے کبھی شکھ، کبھی دُکھ ہو ہی جاتا ہے۔ لیکن اپنے دل میں اگر خلوص قائم رہے تو تکلیف میں بھی امن و چین رہتا ہے۔ ورنہ ہر وقت جھگڑا لڑائی نا اتفاقی میں دن گزرتے ہیں۔ اندھی ہو گئی ہوں یہی دُکھ کیا کم ہے۔ اس پر شوہر سے بیر رکھ کر دُکھ کا بوجھ کیوں بڑھاؤں"۔ میری جیسی لڑکی کی زبان سے پرانے ڈھنگ کی باتیں سُن کر لابنّا کو غصّہ آ گیا اور حقارت کے ساتھ سر ہلا کر چلی گئی۔ لیکن کچھ ہی کہوں۔ باتوں میں زہر ملا رہتا ہے۔ وہ بالکل رائگاں نہیں جاتیں۔ لابنّا کی زبان سے جو غصّہ کی باتیں نکلی تھیں وہ اپنی دو ایک چنگاریاں میرے دل میں بھی ڈال گئی تھیں۔ اُن چنگاریوں کو میں نے اپنے پیروں سے روند کر بجھا دیا تھا۔ پھر بھی دو ایک داغ رہ ہی گئے۔ جب ہی تو میں نے کہا کہ کلکتہ میں بہت بحث بہت تکرار اور بہت باتیں ہوا کرتی ہیں۔ وہاں انسان کی عقل دیکھتے ہی دیکھتے قبل از وقت پختہ ہو جانے کی وجہ سے زندگی دُوبھر ہو جاتی ہے۔

دیہات میں آکر شیو پوجا کے ٹھنڈے پھولوں کی خوشبو سے میری ساری امیدیں اور عقیدت بچپن ہی کی طرح ہری ہو گئیں۔ دیوتا سے میرا دل، میرا گھر بار مملو ہو گیا۔ میں نے عقیدت سے سر جھکایا اور دیوتا کو مخاطب کر کے کہا "اے میرے دیوتا۔ میری آنکھیں گئیں تو کیا بگڑا۔ تم تو میرے ہو"

ہائے یہ میں نے غلط کہا کہ "تم میرے ہو"۔ یہ بھی گستاخی کی بات ہے۔ مجھے کہنا چاہئے تھا کہ "میں

تمھاری ہوں"۔ بس اسی قدر کہنے کا مجھے حق ہے۔ ہاں! ایک دن میرے دیوتا میرا گلا دبوچ کر یہی بات مجھ سے کہلالیں گے۔ اگر دنیا میں میرا کچھ بھی نہ رہے پھر بھی مجھے رہنا ہی پڑے گا۔ کسی پر اپنا زور نہیں ہے صرف اپنے ہی پر ہے۔

کچھ دن بڑے آرام سے گزرے۔ ڈاکٹری میں میرے شوہر کی شہرت ہونے لگی۔ کچھ روپیہ بھی جمع ہوگیا۔ لیکن روپیہ اچھی چیز نہیں ہے۔ اس سے میرا دل مرجھا جاتا ہے۔ دل کا جب راج ہوتا ہے تو وہ اپنی خوشی آپ ہی پیدا کرلیتا ہے۔ لیکن جب دولت سمیٹنے کا جذبہ پیدا ہوجاتا ہے تو دل کا کوئی کام باقی نہیں رہتا۔ پہلے جس جگہ دل لگی خوشی ہر طرف پھیلی رہتی تھی اب وہ جگہ ساز و سامان سے بھری تھی۔ یعنی اب گھر میں خوشی کے بدلے صرف مال و اسباب ہی پایا جاتا ہے۔

کسی خاص بات یا کسی خاص واقعہ کا تو میں ذکر نہیں کرسکتی۔ لیکن شاید اس لئے کہ اندھوں کو تمیز طبعی طور پر کچھ زیادہ ہوا کرتی ہے یا کسی اور وجہ سے میں صاف سمجھنے لگی کہ دن پھرنے پر میرے شوہر کے اندر کچھ تغیر پیدا ہوگیا تھا۔ اوائل زندگی میں جائز ناجائز دھرم ادھرم کے بارے میں میرے شوہر کے جو جذبات تھے وہ دن بدن بے حس ہوتے جا رہے تھے۔ مجھے یاد ہے ایک دفعہ انھوں نے کہا تھا "ڈاکٹری صرف اپنا پیٹ پالنے کے لئے میں نہیں سیکھ رہا ہوں اس سے بہت سے غریبوں کی خدمت کرسکوں گا۔" جو ڈاکٹر کسی بے ہوش و نادار مریض کے مکان پر جا کر اپنی فیس لینے سے قبل اس کی نبض تک نہیں دیکھتے ان کا ذکر کرتے وقت وہ نفرت کا اظہار کرتے تھے۔ میں دیکھ رہی تھی کہ اب وہ دن نہیں رہے اپنے اکلوتے لڑکے کی جان بچانے کے لئے ایک غریب عورت نے اُن کے پاؤں پر سر رکھ دیا مگر وہ اُس کی طرف متوجہ نہ ہوئے۔ آخر ش میں نے سر کی قسم دے کر اُن کو اس کا علاج کرنے پر راضی کیا۔ مگر انھوں نے زیادہ توجہ نہ کی۔ جب اُن کی آمدنی کم تھی اس زمانہ میں ناجائز آمدنی کے بارے میں اُن کی کیا رائے تھی۔ وہ مجھے یاد ہے۔ لیکن اب جب کہ بینک میں بہت سا روپیہ موجود تھا۔ ایک دن ایک رئیس کا ملازم اُن کے پاس آ کر دو دن تک تخلیہ میں باتیں کرگیا۔ اس نے کیا کہا تھا میں کچھ نہیں جانتی۔ لیکن جب اس کے بعد میرے شوہر اندر آئے اور بڑی خوشی خوشی مجھ سے اِدھر اُدھر کی باتیں کرنے لگے تو اپنی اندرونی حس کے ذریعہ سے

میں سمجھ گئی کہ ہو نہ ہو آج وہ کوئی کلنک لگا آئے ہیں۔

اندھی ہونے سے پہلے میں نے جنھیں آخری مرتبہ دیکھا تھا، میرے وہ شوہر کہاں گئے۔ جنھوں نے ایک دن میری دونوں اندھی آنکھوں کے درمیان بوسہ لے کر مجھے دیبی کی مسند پر بٹھایا تھا، میں ان کے کس کام آسکی۔ شدید جذبات کو حالات کی آندھی کبھی کبھی اُڑا لے جاتی ہے۔ مگر دوبارہ پھر وہ اچانک رُونما بھی ہوجاتے ہیں لیکن جذبات کا اس طرح دن بدن لمحہ بہ لمحہ اندر ہی اندر سرد ہوتے جانا۔ ظاہر میں بڑھتے جانا مگر اندر ہی اندر بتدریج ان کا گھٹتے جانا۔ میری سمجھ میں نہ آتا تھا کہ آخر میں اس کو کس طرح روکوں۔ کوئی راہ سجھائی نہیں دیتی۔

اپنے شوہر کو آنکھوں سے نہ دیکھنے کی وجہ سے ان کے اور میرے درمیان جو تفرقہ پیدا ہوگیا تھا وہ کوئی بڑی بات نہ تھی۔ لیکن کلیجہ منھ کو آتا ہے جب یہ سوچتی ہوں کہ میں جہاں ہوں وہ وہاں نہیں ہیں۔ میں اندھی ہوں۔ روشنی سے محروم ہوں۔ لیکن اپنے من کی دنیا میں اپنے عنفوان عمر کی سدا بہار محبت۔ بے لوث احترام غیر منقطع عقیدت لئے بیٹھی ہوں۔ زندگی کے شروع میں جس پھول کو میں نے اپنے ننھے ہاتھوں سے مندر میں اپنے دیوتا کی نذر چڑھایا تھا اس پھول کی اوس بھی اب تک سوکھی نہیں ہے۔ اور میرے شوہر اس دلکش اور انمٹی تازگی کے دیش کو ترک کر کے دولت کے سراب کے اندر نہ معلوم کہاں چھپتے چلے جارہے ہیں۔ میرا جس پر عقیدہ ہے۔ جسے میں اپنا دھرم سمجھتی ہوں۔ اپنے آرام و مال و متاع سے جن کو اعلیٰ و ارفع جانتی ہوں وہ بہت دور سے میری اس روش کی ہنسی اڑا رہے ہیں۔ لیکن ایک ایسا دن بھی تھا جب یہ تفرقہ نہ تھا، ہم دونوں نے ایک ہی راہ پر اپنے سفر کی ابتدا کی تھی۔ کس وقت سے ہم علیحدہ علیحدہ چلنے لگے اس کا انھیں پتہ نہ چلا ہو تو مجھے پتہ نہ چلا۔ آخر ایک دن ایسا آیا کہ میں انھیں پکارتی ہوں تو وہ سنتے نہیں میری آواز ان کے کانوں تک پہنچتی نہیں۔ کبھی کبھار میں سوچتی کہ شاید اندھی ہونے کی وجہ سے میں چھوٹی چھوٹی باتوں کی گرفت کرتی ہوں۔ آنکھیں ہوتیں تو میں اپنے گھر بار کو ٹھیک گھر بار کی طرح پہچان سکتیں۔

میرے شوہر نے بھی مجھے ایک دن یہی سمجھایا تھا۔ اس دن صبح کو ایک بڑھا مسلمان اپنی نواسی کے علاج کے لئے ان کو بلانے آیا تھا۔ بچی کو ہیضہ ہوگیا تھا، میں نے اسے کہتے سنا میاں میں غریب ہوں

لیکن اللہ تمھارا بھلا کرے گا۔" میرے شوہر نے کہا "اللہ جو کرے گا صرف اسی سے میرا کام نہیں چلے گا۔ پہلے بتاؤ تم کیا کرو گے؟" سنتے ہی میں نے سوچا بھگوان نے مجھے اندھا بنا دیا بہرا کیوں نہیں بنایا۔ بوڑھے نے ایک لمبی سانس کھینچ کر کہا "یا اللہ" اور وہاں سے چلا گیا۔ میں نے فوراً خادمہ کو بھیج کر بڈھے کو پچھلے دروازے پر بلا بھیجا اور اس سے کہا "بابا تمھاری نواسی کے علاج کے لئے تمھیں کچھ دے رہی ہوں۔ تم میرے سوامی کو دعا دیتے ہوئے محلے کے ہریش ڈاکٹر کو بلا لے جاؤ۔"

لیکن دن بھر میرے حلق سے کھانا نہ اترا تیسرے پہر کی نیند سے بیدار ہو کر میرے خاوند نے پوچھا "تم کچھ مغموم سی معلوم ہو رہی ہو۔ اس کی کیا وجہ ہے؟" پہلے کی عادت کے مطابق ایک جواب میری زبان پر آگیا تھا۔ یعنی "کچھ بھی نہیں ہوا۔" لیکن مکاری کے دن جا چکے تھے۔ میں نے صاف صاف کہا "بہت دنوں سے میں سوچ رہی تھی کہ تم سے کہوں مگر جب بھی کہنا چاہتی تو یہ خیال آتا کہ آخر کون سی بات کہنے کی ہے۔ نہیں معلوم تمھیں دل کی بات سمجھا کر کہہ سکوں گی بھی یا نہیں۔ لیکن تم خود اپنے دل میں ضرور سمجھ رہے ہو کہ جس طرح ہم دونوں نے مل کر ایک ہی ساتھ زندگی کے سفر کی ابتدا کی تھی۔ اس میں فرق آگیا ہے۔ آج ہم دونوں الگ الگ چل رہے ہیں۔" میرے شوہر نے ہنس کر کہا "تغیر ہی دنیا کی ریت ہے۔" میں نے کہا "روپیہ پیسہ۔ روپ جوبن۔ یہ سب چیزیں تغیر پذیر ہیں۔ لیکن کیا کسی چیز کو بھی دوام نہیں ہے؟" اس پر وہ متانت کے ساتھ بولے "مجھ ایسی عورتیں ہیں جنھیں احتیاج کی وجہ سے دکھ ہے۔ کسی کا شوہر روزگار نہیں کرتا۔ کسی کا شوہر محبت نہیں کرتا ———— مگر تم تو آسمان پر سے دکھ اتار لاتی ہو۔" میں سمجھ گئی کہ میری بے بصری میری آنکھوں میں ایک سرمہ لگا کر اس بستی دنیا سے مجھے باہر لے آئی ہے۔ میں دوسری عورتوں کی طرح نہیں ہوں میرے شوہر مجھے سمجھ نہ سکیں گے۔

اتنے میں میری ایک پھپیا ساس اپنے بھتیجے کی خیریت دریافت کرنے آئیں۔ ہم دونوں ان کے قدم چھو کر اٹھے ہی تھے کہ ان کی زبان سے پہلی بات یہ نکلی جیس نے کہا۔ بہو۔ تم تو اپنی بدنصیبی سے دونوں آنکھیں گنوا بیٹھی ہو۔ ایسی حالت میں ایک اندھی بی بی کے ساتھ میرا بیٹا کس کیسے گھر بار چلا سکے گا۔ اس کی اب ایک شادی کر دو۔" میرے شوہر اگر مذاقاً کہتے "پھوپھی آپ ہی دیکھ بھال کر کہیں نسبت لگا دیجئے تو ایک

بات ہوتی۔ لیکن وہ جھجکتے ہوئے بولے" پھوپھی یہ آپ کیا کہہ رہی ہیں"۔ پھوپھی نے جواب دیا" کیوں۔ میں بُرا کیا کہہ رہی ہوں۔ بھلا تم ہی تو کہو بہو"۔ میں نے ہنس کر کہا" پھوپھی اچھے شخص سے آپ صلاح لے رہی ہیں جس کی گانٹھ کترنا ہو اُس سے بھلا کوئی رائے لیتا ہے"۔ پھوپھی نے کہا" ہاں! بات تو ٹھیک ہے۔ میں تم سے تخلیہ میں اس بارے میں گفتگو کروں گی۔ کیوں! بیٹا اس ٹھیک ہے نا۔ دیکھو بہو۔ برہمنوں میں بڑے خاندان کی عورتوں کی جتنی زیادہ سوتنیں ہوتی ہیں۔ اس کے شوہر کی قدر و منزلت اتنی ہی زیادہ بڑھتی ہے۔ ہمارا لڑکا اگر ڈاکٹری کے بدلے شادی ہی کرتا رہتا تو اُسے کسی بات کی فکر نہ ہوتی۔ اور آمدنی بھی کافی ہوتی۔ مریض تو ڈاکٹر کا علاج کرتے کرتے مر ہی جاتے ہیں۔ اُن کے مرجانے کے بعد تو فیس نہیں ملتی۔ لیکن بھگوان کی کرپا سے اعلیٰ خاندان کی عورتوں کو موت تو جلدی آتی نہیں۔ وہ جتنے دنوں تک جیتی رہیں گی اتنا ہی اُن کا شوہر نفع اٹھائے گا"۔

دو دن بعد میرے شوہر نے کہا" پھوپھی کوئی ایسی شریف گھرانے کی عورت مل سکتی ہے جو بہو کو اپنی عزیزہ کی طرح سمجھے اور ضرورت کے وقت انھیں سہارا دے سکے۔ اُن کو آنکھوں سے سوجھتا نہیں ہے کوئی سہیلی اُن کے ساتھ ہر وقت رہے تو مجھے اطمینان ہو"۔ جب میں شروع شروع اندھی ہوگئی تھی اُس وقت اگر میرے شوہر ایسا کہتے تو کوئی حرج نہ تھا۔ لیکن آج کل میری آنکھوں کے نہ ہونے کی وجہ سے اُن کا یا گھر بار کا کونسا کام رُکا رہتا ہے مجھے نہیں معلوم۔ مگر میں نے کوئی اعتراض نہ کیا اور چپ سادھ لی پھوپھی نے کہا" لڑکیوں کی کیا کمی ہے۔ میرے سوامی کی ہی ایک بھتیجی ہے۔ جیسی حسین ہے ویسی ہی نیک بخت ہے بیاہ کا سن ہو چکا ہے۔ بس اس کے لائق دولھا ملنے کا انتظار ہے۔ تمھارا ایسا خاندانی دولھا مل جائے تو ابھی شادی کر دی جائے"۔

میرے شوہر نے کہا" شادی کی بات کون کہہ رہا ہے"۔ پھوپھی نے کہا" ایں۔ شادی نہ کرو گے تو کیا شریف کی لڑکی یوں ہی تمھارے گھر آکر پڑی رہے گی"۔ بات معقول تھی اور میرے شوہر سے کوئی جواب بن نہ پڑا۔ اپنی بند آنکھوں کی ابدی تاریکی کے اندر میں اپنا سر اٹھا کر دل ہی دل میں دعا مانگنے لگی۔ اے بھگوان میرے شوہر کو بچائیو"۔

کئی دن بعد ایک دن صبح کو میرے پوجا سے فارغ ہو کر آتے ہی پھوپھی نے کہا" بہو۔ جس بھتیجی کا میں نے

ذکر کیا تھا وہی ہم لوگوں کی ہمنگنی آج گاؤں سے آئی ہے۔ ہیمو یہ تمھاری دیدی (آپا) ہیں۔ انھیں سلام کرو۔"

اتنے میں میرے شوہر یکایک اُدھر آنکلے۔ ایک بیگانہ عورت کو دیکھ کر وہ لوٹ جانے کو تھے کہ پھوپھی بول اٹھیں "کہاں جارہے ہو" ابیناس" میرے شوہر نے دریافت کیا" یہ کون ہیں" پھوپھی نے کہا "یہی لڑکی ہے میری بھتیجی ہمنگنی"۔ وہ کب آئی اور اُسے کون لایا وغیرہ وغیرہ اس قسم کی بہت سی غیر ضروری پوچھ گچھ میرے شوہر کرنے لگے۔

میں نے اپنے دل میں کہا "جو ہو رہا ہے وہ تو میں سب سمجھ رہی ہوں۔ یہ مکر و فریب بھی شروع ہو گیا آخر یہ خفیہ کارروائی، یہ بہانہ سازی کیوں؟ اپنی غیر تسکین شدہ خواہش پورا کرنے کے لئے جو کرنا ہو کر لو لیکن میری خاطر کیوں خواہ مخواہ اپنے کو ذلیل کر رہے ہو۔ مجھے بہلانے کے لئے اس قدر اہتمام کی ضرورت کیا؟"

ہمنگنی کا ہاتھ پکڑ کر میں اس کو اپنی خواب گاہ میں لے گئی۔ میں نے اُس کے چہرے اور بدن پر ہاتھ پھیر کر دیکھا۔ چہرہ خوبصورت ہی ہوگا۔ سن بھی چودہ پندرہ برس سے زیادہ نہ ہوگا۔

لڑکی یکایک میٹھی اور اونچی آواز سے ہنس پڑی۔ بولی "یہ کیا کر رہی ہو۔ میرے سر سے بھوت اُتار رہی ہو کیا؟"

اس پُرخلوص بھولی بھالی ہنسی کی آواز سے میرے اور اس کے درمیان جو سیاہ پردہ حائل ہو گیا تھا فوراً اُٹھ گیا۔ میں نے اُسے گلے لگا کر کہا "میں تمھیں دیکھ رہی ہوں۔ بہن" یہ کہہ کر اس کے نازک چہرے پر اور ایک بار ہاتھ پھیر کر دیکھا۔

"دیکھ رہی ہو؟" کہہ کر وہ پھر ہنس کر بولی "میں کیا تمھارے باغ کی سیم یا بینگن ہوں کہ اس پر ہاتھ پھیر کر دیکھ رہی ہو کہ کتنی بڑی ہوتی ہوں۔"

تب مجھے یکایک خیال آیا کہ ہمنگنی نہیں جانتی ہے کہ میں اندھی ہوں۔ میں نے کہا "بہن۔ میں تو اندھی ہوں۔" یہ سُن کر وہ تھوڑی دیر تک متحیر ہو کر سوچنے لگی۔ میں سمجھ گئی کہ اس نے اپنے مشتاق اور طفلانہ بیسے بیمار کر بھی اندگی آنکھوں کو اور میرے چہرے کی رنگت کو اچھی طرح دیکھ لیا۔ پھر بولی "اوہ! اسی لئے چچی کو یہاں بلوایا ہے۔"

میں نے کہا "نہیں۔ میں نے بلایا نہیں۔ تمھاری چچی خود ہی آئی ہیں" لڑکی پھر ہنس پڑی اور بولی "مہربانی کر کے آئی ہیں؟ تو مہربانی کر کے یہاں سے جلدی ٹلنے والی نہیں۔ مگر میں سوچتی ہوں میرے بابا نے مجھے یہاں کیوں بھیجا؟"

اتنے میں پھوپھی گھر میں داخل ہوئیں۔ اب تک میرے سوامی سے اُن کی باتیں ہو رہی تھیں۔ اُن کے کمرے کے اندر آتے ہی ہیمنگنی نے کہا "کاکی ماں ہم لوگ کب تک گھر لوٹیں گے؟"

پھوپھی نے کہا "ہائیں۔ آتے ہی واپس جانے کی سوجھی۔ ایسی چنچل لڑکی تو میں نے دیکھی نہیں۔" ہیمنگنی نے کہا "کاکی ماں تمھارا تو یہاں سے جلدی جانے کا ارادہ نہیں معلوم ہوتا ہے۔ یہ تو تمھارے اپنے عزیز کا مکان ہے۔ جتنے دن جی چاہے رہو۔ مگر میں چلی جاؤں گی یہ تم سے میں کہے دیتی ہوں۔" یہ کہہ کر اس نے میرا ہاتھ پکڑ کر کہا "کیوں بہن۔ تم لوگ تو میرے قرابت دار نہیں ہو نا؟" میں نے اس کے اس معصوم سوال کا جواب نہ دے کر اُسے اپنے سینے سے لگا لیا۔ میں نے دیکھا کہ پھوپھی لاکھ زبردست سہی اس لڑکی کو وہ اپنے بس میں نہ لا سکیں گی۔ پھوپھی نے ذرا بھی غصّے کا اظہار نہ کیا۔ ہیمنگنی کو پیار کرنے کی کوشش کرنے لگیں مگر لڑکی جھٹک کر علیحدہ ہو گئی۔ پھوپھی نے اس کی حرکت کو دُلاری لڑکی کی شوخی ظاہر کر کے ٹال دینا چاہا۔ اور ہنس کر وہاں سے جانے لگیں۔ مگر فوراً ہی کچھ سوچ کر لوٹ آئیں اور ہیمنگنی سے کہا "ہیمو چلو تمھارے نہانے کا وقت ہو گیا ہے۔" اس نے میرے قریب آ کر کہا "ہم دونوں گھاٹ پر چلیں گے۔ کیوں ٹھیک ہے نا؟" یہ بات پھوپھی کی مرضی کے خلاف تھی۔ پھر بھی انھوں نے سکوت اختیار کیا۔ وہ جانتی تھی کہ اگر وہ زور آزمائی کرے گی تو ہیمنگنی کی جیت ہو گی اور میرے سامنے اُن دونوں کی مخالفت بُری طرح آشکارا ہو جائے گی۔

تالاب کے کنارے چلتے چلتے ہیمنگنی نے مجھ سے دریافت کیا "تمھارے کوئی لڑکا لڑکی کیوں نہیں ہے؟" میں نے تھوڑا سا ہنس کر کہا "کیوں نہیں ہے میں یہ کیسے بتاؤں۔ بھگوان نے دیا نہیں۔" ہیمنگنی نے کہا "ضرور تمھارے اندر کوئی پاپ رہا ہو گا۔" میں نے کہا "یہ بھی انتر جامی ہی جانے۔" اپنی بات کے ثبوت میں لڑکی نے کہا "دیکھو میری چچی کو۔ اُن کے اندر اس قدر عیّاری بھری ہوئی ہے کہ اُن کے رحم میں بچہ جنم لیتا ہی نہیں۔" نیکی اور بدی۔ سُکھ دُکھ۔ سزا و جزا۔ ان سب کی بحث سے میں خود بھی ناواقف تھی۔ اُس

لڑکی کو بھی سمجھانے کی کوئی کوشش نہ کی۔ صرف ایک ٹھنڈی سانس لے کر دل ہی دل میں اپنے ایشور سے کہا اے انتر جامی دلوں کا حال تو ہی جانتا ہے۔ ہمنگنی مجھ سے اپٹ کر ہنس پڑی۔ پھر بولی " ارے واہ! میری بات سن کر تم ٹھنڈا سانس بھرتی ہو میری باتوں کا بھی کوئی خیال کرتا ہے؟"

میں نے دیکھا کہ میرے شوہر کے ڈاکٹری کے کام میں رکاوٹ پیدا ہونے لگی۔ دور کا بلاوا آتا ہے تو جاتے ہی نہیں۔ قریب کہیں جاتے ہیں تو جھٹ پٹ لوٹ آتے ہیں۔ پہلے جب فرصت کے وقت گھر پر رہتے تھے تو صرف دوپہر کا کھانا کھاتے وقت اور سوتے وقت وہ اندر آیا کرتے۔ آج کل پھوپھی بھی گھڑی گھڑی انھیں بلا بھیجتی ہیں۔ اور وہ بھی بے ضرورت پھوپھی کی خیریت دریافت کرنے آجاتے۔ پھوپھی جب پکار کر کہتیں " ہیمو میرا پن بٹالے کر ذرا آنا تو " تو میں سمجھ جاتی کہ پھوپھی کے پاس میرے شوہر آئے ہیں۔ شروع شروع دو تین دن تک ہمنگنی پن بٹا تیل کی کٹوری۔ سیندور کی ڈبیا وغیرہ پھوپھی کی فرمائش کے مطابق ان کے پاس لے جاتی رہی۔ لیکن اس کے بعد جب وہ بلاتیں تو وہ اپنی جگہ سے ہرگز نہ ہلتی اور جو چیز پھوپھی مانگتیں وہ وہ داسی کے ہاتھ بھیج دیتی۔ پھوپھی بلاتیں " ہمنگنی۔ ہیمو۔ ہیمی " مگر وہ ہمدردی کے جذبے میں مجھ سے لپٹی رہا کرتی۔ وحشت اور گھبراہٹ نے اسے گھیر رکھا تھا۔ اس کے بعد سے وہ مجھ سے میرے شوہر کا ذکر بھول کر بھی نہ کرتی۔

اسی درمیان میں میرے بھیا مجھے دیکھنے آئے۔ میں جانتی تھی بھیا کی نظر بہت تیز ہے۔ جو کچھ ہو رہا تھا اس سے چھپانا محال تھا۔ میرے بھیا بڑے کھرے آدمی تھے۔ ذرہ برابر بیجا بات برداشت نہیں کر سکتے تھے۔ میرے شوہر ان کی نظر میں مجرم ٹھہریں گے اس کا ڈر مجھے لگا رہتا۔ میں نے بے حد مسرت کا اظہار کر کے ساری باتوں کو چھپا رکھا تھا۔ ادھر ادھر کی بہت سی باتیں کر کے میں نے گویا چاروں طرف گرد اڑا رکھی تھی لیکن یہ سب باتیں میری فطرت کے اس قدر خلاف تھیں کہ وہی اصل حالت کے ظاہر ہو جانے کا سبب بن گئیں۔ بھیا زیادہ دن نہ رہ سکے۔ میرے شوہر اس قدر بے کل ہوئے کہ ان کے انداز سے صاف بد اخلاقی ٹپکنے لگی۔ بھیا چلے گئے۔ چلتے وقت وہ بہت دیر تک میرے سر پر اپنا کانپتا ہوا ہاتھ رکھے رہے۔ دل ہی دل میں خضوع و خشوع کے ساتھ مجھے کیا دعا دے رہے تھے میں سمجھ گئی۔ ان کے آنسو میرے آنسوؤں سے بھیگے ہوئے گالوں پر ٹپک رہے

مجھے وہ دن یاد ہے۔ چیت کا مہینہ تھا شام کے بعد لوگ ہاٹ سے اپنے اپنے گھر لوٹ رہے تھے۔ ایک آندھی اپنے ساتھ پانی لئے ہوئے دُور سے چلی آ رہی تھی۔ اسی کی لائی ہوئی بھیگی مٹی کی مہک اور ہوا کی نمی آسمان پر چھپی ہوئی تھی۔ اندھیرے میں لوگ اپنے ساتھیوں سے بچھڑ کر بے تابی سے ایک دوسرے کو زور زور سے پکار رہے تھے۔

جب تک میں اکیلی رہتی مجھ اندھی کی خواب گاہ میں چراغ روشن نہ کیا جاتا تھا تاکہ کہیں اس کی لَو کپڑے میں لگ نہ جائے یا کوئی اور حادثہ پیش نہ آ جائے۔ اسی سنسان اندھیرے کمرے میں زمین پر اکیلی بیٹھی ہوئی دونوں ہاتھوں کو جوڑ کر میں اپنی اندھی دنیا کے جگت ادھار کو پکار رہی تھی۔ میں کہہ رہی تھی "اے میرے آقا تمھاری عنایتوں کو میں پوری طرح محسوس نہیں کر سکتی۔ تمھاری کیا مرضی ہے۔ یہ بھی جب نہیں سمجھ سکتی تو اس ٹوٹے ہوئے غمزدہ دل کی پتوار کو اپنی پوری قوت کے ساتھ دونوں ہاتھوں سے پکڑے رکھتی ہوں۔ سینے سے خون اُبلا آتا ہے پھر بھی طوفان کو روک نہیں سکتی۔ پر بھو میری اور کتنی آزمائش ہوگی۔ میری سکت ہی کتنی ہے" کہتے کہتے آنسو ابل پڑے۔ پلنگ پر سر رکھ کر رونے لگی۔

دن بھر گھر بار کا کام کرنا پڑتا۔ ہمنگنی سایہ کی طرح میرے ساتھ رہتی ہے۔ سینے میں جو آنسو جمع ہو جاتے ہیں انھیں بہانے کا موقع نہیں ملتا۔ بہت دن بعد آج آنسو نکلے۔ اتنے میں پلنگ کو تھوڑی سی جُنبش ہوئی اور کسی کے پاؤں کی آہٹ کان میں آئی۔ پھر فوراً ہی ہمنگنی نے آ کر اپنے آنچل سے میرے آنسوؤں کو آہستہ آہستہ پونچھ دیا۔ وہ سرِ شام ہی نہ معلوم کیوں آ کر پلنگ پر لیٹ گئی تھی۔ اس کی مجھے کچھ خبر نہ تھی۔ اُس نے مجھ سے کچھ پوچھا نہیں۔ میں نے بھی کچھ کہا نہیں۔ دھیرے دھیرے وہ اپنا ٹھنڈا ہاتھ میری پیشانی پر پھیرنے لگی اسی اثنا میں کب بادل گرجا اور کب موسلا دھار بارش کے ساتھ آندھی چلی مجھے کچھ بھی پتہ نہ چلا۔ بہت دن بعد میرے دھڑکتے ہوئے دل کو ایک فرحت افزا چین اور سکون نصیب ہوا۔

دوسرے دن ہمنگنی نے پھوپھی سے کہا "کاکی اگر تم گھر واپس نہ جاؤ گی تو میں ماجھی بھیّا کے ساتھ چلی جاؤں گی یہ تم سے کہے دیتی ہوں"۔ پھوپھی نے کہا "نہیں نہیں۔ میں بھی کل جا رہی ہوں۔ ساتھ ہی چلیں گے یہ دیکھو ہیمو میرے ابیناس نے تمھارے لئے کیسی اچھی موتی جڑی ہوئی انگوٹھی خریدی ہے"۔ اتنا کہہ کر پھوپھی

نے فخریہ وہ انگوٹھی نکال کر ہیمنگنی کے ہاتھ میں دے دی۔ ہیمنگنی نے کہا "یہ دیکھو کاکی میرا نشانہ کیسا ٹھیک ہے"۔ یہ کہہ کر اس نے انگوٹھی کو سامنے تالاب میں تیزی سے پھینک دیا۔ غصہ، دُکھ اور حیرت سے پھوپھی کے دل میں ہیجان پیدا ہو گیا۔ میرا ہاتھ پکڑ کر کہنے لگیں "بہو اس بچپنے کی بات کو اپنا س سے ہرگز مت کہنا۔ اس سے میرے لڑکے کو بڑا دُکھ ہوگا۔ بہو۔ تمہیں سر کی قسم"۔ میں نے کہا "بس زیادہ کہنے کی ضرورت نہیں۔ میں اس کا کوئی ذکر ہی نہ کروں گی۔"

دوسرے دن چلتے وقت ہیمنگنی مجھ سے لپٹ کر بولی "دیدی مجھے یاد رکھنا"۔ میں نے اپنے دونوں ہاتھ اس کے منھ پر بار بار پھیر کر کہا "اندھی کچھ بھولتی نہیں۔ بہن۔ مجھے تو بیرونی دُنیا سے کوئی لگاؤ نہیں ہے۔ میرا تعلق دل ہی سے ہے۔" اتنا کہہ کر اس کے سر کو اپنے سینے سے لگا کر اُسے پیار کیا۔ اُس کے جوڑے پر میرے آنسو بہہ کر جا پڑے

ہیمنگنی کے چلے جانے پر میری دنیا سنسان ہوگئی۔ جو دلآویز نغمہ، جو چمکتی ہوئی روشنی اور جو کنول کے مانند تازگی وہ میرے دل میں لے آئی تھی اُن سب کے رخصت ہو جانے کے بعد میں نے چاروں طرف اپنے دونوں ہاتھوں کو پھیلا کر دیکھا کہ میرے گھر میں کیا کیا رہ گیا ہے۔ میرے شوہر نے بڑی خوشی کا اظہار کرتے ہوئے کہا۔ یہ لوگ گئے۔ چھٹکارا ملا۔ اب اپنا کچھ کام کرنے کی فرصت ملے گی"

تُف ہے میری زندگی پر۔ میرے لئے کیوں اس قدر مکاری۔ میں کیا سچ سے ڈرتی ہوں جھوٹ سے کبھی خوف کھاتی ہوں۔ کیا میرے شوہر کو معلوم نہیں جب میں نے اپنی دونوں آنکھیں دے ڈالی تھیں تو دائمی تاریکی کو سکونِ دل کے بدلے قبول کر لیا تھا۔؟

اتنے دنوں تک میرے اور میرے شوہر کے درمیان صرف بے بصری ہی حائل تھی۔ آج سے ایک نئی چیز بیچ میں آپڑی۔ میرے شوہر بھول کر بھی کبھی ہیمنگنی کا نام میرے سامنے نہیں لیتے۔ گویا اُن کی اپنی دُنیا سے ہیمنگنی بالکل ہی دفن و دفان ہوگئی تھی۔ گویا اُس دنیا میں کبھی بھی اس کی پرچھائیں تک نہیں پڑی تھی۔ گرچہ خطوط کے ذریعہ وہ برابر اُس کی خبر پاتے رہتے تھے اور یہ میں آسانی سے بھانپ لیتی تھی جس دن تالاب کے اندر تھوڑا سا بھی پانی داخل ہو جاتا ہے کنول کی ڈنٹھل میں جنبش پیدا ہوتی ہے۔ اسی طرح جس دن کوئی بات اُن کی طبیعت کو

تھوڑا سا بھی مضطر کر دیتی تو میرے دل کی کونپل کو اس کا پتہ چل جاتا۔ کب اُن کو خبر ملتی اور کب نہیں ملتی۔ یہ بھی مجھ سے چھپا نہیں رہتا۔ لیکن میں اُن سے اس کی بات دریافت نہ کر سکتی تھی۔ میرے دل کی تاریکی میں وہ جو ایک چنچل سرمست چمکتا ہوا خوبصورت تارا تھوڑے عرصے کے لئے نمودار ہوا تھا اُس کی خبر دریافت کرنے کے لئے اس کے بارے میں بات چیت کرنے کے لئے میرا دل بے قرار رہتا، لیکن اپنے شوہر کے سامنے ایک لمحہ کے لئے بھی اس کا ذکر کرنے کی مجال نہ تھی۔ ہم دونوں کے درمیان درد اور شکایتوں سے لبریز خاموشی مستقل جمی ہوئی تھی۔

بیساکھ کے وسط میں ایک دن خادمہ نے آکر دریافت کیا "ماں جی گھاٹ پر بڑی دھوم دھام سے کشتی تیار ہو رہی ہے بابا جی کہیں جائیں گے کیا؟" میں جانتی تھی کہ کچھ دنوں سے کسی بات کی تیاری ہو رہی تھی۔ پہلے تو میرے بے دیکھے آسمان پر طوفان سے قبل کا سناٹا طاری ہوا۔ پھر بادلوں کے ٹکڑے اِدھر اُدھر سے آکر جمع ہونے لگے۔ گویا قہرِ خدا چاروں طرف سے سمٹ کر میرے ہی سر پر اکٹھا ہو رہا ہے۔ یہ میں سمجھ رہی تھی خادمہ سے کہا "مجھے تو کچھ معلوم نہیں" خادمہ کو اور کچھ دریافت کرنے کی جرأت نہ ہوئی۔ وہ ایک ٹھنڈی سانس لے کر چلی گئی۔

بہت رات گئے میرے سوامی نے آکر مجھ سے کہا "مجھے دور سے ایک بُلاوا آیا ہے صبح سویرے مجھے روانہ ہونا پڑے گا۔ لوٹنے میں غالباً دو تین دن لگ جائیں گے۔"

میں نے بچھونے پر سے اٹھ کر کہا "کیوں مجھ سے جھوٹ بول رہے ہو" میرے شوہر نے کانپتے ولڑکھڑاتے آواز میں کہا کیا جھوٹ بول رہا ہوں؟"

میں نے کہا "تم شادی کرنے جا رہے ہو" وہ خاموش کھڑے رہے۔ میں بھی چپ رہی۔ دیر تک سناٹا رہا۔ پھر میں نے کہا "جواب دو۔ بولو ہاں میں شادی کرنے کو جا رہا ہوں" آواز بازگشت کی طرح وہ بول اٹھے "ہاں میں شادی کرنے کو جا رہا ہوں"

میں نے کہا "نہیں۔ تم جانہ سکو گے۔ تمھیں میں اتنے بڑے گناہ سے اتنی بڑی تباہی سے ضرور بچاؤں گی اتنا بھی نہ کر سکوں تو کس کام کی بی بی ہوں۔ کیا میں نے شیو جی کی پوجا اسی دن کے لئے کی تھی" پھر بہت دیر تک

کمرے میں سناٹا رہا۔ میں نے زمین پر بیٹھ کر اپنے سوامی کے دونوں پاؤں پکڑ کر کہا" میں نے تمھارا کونسا قصور کیا ہے۔ تمھارا کونسا کام بگاڑا ہے۔ دوسری بی بی کی تمھیں کس بات کے لئے ضرورت ہے۔ میرے سر کی قسم سچ سچ کہو۔"

میرے سوامی نے دھیرے دھیرے کہا" میں سچ کہتا ہوں کہ میں تم سے ڈرتا ہوں۔ تمھاری بے بصری نے تم کو ایک دائمی نقاب میں چھپا رکھا ہے۔ اس کے اندر میرا گزر نہیں۔ تم میری دیبی ہو۔ تم دیبی کی طرح خوفناک بھی ہو۔ تمھارے ساتھ روزمرہ کا سنسار نہیں چل سکتا جیسے ڈانٹ ڈپٹ کروں، جس پر غصہ کروں۔ جسے پیار کروں، جسے زیور بنوادوں اسی قسم کی ایک معمولی سی عورت کی مجھے ضرورت ہے۔"

" میرے پہلو کو چیر کر دیکھو۔ میں ایک معمولی عورت ہی ہوں۔ اپنے دل میں وہی نئی شادی شدہ لڑکی کے سوا اور کچھ بھی نہیں ہوں۔ میں اعتماد کرنا چاہتی ہوں۔ بھروسہ کرنا چاہتی ہوں پرستش کرنا چاہتی ہوں تم اپنے تئیں خفیف کر کے مجھے ناقابل برداشت دکھ دے کر اپنے سے بڑا نہ بناؤ۔ ہر حالت میں مجھے اپنے پاؤں کے نیچے رکھو۔"

میں نے کیا کیا کہا تھا وہ اب مجھے یاد نہیں۔ سمندر کیا اپنی گرج سن سکتا ہے؟ ہاں اتنا یاد ہے کہ میں نے کہا تھا" اگر میں پاک دامن ہوں تو خدا گواہ ہے تم کسی طرح اپنی قسم کے خلاف نہ کرسکو گے۔ تمھارے اس گناہِ عظیم کے کرنے سے پہلے یا میں بیوہ ہو جاؤں گی یا ہمنگنی زندہ نہ رہے گی۔" کہتے کہتے مجھے غش آ گیا۔

جب ہوش آیا تو رات ختم ہو چکی تھی۔ چڑیوں کا چہچہانا شروع ہو گیا تھا۔ اور میرے شوہر جا چکے تھے۔ میں اندر سے مندر کا دروازہ بند کر کے پوجا کے لئے بیٹھ گئی۔ دن بھر کمرے سے باہر نہ نکلی۔ شام کے وقت بیساکھ کی آندھی سے مکان کی دیوار ہلنے لگی۔ میں نے یہ نہیں کہا کہ اے پربھو میرے سوامی اس وقت ندی پر ہیں اُن کی حفاظت کرنا۔ میں نے تہِ دل سے یہی دعا مانگی کہ اے خدا میری قسمت میں جو ہو سو ہو میرے سوامی کو اتنا بڑا گناہ کرنے سے بچاؤ۔" ساری رات گزر گئی۔ دوسرے دن بھی میں نے آسن نہ چھوڑا فاقہ اور بے خوابی کی حالت میں نہ معلوم کس نے مجھے قوت دی تھی۔ اس پتھر کی مورتی کے سامنے میں بھی مورت بنی بیٹھی رہی۔

شام کے وقت باہر سے دروازے پر دھم دھم شروع ہو گئی۔ دروازہ توڑ کر جب لوگ اندر داخل ہوئے تو میں بے ہوش پڑی تھی۔

ہوش آتے ہی سُنا "دیدی" دیکھا کہ میں ہمنگنی کی گود میں پڑی ہوں۔ سر ہلاتے ہی نئے ریشمی کپڑے کے سرسرانے کی آواز کان میں آئی "بھگوان تم نے میری دعا قبول نہ کی۔ میرے شوہر کی تباہی آ ہی گئی"۔

ہمنگنی سر نیچا کئے ہوئے دھیرے دھیرے بولی "آپا تمھاری دُعا لینے آئی ہوں"۔ میں لکڑی کی طرح بے حس و حرکت ہو گئی۔ پھر فوراً ہی اٹھ بیٹھی۔ میں نے کہا "کیوں دُعا نہ دوں گی بہن۔ تمھارا کیا قصور؟" ہمنگنی پہلے ہی کی طرح اونچی آواز سے ہنس پڑی۔ پھر بولی "قصور۔ تم نے شادی کی تھی تو کوئی قصور نہیں ہوا تھا۔ میں نے کی تو قصور ہو گیا۔

ہمنگنی کو لپٹ کر میں بھی ہنس پڑی۔ دل میں کہا "کیا دنیا میں میری دعا ہی قطعی فیصلہ کن ہے۔ کیا اُن کی خواہش مقدم نہیں ہے۔؟ جو بلا آئی ہے وہ میرے سر پہ ہی پڑے مگر دل کے اندر جہاں میرا عقیدہ ہے اور میرا دھرم ہے وہاں اُسے آنے نہ دوں گی۔ میں جیسی تھی ویسی ہی رہوں گی"۔ ہمنگنی نے میرے پاؤں پر جھک کر میرے قدم لئے۔ میں نے کہا "تم ہمیشہ ہمیشہ خوش رہو اور تمھاری قسمت اچھی ہو"۔ ہمنگنی نے کہا "صرف دعا ہی کافی نہیں ہے۔ تمھیں اپنے بہنوئی کے اور میرے سر پر ہاتھ پھیر کر آشیرباد دینی پڑے گی۔ اُن سے تم کو شرم کرنا نہیں چاہیے۔ کہو تو اُن کو بلا لاؤں" میں نے کہا "بلاؤ"

تھوڑی دیر بعد میرے کمرے میں پاؤں کی آواز سُنائی دی اور ایک شفقت سے بھرا ہوا سوال میرے کان میں آیا "کُمو اچھی ہو" میں جھٹ پٹ اٹھ کھڑی ہوئی اور اُن کے قدم لے کر کہا "بھیا"

ہمنگنی نے کہا "بھیا کیسے۔ وہ تو تمھارے چھوٹے بہنوئی ہیں۔ اُن کی گوشمالی کرو"۔

تب میں ساری باتیں سمجھی۔ میں جانتی تھی۔ بھیا نے طے کیا تھا کہ وہ شادی نہیں کریں گے۔ اماں نہیں ہیں۔ کون اصرار کر کے ان کی شادی کراتا۔ اب تو میں نے ہی ان کی شادی کرا دی ہے۔ میری دونوں آنکھوں سے آنسو رواں ہو گئے۔ کسی طرح روک نہ سکتی تھی۔ بھیا دھیرے دھیرے میرے بالوں کے اندر اپنا ہاتھ پھیرتے رہے۔ ہمنگنی مجھ سے لپٹ کر ہنستی ہی رہی۔

رات کو نیند نہیں آرہی تھی میں حسرت بھرے دل سے اپنے شوہر کے آنے کا انتظار کر رہی تھی۔ شرم اور مایوسی وہ کیونکر برداشت کر سکیں گے یہ میری سمجھ میں نہیں آرہا تھا۔

کچھ رات گئے بہت ہی آہستہ سے دروازہ کھلا۔ میں چونک کر اٹھ بیٹھی۔ میرے سوامی کے پاؤں کی چاپ۔ سینے کے اندر دل تڑپنے لگا۔

وہ بستر پر آکر میرا ہاتھ پکڑ کر بولے "تمھارے بھیّا نے مجھے بچا لیا۔ چند روزہ فریفتگی میں گرفتار ہو کر میں اپنی تباہی بلا رہا تھا۔ اُس دن جب میں کشتی پر سوار ہوا تو میرے سینے پر کیسا بھاری بوجھ تھا۔ یہ انتر جامی ہی کو معلوم ہے۔ جب ندی میں طوفان شروع ہوا تو جان کا خوف تو ضرور تھا' ساتھ ہی یہ بھی دل میں آرہا تھا کہ اگر ڈوب مروں تو نجات ملے۔ متھور گنج پہونچ کر معلوم ہوا کہ ایک دن پہلے تمھارے بھیّا کے ساتھ ہیمنگنی کی شادی ہو گئی ہے۔ کہہ نہیں سکتا کہ کس شرم اور کس خوشی سے کشتی پر لوٹا۔ ان ہی دنوں میں یہ بات مجھ پر آشکارا ہو گئی ہے کہ تمھیں چھوڑ کر مجھ کو کوئی سُکھ نہ ملے گا۔ تم میری دیبی ہو۔"

میں نے کہا "دیبی ہونے کی ضرورت نہیں۔ میں تمھارے گھر کی رکھوالی ہوں۔ میں ایک معمولی عورت ہوں" میرے شوہر نے کہا "میری بھی ایک درخواست تمھیں منظور کرنا پڑے گی۔ مجھے دیوتا کہہ کر شرمندہ نہ کیا کرو۔"

دوسرے دن ناقوس کی آواز سے اور خوشی و خرمی سے سارا محلہ گونج اٹھا۔ ہیمنگنی میرے شوہر سے صبح شام اٹھتے بیٹھتے چھیڑ چھاڑ کرنے لگی۔ ان کو بے حد تنگ کرنے لگی۔ لیکن وہ کہاں گئے تھے اور وہاں کیا گزری اس کا کوئی ذکر کسی نے نہیں کیا۔

—— (۵) ——

www.ingramcontent.com/pod-product-compliance
Lightning Source LLC
LaVergne TN
LVHW010759051026
849532LV00007B/2412
* 9 7 8 9 3 5 8 7 2 3 4 9 6 *